for all those who won't make it

Barcelona, eine Nacht am Meer. Verzweifelt versucht Arturo seine Erinnerungen zu ordnen. Erlebnisse und Personen verfliessen im Strom seines Bewusstseins, festen Boden bietet ihm nur die Musik. Ausgangs- und Endpunkt seiner Reise, die ihn tief in sein Inneres und einmal rund ums Mittelmeer führt und von der unstillbaren Sehnsucht nach dem Leben mit all seinen hellen und dunklen Seiten und dessen herausfordernden Grenzenlosigkeit erzählt, bleibt derselbe: die Liebe, die Zukunft, Futura.

Gianluigi Cherubin, geboren 1983, studierte Komparatistik und Geschichte, arbeitet und lebt als Autor, Musiker und DJ in Bern, hält sich mit Gelegenheitsjobs über Wasser und träumt vom Meer.

gianluigi cherubin

futura

ISBN 978-3-748-17231-4
Herstellung und Verlag: BoD –Books on Demand, Norderstedt
Coverfoto: Mattia Coda
Gestaltung: Noemi Trucco

»Ich hab die Zukunft gesehen.
Ich konnte nichts genau erkennen,
alles verschwommen
vor lauter Tränen.«

(Torch)

»They don't make it
the beautiful die in flame-
[...]
They don't make it
the beautiful can't endure,
they are butterflies
they are doves
they are sparrows,
they don't make it.«

(Henry Charles Bukowski)

»Trotz allem scheint die Welt immer noch zu existieren«, dachte er sich und ging weiter die Strasse entlang. Die Stimmen wurden leiser und das Licht der Laternen spärlicher. Es war nicht kalt, doch vom Meer wehte ein starker Wind, der ein Gefühl der Kälte erzeugte. An der letzten Strassenkreuzung blieb er stehen, griff in seine Manteltasche, zündete sich eine Zigarette an und ging weiter. Das Licht der letzten Laternen spielte mit seinem Schatten, warf Formen, Gebilde und Figuren an die Wände der Häuser, welche die Strasse säumten, die sich weiter unten am Strand verlor. Dort schien sich sein Ziel zu befinden, falls er überhaupt ein Ziel vor Augen oder besser gesagt im Kopf hatte, wollte oder brauchte.

»Im Kopf oder vor Augen; ist doch eigentlich dasselbe: konstruierte Unterschiede durch konstruierte Begriffe. Konstruktion ist die einzige Fähigkeit des Menschen und gleichzeitig seine grösste Errungenschaft«, dachte er sich. »Übersteigerte Konstruktion, um sich von der Destruktion, welche in der Natur einen gleichwertigen Teil einnimmt, abzulenken. Das bedeutet Menschsein. Doch nun benutze ich selbst schon Begriffe.«

Er lachte und zündete am Ende der letzten den Anfang der nächsten Zigarette an.

»So weit so gut. Als ob Weite per Definition etwas Gutes wäre. Aber ist es das nicht? Deshalb bin ich doch am Meer gelandet, in dieser Nacht, zu dieser Stunde, jetzt.«

Die Erkenntnis kam ihm in diesem Moment, als seine Füsse schon in der schwachen Brandung standen. Er war am Meer. Einmal mehr landete er in einer Stunde, in der er loslief, ohne sich zu achten wohin oder zu wissen warum, einfach nur um zu laufen (vielleicht um den Zustand seines Körpers demjenigen seines Geistes anzupassen), mit den Füssen im Salzwasser.

»Erstaunlich, erstaunlich«, murmelte er vor sich hin in das Rauschen der Brandung. »Ich überrasche und erfreue mich immer wieder selber. Und trotzdem schaffe ich es auch immer wieder mich selbst zu langweilen und zu enttäuschen. Auch das ist ein Dualismus, auch das Konstruktion und Destruktion. Alles dreht sich im Kreis.«

Er liess sich in den nassen Sand fallen und warf die halbgerauchte Zigarette in die Brandung.

»Jetzt brauche ich was anderes.«

»Say good bye, good bye to whiskey
lordy, so long to gin.
Say good bye, good bye to whiskey
lordy, so long to gin.
I just want my reefers,
I just want to feel high again.«

Er sang leise vor sich hin, suchte in seinem Mantel, fand endlich wonach er suchte, hantierte mit Gras, Filter, Papier und zündete sich in einem finalen Akt der Anstrengung den Joint an, den er sich zwischen die Lippen gesteckt hatte, um sich im selben Moment mit einem Seufzer vollends im Sand auszustrecken.

»Endlich zuhause«, sagte er sich, ohne wirklich zu ahnen wo er sich befand, aber in völligem Einklang mit dieser Unwissenheit, so dass sich ihm die Frage nach diesem Wo nicht einmal auf einer metaphysischen Ebene stellte, auf welcher er einer Antwort vielleicht schon näher gekommen wäre.

Der süssliche Duft des Marihuana vermischte sich mit der salzigen Luft des Meeres zu einer Kreation, die an Fusion-Küche erinnerte, um nach einem Bruchteil einer Sekunde von einer Windböe weggeblasen zu werden. Ein Mandala für den Geruchsinn, hinter welchem nicht akribische Arbeit stand (ergo ein Ungleichgewicht zwischen Erschaffen und Vergehen), sondern in welchem sich Konstruktion und Dekonstruktion etwas ausgeglichener präsentierten. Die Brandung kräuselte um seine Füsse, seine Augen im Himmel, doch in sich selbst hinein gerichtet, versunken.

»Was für eine Nacht«, dachte er, »man müsste das Ganze rekonstruieren, alles was passiert ist, noch einmal der Reihe nach auf sich wirken lassen (ein Versuch Vergangenes noch einmal zu erleben), um es dann erneut der Dekonstruktion der eigenen Gedanken zu überlassen. Doch wo und wann ist der Anfang? Solange ich den nicht finde, werde ich auch nicht zu einem Ende kommen. Gibt es das überhaupt, einen Anfang?«

Er erinnerte sich daran, wie er sie kennenlernte, alle, jeden einzelnen dieses Kreises, der aufgehört hatte zu existieren, der im wahrsten Sinne des Wortes ein Kreis gewesen ist, oder besser noch eine Spirale, in welcher sich alles drehte, einem unbestimmten Ort entgegen, um sich dann doch immer irgendwie zu wiederholen, mit feinen, kaum wahrnehmbaren Unterschieden, immer schneller und schneller (oder waren die Unterschiede stärker wahrnehmbar und die Wiederholungen kaum merklich, nur für ihn zu erkennen?). Doch vor allem erinnerte er sich an den Moment als er das erste Mal ihre Augen spürte, ihre Stimme hörte und ihren Namen erfuhr; Futura.

Es war an einem Nachmittag (Donnerstag, wenn er sich richtig erinnerte), an dem alles erschien wie immer, an dem ihm das Profane der Normalität, die unerträgliche Langeweile des Seins, trotz ihrer unbestreitbaren Präsenz, weder stärker noch schwächer zur Last fiel, als an jedem anderen Tag. Und trotzdem; rückblickend war der Zauber des Augenblicks, dieses Flirren und Flimmern der Luft, der Geräusche, der Menschen, der Stadt, der ganzen Umgebung (des eigenen Körpers?), an diesem Tag, wenn auch natürlich nicht rational wahrnehmbar, doch trotzdem in jeder einzelnen Sekunde mit jeder Faser des Körpers spürbar, vom Moment des Erwachens einige Zeit vor ihrem Zusammentreffen, bis zum Einsetzen des Schlafes unbestimmte Zeit später. Er hatte den grössten Teil des Morgens mit Schlafen verbracht (diesem herrlichen Zustand des Unbewussten), was auch nötig war, nach den Ereignissen, Diskussionen und Substanzen der Nacht, welche diesem Morgen voranging (oder jeder Nacht seines Lebens?). Die Sonne stand bereits hoch am Himmel, oder war sogar schon wieder im Begriff langsam zu sinken, als er endlich seine Wohnung verliess und sich, ein Buch unter dem Arm und eine Zigarette im Mund, auf den Weg Richtung Carre A. machte, um Kaffee zu trinken und auf einen alten Freund zu warten. Er bestellte zwei Espressi, schnappte sich eine Zeitung, setzte sich mit dem Rücken zur Wand an einen Tisch auf der Strasse und rauchte, die vorbeigehenden

Menschen scheinbar aufmerksam beobachtend, lesend, in den Himmel blickend, träumend.

»Arturito«, hörte er eine Stimme aus unendlicher Entfernung, schrak hoch und erblickte ein ihm wohlbekanntes Gesicht, dessen unmittelbare Nähe mit der Weite des Raumes, aus dem ihm sein Name entgegengeklungen war, nur auf äusserst abstrakte Weise korrelierte; vielleicht in einer Fusion von Salvador Dalì und Jeff Mills – ›the bells‹, welche langsam und zähflüssig unter einer kalten Sonne dahinschmelzen?

»Hola, Arturi«, insistierte die Stimme und die Abstraktheit der Situation löste sich in einem freundschaftlichen Klaps auf den Hinterkopf, dessen Wirkung stark genug war, um das kilometerdicke, vernebelte Glas, welches Arturo umgeben hatte, in einem Bruchteil eines Augenblicks zu zerschlagen und die Scherben, welche sich zu riesigen fluoreszierend blau-schimmernden Bergen auftürmten und für eine Nanosekunde ein gleissendes Licht in seine Augen warfen, in den Ausdruck eines Lachens auf seinem Gesicht zu verwandeln.

»Bella Manù«, presste er zwischen die zwei Begrüssungsküsse; Manuel setzte sich rittlings auf einen Stuhl, eine dimensionslose Tasse Milchkaffee in der einen und den Koffer mit seiner Gitarre (oder in seinen eigenen Worten: seinem Leben) in der anderen Hand balancierend, und innerhalb weniger Sekunden war scheinbar ein tiefes Gespräch im Gange, so dass es für vorbeigehende Passanten den Eindruck erwecken musste, diese zwei (jungen?) Männer seien schon Stunden an diesem Tisch, in diesem Café, in dasselbe Gespräch vertieft.

Auch Manuel war Teil dieses Kreises, doch mit Manuel war es anders; er bewegte sich, genau wie Arturo, an der Peripherie, wurde vom Zentrum genau so stark angezogen wie abgestossen (und liess diese Kräfte mit stoischer Ruhe auf sich wirken), obwohl er von den anderen, wenn er denn anwesend war, gerne in ebendieses gerückt wurde, weil er sich, was Arturo sehr an ihm mochte, eigene, unkonventionelle Gedanken machte und grosse Phantasie und Offenheit besass, welche ihn Äusserungen ebensolcher Gedanken von seinen Mitmenschen (sprich: ihm, Arturo) leichter verstehen liessen, als die meisten anderen Menschen.

Ihr Gespräch knüpfte an eine Diskussion an, welche sie bei ihrem letzten Zusammentreffen (oder bei jedem ihrer Treffen?) geführt hatten, in welcher beide eigentlich ein und dieselbe Position vertraten, weshalb strenggenommen nicht von einer Diskussion die Rede sein konnte, auch wenn beide ihre Meinung mit solchem Enthusiasmus und solcher Emotion vortrugen, dass es den Anschein machte, als wären sie in ein Streitgespräch vertieft, wie man sich das bei einem (imaginären) Zusammentreffen von Nietzsche und Martin Luther nicht schöner oder bedeutender vorstellen würde. Arturo war gerade dabei zum wiederholten Male den Funktionalismus in der modernen Musik(-kultur?) und dessen schrittweise Verbreitung über alle Musikstile (bis zur Tanzmusik) anzuprangern, als zum ersten Mal an diesem Tag etwas passierte, das aus der Norm ausbrach, etwas, dass dieses wohlbekannte Gefühl des Unbekannten, des Überraschenden erzeugte, welches, obwohl über die Sinne (ergo das Gehirn) ausgelöst, sich zuerst im Magen und den Gedärmen ansammelte, um sich dann im ganzen Körper langsam auszubreiten und erst nach einer gefühlten Ewigkeit wieder an seinem eigentlichen Ausgangspunkt, dem Gehirn (oder Bewusstsein?), anzukommen, die Sinne für einen wunderschön verstörenden Augenblick leicht benebelnd.

»...es ist doch eine extrem degenerative Entwicklung, wenn Musik in einem bestimmten Kontext funktionieren muss und diesen Kontext nicht länger selber erschaffen darf oder will; wer konstruiert denn jetzt diesen verdammten Kontext, wenn nicht die verdammten Unternehmen, welche über den Konsum den Willen der Menschen...«, unterbrach Arturo seinen Redefluss mitten im Argumentationsstrang, um sich mit einem lauten Schrei dem eben beschriebenen Moment hinzugeben und sich gleichzeitig unter den Tisch des Cafés in Deckung zu werfen. Mit einem lauten Knall und dadaistischem Gejaule zerbarst ein Konzertflügel, dessen Auftauchen so überraschend kam, dass sein Herkunftsort im ersten Moment beinahe automatisch eine mystische Überhöhung erfuhr, nur wenige Meter entfernt von Arturo und Manuel, welche geistesgegenwärtig (oder paranoid?), doch eigentlich unnütz, unter ihrem Tischchen Deckung suchten, auf der schmalen Strasse in ein Chaos aus Holz, Metall und einem Lärm, den man dem stilvollen Instrument gar nicht zugetraut hätte.

Menschen blieben verdutzt stehen, blickten in den Himmel, als ob die Auflösung der Abstraktheit der Situation zwangsläufig von oben kommen würde und die ganze Strasse war für einen kurzen Augenblick in ein magisches

Licht getaucht, welches den Blick an Orte lenkte, die einem sonst verborgen blieben, welches Menschen die Augen auf eine Art öffnete, wie sie es vielleicht noch nie in ihrem Leben getan hatten (oder wenn doch, haben sie es bestimmt schon vergessen und verdrängt) und welches das Rad der Welt immer langsamer und langsamer drehen liess, bis die Zeit für den Bruchteil einer wahrnehmbaren Zeiteinheit still stand. Die farbigen Klänge, der zerreissenden Saiten widerhallten an den Mauern aus Beton und ihr unaufhaltsames Echo bahnte sich den Weg durch die Strasse, allmächtig, alles in die dunkel grollenden und hell kreischenden Farben der Dekonstruktion tauchend, eine Welle der Zerstörung, welche alles heil liess bis auf die Empfindungen in den Köpfen der Menschen und natürlich den inzwischen zur Unkenntlichkeit verformten Flügel.

»Ironie der Begrifflichkeit«, sagte Manù nachdem der erste Schrecken vorüber war, »ein Flügel sollte doch eigentlich fliegen.«

»Braucht es zum Fliegen nicht zwei Flügel?«, antwortete Arturo lachend, »so lange also kein zweiter Flügel vom Himmel fällt, bleibt in meiner Realität ein semantischer Bruch aus.«

Er griff in seine Manteltasche, nahm zwei Zigaretten aus der Packung, gab eine davon Manuel, steckte sich die andere zwischen die Lippen und fragte den noch immer völlig verstörten Kellner mit einer Selbstverständlichkeit nach Streichhölzern, als wäre eben überhaupt nichts passiert, mit einem Ausdruck in seiner Stimme, als wäre das Groteske der Situation für ihn Manifestation der Normalität in ihrer reinsten Form; sprich, als würde ihm jeden Tag mindestens einmal ein Konzertflügel vor die Füsse fallen. Dabei war ihm das Magische des Moments durchaus bewusst, wobei eben dieses Magische für ihn der Realität noch nie als Antipode gegenüber stand, es war viel mehr Teil dieser Realität, eine momentane Überhöhung derselben, eine sogenannte Über-Realität (das Reale in seiner ursprünglichsten, pursten Form), die sich nur aufgrund der menschlichen Krankheit der Wahrscheinlichkeitseinschätzungen von der Realität losgelöst hatte, obwohl genau diese Wahrscheinlichkeitsberechnungen doch eigentlich die untrennbare Einheit von Magie und Realität manifestieren würden.

»Eigentlich hätte es mir genau in diesem Moment klar werden sollen«, dachte er sich, während die Brandung immer noch schwach seine Füsse umspülte, »in diesem einzelnen surrealen Moment hätte mir bewusst werden sollen, dass dieser Tag von einer speziellen Magie durchzogen war, dass alles was an diesem Tag geschah, mein weiteres Leben auf signifikante Weise beeinflussen würde. Wäre diese Ahnung in diesem Moment in mein Bewusstsein gelangt, hätte ich mich nicht von diesem magischen Licht blenden lassen, hätte all das, was später an diesem Tag noch geschah, vollkommen anders interpretiert, nüchterner, bewusster, klarer (doch sich weniger dem Moment hingebend?). Ja, hinterher weiss man immer alles, oder glaubt es jedenfalls zu wissen, weil es bereits geschehen ist und man trotzdem nur eine dumpfe Ahnung davon hat, was denn eigentlich wirklich geschah, doch dieser Bruchteil einer Ahnung genügt meistens schon, damit man glaubt zu wissen, damit man eine komplette (neue?) Existenz aufbaut auf diesem Zu-Wissen-Glauben.«

Er lächelte, brachte seinen Körper in eine etwas aufrechtere Haltung, durchsuchte erneut seine Manteltaschen und wiederholte die komplette Prozedur, bis sich ein weiteres Mal der süssliche Marihuanaduft mit dem salzigen Geschmack des Meeres vermischte. Das Licht des Mondes, der beinahe voll war, und der Sterne tauchte die Umgebung, den Strand, das Meer, die Wellen, die Felsen, den Sand, in ein milchiges Licht und jetzt, nachdem er bereits einige Zeit hier verbracht hatte und sich seine Augen an die Lichtverhältnisse gewöhnt hatten, erschien ihm die Dunkelheit durchsichtig, beinahe hell. Sein Blick wanderte umher, blieb für einige Zeit auf Spuren oder Zweigen ruhen, welche mit ihren Schatten faszinierende Figuren in den Sand zauberten, beobachtete eine Möwe, die über den Strand wanderte, eine beinahe ebenmässige parallele Spur hinterlassend und richtete sich dazwischen immer wieder auf die Wellen, welche sich, im Mondlicht glitzernd und glänzend, gleichmässig und zugleich chaotisch ihren Weg Richtung Strand bahnten, um dort schliesslich, wenige Meter von ihm entfernt, in einem natürlichen Ausdruck absoluter Anarchie zu brechen, sich in nichts aufzulösen, weissen Schaum hinterlassend und alles ins Meer (in sich selbst?) zurückziehend. Doch schon nach wenigen Minuten des Dasitzens, des Beobachtens, des Rauchens, des Sich-im-Moment-Befindens, des Langsam-aus-dem-Körper-Gleitens, gingen seine Gedanken in immer kürzeren Intervallen zurück an diesen anderen Tag, den Tag-wie-jeder-andere-Tag, der eben doch nicht war wie jeder andere Tag; den Tag mit dem Treffen mit Manuel, den Tag mit dem magischen Flügel, den magischen Tag, den Tag mit... Futura.

Um die Magie des Moments zu konservieren und sie nicht der Zerstörung durch übertriebenes Suchen nach Rationalität, nach Kausalzusammenhängen und Akteuren zu überlassen, welche den Menschen inhärent scheint und welche auch sofort nach dem kurzen Moment der Magie in den Köpfen Einzug hielt, zogen sich Arturo und Manù zurück aus der Strasse des fallenden Flügels und gingen, ihrerseits eine gewisse Verzauberung in den Augen behaltend, eine Weile ziellos in der Stadt umher, hier links abbiegend, sich dort nach rechts wendend, dazwischen immer wieder geradeaus gehend, konzentrierten sich auf Details, auf Formen und Schatten, auf Lichteinflüsse, welche nur mit diesem Zauber in den Augen überhaupt wahrnehmbar waren, machten sich gegenseitig auf ihre Entdeckungen aufmerksam und diskutierten diese anschliessend lautstark und lachend. Nach aussen wirkten sie wie Betrunkene, trunken von den Sinneseindrücken, berauscht vom Leben und vielleicht vom Marihuana, während sie ihre Wanderung durch die Wüste der Stadt fortsetzten, eine Wüste, wie nach einem seltenen Regenguss, wenn die wenigen Pflanzen zu blühen und alle verborgenen Samen zu spriessen beginnen, eine Wüste, die nur für sie beide in allen möglichen psychedelischen Farben glühte und leuchtete, eine Wüste, die Arturo an seine Jugend erinnerte. Und wie in dieser Jugend, gab er sich vollkommen dem Moment hin, diesem Herumspielen an der Raum-Zeit-Achse, dem Verdrehen des Abstrakten ins Normale und des Normalen ins Abstrakte, während sich die Zeit willkürlich ausdehnte und zusammenzog und räumliche Distanzen ihre übliche Bedeutung verloren, driftete langsam aus dem Kontinuum von Raum und Zeit, welches das Menschsein so entscheidend definiert und erschuf sich ein neues System mit seinem Herzschlag und Manuel als einzigen systemrelevanten Bezugspunkten. Und auch wenn dieser Zustand nach menschlichem Ermessen nicht wirklich lange andauerte, so schien er für Arturo doch unendlich und als ihn der Klang der Glocken der ›Sagrada familia‹ als beinahe heiliges Ohm in den Tiefen seiner selbst erreichte und ihn langsam doch gleichsam abrupt daraus zurückholte, schien es ihm, als wäre er um Jahre gealtert, als hätte er ein komplettes Leben gelebt in einem einzigen Moment. Manuel schien seinen eigenen magischen Zustand ebenfalls aufgrund der Kirchenglocken, welche ihn gnadenlos an die Einteilung der Zeit erinnerte, langsam zu verlassen.

»Hast du mitgezählt?«, fragte er Arturo, sobald das Nachhallen der Glocken aus ihren Köpfen wich und eine Illusion von Klarheit in ihnen hinterliess, als hätte der Klang dieser (heiligen?) Glocken sie gleichsam geläutert.

»Hmmm, drei Mal ganz sicher, vielleicht auch vier?«, antwortete Arturi, überhaupt nicht sicher wissend, was er von sich gab, »Scheisse, ich hab mich doch nicht geachtet.«

»Scheisse, ich glaub ich muss los!« Manuel wirkte plötzlich hektisch, ging zielstrebig auf eine Gruppe älterer Damen zu, die mit in allen vorstellbaren Farben grell schillernden Kleidern aus schwerem Tuch und schrill über die Strasse klingenden Stimmen den Eindruck eines

Schwarmes verstörter Papageien erweckten, welchen die Angst vor diesem langhaarigen Typen samt Gitarrenkoffer auf dem Rücken und indianischen Zügen im Gesicht mit jedem Schritt, den er in ihre Richtung tat, stärker ins Gesicht geschrieben stand, setzte sein freundlichstes Lächeln auf und fragte sie mit seiner sanftesten Stimme, ob nicht eine von ihnen ihm doch bitte freundlicherweise die genaue Uhrzeit nennen könnte, wenn es denn auch nicht zu grosse Umstände für sie bedeuten würde. Die Damen, von seinem Auftreten noch stärker irritiert als von seinem Aussehen, brauchten einen kurzen Moment, um sich zu sammeln, in welchem Manù, sich leicht verbeugend und einen imaginären Hut zwischen seinen Fingern drehend, seine Frage in noch höflicheren Worten wiederholte, worauf sich eine von ihnen, erstaunlicherweise die kleinste und zierlichste von allen, ein Herz fasste, zitternd den Ärmel ihres Kleides zurückschlug, auf ihre Armbanduhr blickte und mit einer kaum hörbaren Stimme stammelte, »es ist jetzt genau drei Uhr und drei Minuten, Señor Indio«. Manuel bedankte sich höflichst, einen enormen Lachanfall unterdrückend und zog sich unter wiederholten tiefen Verbeugungen und Danksagungen von den Seniorinnen zurück, sich langsam in Arturos Richtung bewegend, welcher denselben Impuls verspürend, diesem seinerseits nachgab, in hemmungsloses immer lauter werdendes Gelächter ausbrechend, welches ein so enormes Ansteckungspotential besass, dass Manù es nur wenige Sekunden aushielt, um anschliessend, infiziert vom Virus des lachenden Arturitos, selber loszulachen, stolpernd, hinfallend, sich schliesslich auf dem Boden wälzend.

Kurz darauf trennten sich ihre Wege, Manuel hatte um vier Uhr Musikunterricht, eine gute Möglichkeit, um seine Existenzgrundlage einigermassen zu sichern, und Arturo musste auch weiter, auch wenn er nicht genau wusste wohin oder warum, er verspürte diesen Drang weiterzugehen und so ging er. Eine Weile spazierten sie noch Seite an Seite in Richtung der Ramblas, doch schon bald wandte sich Arturo einer Eingebung folgend nach links, nachdem er Manuel kurz aber heftig in seine Arme schloss, bog in eine schmale Seitengasse ein und war innerhalb von Sekunden aus dem Blickfeld von Manù verschwunden, allein in einer Menge von Menschen, sich ziellos vorwärtsbewegend. Er genoss die Wärme der Sonne auf seiner Haut, in seinem Gesicht, die Geräusche der vorbeigehenden und stillstehenden Menschen, das Raunen des Verkehrs und der Maschinen der Bauarbeiter, welche willkürlich gewisse Bereiche der Strasse aufrissen, um sie zu erneuern, das vereinzelte Zwitschern der Vögel und das Gurren der Tauben, das Gekeife von kämpfenden Strassenkatzen, das Gekreische der Bremsen und das Fluchen der Chauffeure, das Klacken der hochhackigen Absätze schöner Frauen auf dem Kopfsteinpflaster und das kreisende Bewegen ihrer runden Hüften, welches ihn immer wieder hypnotisierte, während die Wirkung des Marihuanas langsam aus seinem Körper wich, ihn in einem unbestimmten Zustand der Erwartung zurücklassend, der, als Nachwirkung der magischen Erlebnisse, in einem Schleier von Müdigkeit auf- und abtauchte. Ohne es zu merken war er in eine ihm wohlbekannte Strasse abgebogen und als er seinen Blick kurz von den schwingenden Kreisen, die eine vor ihm gehende Frau mit ihren Hüften in die Luft zeichnete, lösen konnte, entdeckte er Gesichter, die ihm bekannt schienen vor einem Hintergrund, der Erinnerungen weckte, und mit jedem Schritt, den er in diese Richtung tat, trat er einen Schritt hinaus aus dem Unbewussten, hinein ins Bewusste, für den Verstand hell scheinende.

»Hola Arturi«, begrüssten ihn zwei Stimmen schon von weitem, »wie gehts? Setz dich doch zu uns.«

»Bella ragazzi«, antwortete Arturo, die letzten Meter in ihre Richtung stolpernd und begrüsste die Frau am Tisch con baci e abbracci und den Mann mit einem Lame-cool-guy-handshake.

»Was trinkst du?«, fragte ihn David, offensichtlich der Mann am Tisch, gross, mager, bestimmend, laut, während er mit den Fingern bereits nach dem Kellner rief und bevor es sich Arturo richtig bequem gemacht hatte, standen schon eine Tasse Espresso und ein Glas Orangensaft vor ihm und wurde er bereits von David mit Fragen und Informationen überhäuft. David und Alejandra, beides Literaturwissenschaftler, er spezialisiert auf deutsche Literatur, sie Expertin der Literatur Spaniens und Italiens, beide elementare Bestandteile des ominösen Kreises, beide stur und nie einer Meinung, waren in eine lebhafte Diskussion vertieft über die Bedeutung des Werkes eines unbedeutenden deutschen Autoren und dessen Einfluss auf eine noch unbedeutendere Generation spanischer Poeten irgendwo im literarischen Untergrund, irgendwann in der vergangenen (verlorenen?) Zeit. Arturo hatte Mühe ihren Argumenten, die gleichzeitig und pausenlos von beiden Seiten auf ihn einprasselten, zu folgen, er strengte sich auch nicht besonders an, driftete in seinen Gedanken ab und schnappte nur noch vereinzelte Schlagworte auf – rhythmische Verschachtelungen, poetisches Grauen, punktgenaue Metrik, in der Tradition von Sophokles stehend, Vokabular der Gosse, Pentameter, rhetorische Figuren, Widerspiegelung der Dialektik, realitätsbezogene Bilder und Metaphern, magische Komponente, gesellschaftskritische Lesart, antisemitische Tendenzen, Grundlagen des Feminismus, sozialgeschichtliche Interpretation, verschobene Traditionen, metaphysisches Entsetzen, lautmalerische Komponenten, faschistoide Utopien und immer wieder Symbol der Angst.

»Seit dem Zweiten Weltkrieg fällt es den Menschen schwer, Literatur aus Deutschland von Hitler unabhängig zu betrachten, sie machen sogar den Fehler und interpretieren ihn in Bücher hinein, bei deren Entstehungszeit er noch nicht einmal als Idee existierte, und in Spanien sind die Menschen, unserem Freund Franco sei dank, noch immer speziell empfänglich für alles, das die Aura des Faschistoiden auch noch so spärlich atmet, nehmen es dankbar auf, um anschliessend diese faschistoide Komponente entweder zu verteufeln oder, was viel häufiger vorkommt, zu verherrlichen«, murmelte Arturito nach einiger Zeit, die immer noch lebendige Diskussion seiner beiden Freunde auf einen Schlag beendend, den Tisch in eine gespenstische Stille getaucht.

»Was soll das denn jetzt heissen?«, unterbrach David die entstandene Stille nach einiger Zeit des Nachdenkens mit einem noch immer verwirrten Ausdruck in seinem Gesicht, indem seine Irritation und seine Abneigung gegenüber dem eben von Arturo geäusserten Gedanken gleichermassen geschrieben stand, wandte sich Alejandra zu, welche mit offenem Mund in Arturos Gesicht starrte und zündete sich nervös eine Zigarette an.

»Willst du damit sagen, ich sei ein Faschist?«, fragte er weiter und ereiferte sich immer mehr, »hast du vielleicht vergessen, dass ich Jude bin?«

»Das schützt dich noch lange nicht davor Faschist zu sein, oder faschistische Tendenzen in dir zuzulassen«, antwortete Arturo in seinem ruhigen, beinahe schläfrigen Tonfall, »denk nur an die Politik Israels im Umgang mit den Palästinensern. Und ausserdem habe ich nie behauptet, dass du ein Faschist seist, nur weil ich sagte, dass du das Faschistische suchst, denn du bist einer von denen, die es suchen, um es anschliessend anzuprangern und zu verteufeln, doch trotzdem suchst du es, immer. Viel spannender ist jedoch, dass ihr beide in einer Diskussion über einen deutschen Spätromantiker des ausgehenden 19. Jahrhunderts ein Vokabular verwendet, das erst in den 20er Jahren des 20. Jahrhunderts mit dem Aufkommen des Faschismus überhaupt entstanden ist, und damit eurem Autoren auch nicht in dem Sinne bekannt gewesen sein konnte, dass er davon beeinflusst gewesen wäre, oder es selber benutzt hätte. Und ich behaupte, dass eure Interpretation in erster Linie so ausfiel, weil der diskutierte Autor deutscher Abstammung ist, dass ihr ein komplett anderes Vokabular verwenden würdet, wäre er Engländer oder Franzose, dass das Deutsche in euren Köpfen untrennbar mit der Idee des Faschismus verbunden ist und ihr euch dankbar und begierig auf diese Annahme stützt und sie in alles mögliche hineininterpretiert, aus welchen Gründen auch immer sei dahingestellt, wahrscheinlich aus Einfachheit. Ihr folgt Stereotypen in eurem Kopf, aber verteufelt sie in der Öffentlichkeit – doch macht euch das besser? Ich bezweifle es, genau wie ich bezweifle, dass es euch schlechter macht, denn eine blosse Tatsache ist immer wertfrei, bleibt aber eben trotzdem eine Tatsache. Und nur darauf habe ich vorhin hinweisen wollen.«

»Arturito mit seinen unwissenschaftlichen Gedanken! Du bringst mich immer wieder zum Lachen. Wir verwenden hier doch allgemeingültige Begriffe, mein Freund, das ist Wissenschaft...«

»Meinem Empfinden nach wurde die Wissenschaft in dem Moment ruiniert, als Newton über Goethe siegte. Newtons Modell ist reduktiv, mathematisch; Goethe oder Humboldt dagegen stellen das organische Leben ins Zentrum ihres Universums. Ich wünschte, Goethe hätte gesiegt. Wenn seine Ideen und die der deutschen Romantiker auf dieselbe Art ins Denken eingegangen wären wie die newtonsche Physik, dann würden wir die Welt heute vielleicht anders ansehen.«

Er lehnte sich zurück, trank einen Schluck Orangensaft, drehte sich gemütlich eine Zigarette, nahm Davids Feuerzeug vom Tisch und rauchte in tiefen Zügen, während sein Blick an ihm vorbei über den kleinen Platz und die dahinterstehenden Häuser Richtung Himmel wanderte, einen kurzen Moment auf den wenigen Wolken verharrend, um danach sofort auf die Dächer zurückzukehren, genauer auf ein Dach, auf welchem er in einer grossen Gruppe noch grösserer weissen Möwen einen riesigen schwarzen Raben entdeckte, dessen Anblick ihn faszinierte und seinen Blick fesselte. Die Diskussion kam damit zum Erliegen, auch wenn David, der sich beleidigt fühlte, damit nicht wirklich einverstanden war, so dass er nach einiger Zeit etwas wie »muss noch zur Universität« murmelnd aufstand, sich mit einem Handzeichen als Gruss bei den anderen beiden verabschiedete und schnellen Schrittes in der nächsten Gasse verschwand, offensichtlich auch enttäuscht von Alejandra, welche ihm nicht entscheidend beigestanden war, welche zwar weder seine Argumente, noch diejenigen Arturos gestützt hatte, von der er jedoch, als sozusagen Kollegin der Literaturwissenschaft, dieselbe Empörung erwartet hätte, die ihn selbst ereilt hatte. Arturos Blick war immer noch auf den Raben fixiert, der in stoischer Ruhe inmitten einer Übermacht an Möwen sass, seinen Kopf beinahe unmerklich drehend, beobachtend. Die Signifikanz dieses Bildes schälte sich langsam aus dem Unbewussten und fand ihren Weg in den bewussten Teil von Arturos Kopf: er war der Rabe und die meisten anderen Menschen waren Möwen oder Tauben – hunderttausend Möwen und hunderttausend Tauben zu einem Raben. Er war allein unter einer Million Anderen, Fremden, lebte unter ihnen im Bewusstsein anders zu sein und die anderen spürten sein Anderssein ebenfalls, immer stärker von Tag zu Tag. Der Rabe bewegte sich plötzlich, veränderte seine Position auf dem Dach, breitete behutsam seine Flügel aus, stieg empor in die Lüfte, drehte einige Kreise und entschwand langsam aus Arturos Blickfeld. Es musste einen anderen Raben geben und er musste ihn finden – das war seine Aufgabe.

Die leichte, kaum spürbare Berührung an seinem Arm riss ihn mit einem immer stärker anschwellenden Sog aus seinem Gedankenfluss. Alejandras Hand strich sanft über seine, sie hatte sich leicht in seine Richtung gebeugt, ihre grossen braunen Augen, eingerahmt von dichten braunen Locken, fixierten seine Augen, ihre Lippen öffneten sich leicht, als wollte sie etwas sagen, doch noch blieb sie stumm, liess Arturo zuerst wieder vollkommen in die Realität zurückkehren, bevor sie sich räusperte, mit der Zungenspitze über ihre Lippen strich, um endlich Worte zu formen, mit diesem herrlichen Mund, ihre ebenmässigen weissen Zähne leicht entblössend.

»Ich finde auch, dass David in allem immer das Faschistische zu sehen glaubt, dass er es in einer gewissen Weise sucht, getrieben von einer dunklen Faszination, einem Ekel, einem gewissen Unverständnis, um es anschliessend anzuprangern, mit der armseligen Arroganz desjenigen, welcher es bereits vorher gewusst hat. Er widmet sein Leben der Suche nach dem Faschistischen und somit leider auch der Konstruktion des Faschismus, um diesen anschliessend zu dekonstruieren und ihn als Teil des Menschlichen festzumachen, ohne zu merken, dass er langsam aber stetig zum Teil seiner eigenen Person wird, sich in ihm ausbreitet, ihn korrumpiert, dass sein ganzer Körper und sein ganzer Geist von dieser Idee annektiert und schliesslich beherrscht werden, alles in ihm darauf ausrichtend, wie bei einem Jagdfalken, bei dem durch die dauernde Abschottung der Sinne der Jagdtrieb ins Unendliche gesteigert wird, bis er das ganze Sein des Vogels dominiert und bestimmt.«

Arturo verlor sich immer mehr im Sog ihrer Augen, der ihn tiefer und tiefer unter Wasser zog, bis ihre Worte, zwar immer noch klar und deutlich, doch trotzdem wie durch kilometertiefes Wasser an sein Ohr drangen, den sanften, wunderschönen Klang ihrer Stimme beibehaltend, vielleicht sogar noch samtiger erscheinend.

»Bist du ein Rabe?«, fragte er sie wie in Trance, die Worte langsam und klar aussprechend, jedes einzelne betonend, jeden Klang vollständig ausklingen lassend, während sich ihre beiden Augenpaare fixierten, ihre Blicke zu einem wurden, ineinander verschmolzen.

»Das wäre ich wohl gerne«, antwortete Alejandra nach einer Weile mit einem Lächeln, »doch ich glaube, ich bleibe mein Leben lang eine Nachtigall, klein und verängstigt am Tag, singe ich nur in der Dunkelheit, verstecke mich vor den anderen, grösseren und stärkeren Vögeln hinter meinem schönen Gesang und habe nicht den Mut eines Raben, zu zeigen, dass ich anders bin, obwohl ich es wahrscheinlich bin.«

Er lächelte ebenfalls, seine Hand strich ihr eine Locke aus dem Gesicht, kehrte zurück auf ihre Wange, ein Finger berührte ihren Mundwinkel, zurück in ihr Haar, fester, ihren Kopf langsam aber bestimmend in seine Richtung ziehend, näher, immer näher, ihre Lippen öffneten sich einen Spalt, glänzten feucht in der Sonne, seine Lippen zuerst sanft auf ihrer Wange, dann auf ihren Lippen, stärker, ihre Münder öffneten sich leicht und ihre Zungen berührten sich, tanzten einen kurzen Tango, den einzig wahren Tango, den Tango des Lebens; und dann nichts.

Es war bereits kurz nach fünf Uhr, als er Alejandras Wohnung, welche sich ganz in der Nähe der Bar befand, verliess und in der Gasse einen Moment stehenblieb, die letzten Züge seines Joints rauchend ein letztes Mal zum Fenster im vierten Stock hinaufblickte, Alejandra, die ebenfalls rauchend nur mit einem T-Shirt bekleidet an ebendiesem offenen Fenster lehnte, kurz zuzwinkerte, um anschliessend seinen Spaziergang Richtung Meer mit einiger Verspätung (oder genau rechtzeitig) wiederaufzunehmen, den Stummel seines Joints mit der Schuhsohle zerdrückend und wie eine Erinnerung auf der Strasse zurücklassend. Innerhalb weniger Sekunden hatte ihn die nächste Seitengasse verschluckt, einen durchsichtigen dumpfen Nebel um seine Sinne legend, welcher wahrscheinlich schon vorher da war, seine Kraft aber erst jetzt langsam voll entfaltete und ein leichtes Taumeln in ihm auslöste. Er ging durch menschenleere Gassen, die immer enger und enger schienen, während links und rechts die Häuser aus dem Boden wuchsen, weiter und weiter, immer höher gegen den Himmel, graue Wände mit Fenstern, die wie Löcher erschienen und überall Masken, in den löchrigen Wänden, auf der Strasse, leere Augenhöhlen, gespenstische Fratzen im gleissenden Sonnenlicht, doch keine Menschen, die Gasse nur noch einen Meter breit, die Häuser hunderte von Meter in den Himmel reichend und plötzlich brach vor und hinter ihm der Boden auf, Pflastersteine flogen durch die Luft, der Asphalt wurde von Spalten aufgerissen, welche immer breiter wurden, nach und nach auch die Häuser erreichend, tiefe Klüfte in den Beton brechend, bis alles ohne einen Laut in sich zusammenfiel, als wäre Zerstörung bloss eine visuelle Erfahrung, und sich schliesslich eine riesige, überwucherte Trümmerlandschaft präsentierte. Zerschlagene Masken. Kakteen. Ein Feuerball als er die Augen öffnete und die ganze Szenerie ins Nichts verschwand, vor ihm Barcelonetta, der Strand, das Meer, Menschen. Er lächelte, griff in seine Tasche, zündete sich eine Zigarette an, inhalierte tief, beobachtete den ausgeatmeten Rauch, wie er langsam gegen den Himmel stieg und ging plötzlich, mit den Augen etwas fixierend, über die Strasse in Richtung des Strandes. Mit quietschenden Reifen kam ein Taxi nur wenige Zentimeter neben ihm zum Stehen, der Fahrer steckte seinen Kopf fluchend aus dem Fenster, erschrockene Menschen stiessen Verwünschungen aus, doch all das nahm Arturo nur am Rande wahr. Er war wie in Trance, ging weiter über die Strasse, niemanden eines Blickes würdigend, die Augen starr nach vorne gerichtet, fixiert von einem anderen Augenpaar, welches ihn verzaubernd auf dem Platz zu erwarten schien. Ein Augenpaar schwarz wie die Nacht und doch glühend wie Kohle. Sie sass auf dem Boden, ihr Gesicht von langen schwarzen Haaren verdeckt, durch welches nur ihre Augen den Weg fanden, vor ihr ausgebreitet ein farbiges Tuch auf welchem etwa ein Dutzend Bilder lagen, kubistische Landschaftsbilder und Porträts, welche sie allem Anschein nach zu Verkaufen gedachte, ihre Beine in zerrissenen Jeans übereinandergeschlagen, auf ihrer linken Schulter ein Tattoo eines Raben.

»Ich habe dich erwartet«, das waren die ersten Worte, die Arturo aus ihrem Mund hörte und die ihn im ersten Moment sprachlos hinterliessen, gefolgt von ihrem wunderschönen Lachen. Auch Arturo lächelte, sie strich sich die Haare, die im Sonnenlicht schwarzblau glänzten, aus dem Gesicht und er sah es zum ersten Mal in all seiner Schönheit, von den dunklen Augen, über die leicht gebogene Nase und die vollen Lippen ihres Mundes, bis zur perfekten Rundung ihres Kinns und dem schmalen Hals, der von einer Kette aus roten Korallen geschmückt war.

»Ich habe dich gesucht«, antwortete Arturo nach einer gefühlten Ewigkeit, in der er ihr Gesicht genauestens studiert und sich eingeprägt hatte, und lachte ebenfalls, die Situation umkehrend und sie ihrerseits für einen Moment sprachlos zurücklassend, wandte seinen Blick kurz zum Strand und entdeckte zwei Raben, die nebeneinander über den Sand spazierten.

»Sono Arturo«, stellte er sich endlich, doch unüblicherweise in italienischer Sprache vor, wahrscheinlich Ausdruck der tiefen Irritation, welche die ganze Szene in ihm hervorrührte und die ihn in seine Muttersprache zurückfallen liess, ohne dass er es bemerkt hätte.

»Sono la futura«, antwortete sie ihm ebenfalls in akzentfreiem Italienisch, mit einem immer grösser werdenden Lächeln, welches einen Blick auf ihre weissen Zähne freigab und Arturo immer stärker hypnotisierte.

»La futura cosà?«, fragte er verwirrt und im Glauben, sie hätte sich mitten im Satz unterbrochen.

»Forse la tua...«, hauchte sie mit ihrer betörenden Stimme, ihn ihrerseits unterbrechend, die letzte Insel der Realität, des Bewussten, in ihm auf einen Schlag überflutend, ihn im Meer des Unbewussten zurücklassend, taumelnd, gelähmt, ertrinkend, mit ihrer Stimme, ihren Augen, ihrem Körper als einzigem Rettungsring.

Von diesem Moment an war er ihr, ohne das Ausmass zu ahnen, verfallen, war in ihren Bann gezogen, hypnotisiert, von ihr unwiderstehlich angezogen; und sie war ihm verfallen, in seinem Bann, ebenfalls hypnotisiert und angezogen, was er zu diesem Zeitpunkt (eigentlich zu jedem Zeitpunkt) aber natürlich noch weniger ahnen, geschweige denn wissen konnte. Alles weitere an diesem Tag ertrank in den endlosen Tiefen ihrer Augen. Um sie herum existierte nichts mehr, die Stadt, die Menschen, die Häuser, der Strand, das Meer, die ganze Welt schien sich aufzulösen, nur sie beide zurücklassend, eine neue Welt erschaffend in den Augen des anderen, bis sich die eigene Existenz, das Gefühl des eigenen Körpers, ebenfalls auflöste und sich beide nur in den Augen des anderen wiederfanden, nur noch in ihnen existierten, das Sein des anderen zum eigenen, zu einem universalen Sein, werdend, jegliche Existenz ausserhalb dieses Seins kategorisch verneinend. Sie spazierten durch Wälder voller Blumen, die in allen vorstellbaren Farben blühten und einen Duft verströmten, welcher ihnen die Sinne betäubte und in diesem wohlriechenden Nebel begannen sie zu schweben, immer höher und höher, bis die Blüten der Blumen nurmehr ein farbiges Muster bildeten und die Bäume wirkten wie Blumen, höher und höher bis die gesamte Waldlandschaft nur noch der Grösse einer Pupille entsprach, einer Pupille, welche im unendlichen Meer des Auges schwamm, ein dunkler Punkt im weissschäumenden Meer, ein Rettungsboot im Sturm des Lebens, geflochten aus Blumen und ihren Blüten, zerbrechlich wie Glas, fragil wie das Bewusstsein, während vom Himmel ein Regen aus Millionen von Blütenblättern fiel, zwei Raben über dem Boot kreisten, schliesslich darauf landeten und sich alles im Sog einer riesigen Spirale auflöste. Endlich half er ihr die Sachen zusammenzupacken, die Bilder legte sie behutsam in eine grosse schwarze Mappe, das grosse farbige Tuch band sie sich um ihre wunderschönen, einladenden runden Hüften. Ihre Augen funkelten ihn an, während er ihr eine Strähne ihres vollen schwarzen Haares aus dem Gesicht strich, die Hand für einen Moment auf ihrem Kopf ruhen lassend. Ihre Finger suchten seine Hand, zogen sie zu ihren Lippen, er beugte sich vor, seine Lippen fanden ihre, ein Kuss, alles, nichts. Sie setzten sich in den Sand, nahe beieinander, immer enger umschlungen, blieben eine Weile am Strand sitzen und betrachteten abwechslungsweise den anderen und das Meer, welches im Licht der tiefstehenden Sonne glänzte, wechselten einige Worte, Sätze, deren Inhalt mehr oder weniger mit der Situation korrespondierte, jedoch im allgemeinen Zauber des Augenblicks verlorenging.

»Genau so war dieser Tag«, dachte er sich, während er in seiner Manteltasche herumhantierte, seinen silbernen Flachmann hervorzauberte und einen tiefen Zug daraus nahm, »episodenhaft, voller Lücken, fantastisch, magisch, surreal, aber vor allem von Futura abhängig, durch den Filter ihrer Augen gesehen.«

Das salzige Schwarzweiss des Meeres vermischte sich in seinem Blick mit dem rötlichen Schimmer der Lichter der einige Kilometer entfernten Hafenanlagen und hinterliess die Illusion eines Nebels in seinem Kopf, welcher der beinahe wolkenlosen Realität des Nachthimmels etwas Gespenstisches verlieh. Nur vereinzelte Sterne und natürlich der Mond waren sichtbar, die grösste Anzahl der leuchtenden Himmelskörper wurden von den künstlichen Lichtern des niemals-schlafenden Molochs aufgefressen und verschluckt, eine Aura des Synthetischen erzeugend, welche sogar das Gekreische der Möwen und das Rauschen des Meeres zu Klängen eines modularen Klangerzeugers degradierten. Er seufzte und strengte seine Erinnerung an, doch der Rest dieses Tages, des ersten Tages mit Futura, verschwamm in einem Cocktail aus Traum und Einbildung, abgeschmeckt mit einem Hauch von Wirklichkeit.

Sie gingen über den Grat eines hohen Berges und vor ihnen breitete sich eine mächtige, schneebedeckte Ebene aus, welche links und rechts ebenfalls von hohen Bergen begrenzt war, ihnen gerade gegenüber in unendlich scheinender Entfernung jedoch in ein Tal herabzusinken schien, aus welchem ihnen ein leises Geräusch entgegenklang, anschwellend und beinahe wieder verschwindend, ein Geräusch mit hypnotischer Wirkung, dass sie beide in seinen Bann zog. Nach Stunden des beschwerlichen Abstiegs erreichten sie endlich den Anfang der Hochebene, doch die einbrechende Dunkelheit machte ihnen ein Weitergehen unmöglich, denn die von oben so glatt wirkende Ebene war in Wirklichkeit von tiefen Spalten und Klüften durchzogen, welche, teilweise von Schnee bedeckt, für jeden Hineinstürzenden den sicheren Tod bedeuteten. Erstaunlicherweise schien ihnen die Kälte nichts auszumachen, sie setzten sich in den Schutz einer der wenigen, zerzausten Wettertannen und rauchten, während Abermillionen von Sternen die mondlose Nacht in ein schwaches Licht tauchten. Sie redeten stundenlang miteinander ohne ein Wort zu wechseln, ihre Gesichter abwechslungsweise vom Glutkegel des Joints erhellt und in die Schwärze der Nacht zurückgeworfen, Futuras Augen jedoch stets erleuchtet. Von Zeit zu Zeit durchzuckten leuchtende Streifen den Himmel, den Polarlichtern ähnlich, doch abwechselnd in allen vorstellbaren Farben fluoreszierend, Gebilde an den Himmel zeichnend und wieder im Nichts verschwindend. Sich stärker an den mächtigen Stamm des Baumes zurücklehnend, die Augen in den Himmel gerichtet, schmiegten sie sich immer enger aneinander, bis die Luft um sie Feuer fing. Hinter den zerklüfteten Felsen, in deren Mitte sie sich befanden, lauerten Schatten aus seiner und aus ihrer Vergangenheit, schnellten hervor und breiteten ihre Netze aus, doch die Kraft des lodernden Feuers liess ihre dunklen Kräfte wirkungslos verpuffen, bis sich der Horizont langsam rötlich färbte, das Rot den gesamten Himmel erfasste und sich endlich der gelbe Feuerball über die Bergspitzen erhob und auf alles ein grelles Licht warf. Mit dem Anbrechen des Tages kehrte auch das Geräusch in ihre Wahrnehmung zurück, dessen Existenz sie während der Nacht (trotz seiner Anwesenheit) beinahe vergessen hatten, und breitete sich über der Ebene aus, anschwellend und wieder verschwindend, doch deutlich klarer und lauter als am Tag zuvor, so dass verschiedene Töne erkennbar wurden, die in den Köpfen der beiden Wanderer immer mehr zu einem Lied wurden, gesungen von einem mächtigen, dröhnenden Chor, welches eine enorme Anziehung auf sie ausübte und ihre Neugier weckte.

Sie gingen weiter, folgten dem falschen Pfad, demjenigen, der sie an einen falschen Ort führen würde, doch sie bemerkten es nicht, wähnten sich auf dem richtigen Weg, glaubten der falsche sei in Wirklichkeit der richtige Ort (das heisst der Ort, den sie sich zum Ziel gesetzt hatten) und gingen weiter, immer geradeaus über die Ebene in die Richtung, aus welcher das Lied an ihr Ohr drang, auf dem Pfad, der sich schwach im Schnee abzeichnete, sich unendlich schmal zwischen den bodenlosen Tiefen der Spalten hindurch schlängelte und sie mit jedem Schritt dem Tal näher brachte, aus welchem die geheimnisvollen Töne zu stammen schienen. Es begann zu schneien und Arturo streckte seine Zunge heraus, um die Schneeflocken wie ein kleines Kind damit aufzufangen, doch der Schnee schmeckte bitter und chemisch und brannte wie Kokain. Tagelang (natürlich dachte keiner der beiden daran die Tage zu zählen) folgten sie dem schmalen Pfad, brachten tagsüber Kilometer um Kilometer hinter sich und ruhten die Nächte im Schutze der immer zahlreicher auftreten- den Wettertannen, im selben Zustand, in dem sie bereits die erste Nacht verbracht hatten. Sie kamen bloss lang- sam voran, die Gefahr, die am Rande des Pfades lauerte und der immer noch stark andauernde Schneefall liess sie bloss behutsam einen Fuss vor den anderen setzen. Doch trotz ihrer Langsamkeit schien das verheissungsvolle Tal in einer viel höheren Geschwindigkeit näher zu kommen und die bekannten Töne wurden von Minute zu Minute klarer und unterscheidbarer, bis sich eine klare Melodie- folge durchsetzte, welche sich durch pausenlose Repe- tition in ihren Köpfen festsetzte, wie die Acidline einer Roland 303 an einer Technoparty. Die ständige Wieder- holung ihres Tagesablaufes in Verbindung mit der Repeti- vität der Melodie liess die Zeit in einem riesigen weissen Meer aus Schnee und Eis aufgehen und verschwimmen; sie wurden zeitlos. Es vergingen Stunden, Tage, Wochen, vielleicht sogar Monate und Jahre, in denen sie sich nur auf sich selbst konzentrierten, auf die Melodie, die sie vor sich hin summten und den Pfad, dem sie folgten, in denen sie zusammen alt wurden, ohne zu altern. Von Zeit zu Zeit wechselte sich der Schnee ab mit Regen, dessen kalte Tropfen eisige Löcher durch ihre Köpfe in ihr Flash bohrten, Momente der Klarheit erzeugend, welche sie sogleich im süssen Dunst des Marihuana erstickten, um wieder einzutauchen ins Nichts.

Als sie endlich das Ende des Hochplateaus erreichten und einen ersten Blick in das alles verheissende Tal werfen konnten, stockte ihnen der Atem. Das Tal war viel mehr eine breite Schlucht, gegenüber von ihnen ebenfalls durch eine Hochebene mit Bergen am Horizont begrenzt, die sich endlos durch die Landschaft zog, in ihren Tiefen eine unvorstellbare, niemals endende Masse von Menschen (komischerweise meist paarweise aneinandergekettet), die sich in einer grenzenlosen Panik von links nach rechts bewegte, ihre Fahnen schwingend, singend, ohne Rücksicht aufeinander, sich niedertrampelnd, stolpernd, übereinander kriechend, unzählige Verletzte und Tote unter sich zurücklassend, ohne zu wissen warum. Vereinzelte Verzweifelte versuchten dem Chaos zu entkommen und kletterten die steilen Felshänge empor, stürzten wieder herunter und versuchten es erneut. Sie schienen die Vernünftigen zu sein. Doch wie jeder Einzelne dieser Masse sangen auch sie lautstark das Lied des Todes, die Melodie, die sich auch in den Köpfen von Futura und Arturo eingebrannt hatte. Plötzlich griff aus dem Abgrund eine Hand nach Futuras Knöcheln, packte sie und es wurde nicht klar, ob der Verzweifelte sich an ihr in Sicherheit ziehen oder ob er Futura in die Tiefe, ins Verderben, in die Masse reissen wollte. Arturo reagierte schnell, stiess den Körper mit seinem Stock, brachte ihn langsam in Bewegung und ignorierte das Stöhnen, als er den Abhang herunterrollte, auf die Felsen aufprallte und schliesslich in den Menschen unterging; Arturo musste tapfer sein, um ihren Tag zu retten.

Er drehte sich um und schaute Futura tief in die Augen.

»Das Grab scheint nahe, aber wir sind noch jung.«

Arturo stand auf, knöpfte seinen Mantel zu, klappte den Kragen hoch und vertrat sich die Beine, die ihm im Laufe des Nachdenkens halb eingeschlafen waren. Es war kälter geworden und die Bewegung löste seine starren Glieder, wärmte seinen Körper und löste seinen Geist langsam aus der Umklammerung der Erinnerung, bis die Geräusche und Gerüche des Meeres wieder an seine Sinne gelangten und sie nach und nach vollkommen einnahmen. Nun war er wieder ganz im Moment, in dem sich sein Körper befand, in der Nacht am Meer. Er zündete sich eine Zigarette an, nahm schnell einige tiefe Züge, blickte auf die Wellen und rauchte anschliessend gemütlich weiter, während er langsam den Strand entlang spazierte und seine Gedanken durch Wortassoziationsspiele zu beruhigen versuchte, seinem andauernden ›stream of consciousness‹ für eine kurze Zeit Einhalt gebietend, einen Damm des Moments errichtend im ewigen Fluss seiner Gedanken. Nach einigen hundert Metern versperrte ihm ein Wall aus künstlich aufgeschütteten grossen Steinen (oder Felsen?) den Weg, welcher den Strand willkürlich in Abschnitte unterteilte.

Er kletterte vorsichtig von Stein zu Stein auf den Grat des Walles und folgte diesem bis zu seinem Ende, welches einige Meter weit ins Meer ragte, suchte sich einen Stein mit einer flachen Oberfläche, setzte sich hin und machte es sich bequem. Links, rechts und vor ihm wurde der Wall vom Meer umspült, weshalb dessen Rauschen lauter wirkte als zuvor im Sand und begleitet wurde vom saugenden Geräusch der zwischen den Steinen entstehenden Sogwirkung der Brandung – der von unten orange beleuchtete Smog, der über der Stadt lag, zu seiner linken, das klare Schwarz des Himmels über dem Meer vor ihm und der rötliche Schimmer des Hafens auf seiner rechten Seite erzeugten die Illusion einer gleichzeitigen Dämmerung zweier Sonnen, einer gelben im Norden und einer roten im Süden, doch welche dieser Sonnen ging auf und welche unter, oder gingen beide auf, oder beide unter?

Seine Stirn runzelte sich unvermittelt in Erstaunen ob seiner eigenen Gedanken und er musste laut lachen. Nach einem erneuten Griff in seine Manteltasche drehte er sich gemächlich einen weiteren Joint, im Schneidersitz dasitzend, mit den Augen den Himmel nach den wenigen Sternen absuchend und leise dazu singend.

»You are the brightest star
You are the only one...«

Das Aufflackern seines Feuerzeuges, begleitet vom Aufflammen des Jointes tauchte die Nacht um ihn herum für einen Augenblick in vollständige Dunkelheit, in undurchdringbares Schwarz.

»The Deathstarr«, dachte er sich und musste wieder laut lachen, verschluckte sich am Rauch seines Jointes und bekam einen Hustenanfall, der ihn beinahe von den Felsen ins Meer stürzen liess. Ein Schwarm Möwen stieg kreischend in die Lüfte, aufgeschreckt durch Arturos Lachen, in ihrer Ruhe gestört, zogen sie Richtung Hafen auf der Suche nach einem stillen Ruheplatz. Arturo setzte sich etwas bequemer auf den flachen Felsen, lehnte sich zurück, streckte seine Glieder bis die Gelenke knackten, nahm einen weiteren Zug und liess den ausgeatmeten Rauch gegen den Himmel steigen. Komischerweise fühlte er sich wohl. Zum ersten Mal seit längerer Zeit war er wieder vollkommen allein und er genoss dieses Alleinsein, hatte es schon früher immer genossen, doch irgendwie war ihm dieses Gefühl abhanden gekommen und er begann es Schritt für Schritt wiederzuentdecken, zurückzuerobern, hatte damit schon seit Längerem wiederbegonnen, doch den entscheidenden Schritt nahm er erst an diesem Tag. Für einen Augenblick schwelgte er in der alten, vergangenen Zeit, seinen wilden Jahren. Seine Gedanken verweilten bei einer Erinnerung, die so verschwommen war, dass sie das Prädikat Erinnerung streng genommen gar nicht verdiente, einem Konzert seiner alten Band ›Mesus Prist And The Holy Trinity‹ in einem alten abgefuckten Gewölbekeller, von dem ihm neben einigen verschwommenen Bildern in seinem Kopf nur eine 15 cm lange Narbe auf seinem rechten Schienbein geblieben ist. Sie spielten eine Mischung aus Punk, Wave und Synth-Pop mit anarchistischen und allgemein anti-autoritären Texten (there's no authority but yourself!), nahmen alle Drogen, die sie in die Finger kriegten und praktizierten freie Liebe, was in ihrem Fall vor allem sehr viel ficken mit oft wechselnden Sexualpartnern bedeutete.

»Nostalgie bedeutet Stillstand«, sagte Arturo nach einer Weile halblaut in die Nacht, »sie verhindert ein Vorwärtsgehen genau so wie ein Im-Moment-leben. Die Gedanken sollten sich immer dem Jetzt widmen und daraus in die Zukunft gerichtet sein – was jedoch beinahe unmöglich ist, da sich ein grosser Teil unseres Gehirns, unserer Denkleistung (das Unbewusste) immer um die Vergangenheit, um Erinnerungen dreht. Erinnerungen sind Grundlage des Humanen, des Menschseins und dadurch auch Grundlage der Soziabilität, der Gesellschaft. Unsere Gedanken sind nicht frei, waren nie frei und werden auch nie frei sein. Sie bleiben immer abhängig von der Vergangenheit, von unseren Erinnerungen und Erfahrungen, die im Unbewussten gespeichert sind und deshalb auch nie frei und bewusst steuerbar sein können.«

Er unterbrach seinen Gedankenfluss, zündete den erloschenen Joint wieder an und rauchte weiter. Sein Blick ruhte erneut auf der dunken Fläche des Meeres und dessen langsamen Wellenbewegungen, die sich etwas heller aus dem Schwarz abzeichneten, seine Lippen begannen tonlose Worte zu formen, bis er schliesslich leise zu singen begann:

»Change your heart
Look around you
Change your heart

It will astound you
I need your lovin'
Like the sunshine

Everybody's gotta learn sometime
Everybody's gotta learn sometime
Everybody's gotta learn sometime.«

Das Lied war zu Ende, die Stimme von Beck war in der knackenden Endlosschleife des sich weiterdrehenden Plattentellers verschwunden, doch Futura flüsterte ihm noch immer ins Ohr:

»I need your lovin like the sunshine.«

Arturo drehte sich auf die Seite, fuhr mit seiner Hand durch ihr dichtes schwarzes Haar, zog sie näher zu sich, küsste sie auf ihren Hals und ihren Nacken, schaute ihr tief in die Augen und sagte nichts. Er drehte sich wieder auf den Rücken und legte seinen Arm um Futura, sein Blick wanderte durch sein Zimmer, von den beiden Schreibtischen, dominiert von einem grossen Bildschirm und übersät mit Tasteninstrumenten und Synthesizern, über die vollgestopften Bücher- und Plattenregale zu den zwei schwach beleuchteten Plattenspielern, die sich beide in stoischer Ruhe und Gleichgültigkeit drehten. Die Augen von Al Pacino beobachteten die in flackerndes Kerzenlicht getauchte Szenerie von einem zerknitterten, vergilbten Plakat an der gegenüberliegenden Wand. Arturo küsste Futuras Haare, stand langsam auf und ging nackt zum Plattenregal, wählte eine neue Scheibe aus, legte sie auf den sich immer drehenden Plattenteller, liess behutsam die Nadel in die Rille fallen, der Herzschlag pumpte, wurde schneller, ein langanhaltender Schrei, zuerst nur leise, dann stetig ansteigend und das Zimmer wurde langsam erfüllt von der dunklen Seite des Mondes.

»Breathe, breathe in the air.«

Arturo öffnete das Fenster, atmete die frische Nachtluft tief ein, ging zurück zum Bett und nahm Futura in seine Arme.

»Don't be afraid to care.«

Er wusste, dass sie bald aufstehen und zur Arbeit gehen musste, dass sie zurückkehren würde, dass er währenddessen an sie denken würde.

»Leave, but don't leave me.«

Seine Augen hafteten auf ihren, versanken in ihnen, er zog sie näher zu sich, küsste ihre Stirn, ihre Lippen, ihr Kinn, ihren Hals, ihre Brüste, ihren Bauchnabel, seine Finger wanderten über die Landschaft ihres Körpers, entdeckten und erkundeten ihn, ergriffen langsam, sanft, aber immer bestimmter Besitz von ihm. Der salzige Geschmack des Schweisses auf der Haut, das in warmen Wellen immer schneller durch den Körper fliessende Blut. Das Meer, irgendwo ausserhalb der Zeit.

»Look around, choose your own ground.«

Arturo stand auf, ging zum Fenster, setzte sich aufs Fensterbrett und zündete sich eine Zigarette an. Sein Blick wanderte zurück zum Bett, in welchem Futura zusammengerollt in einer Ecke lag, ein zitterndes kleines schwarzes Häuflein, verloren in der riesigen weissen Weite des Bettes, hilflos, still.

»There is no dark side of the moon, really. Matter of fact it's all dark.«

Der Herzschlag wurde leiser und leiser, bis er vollständig im Kratzen der Nadel unterging. Arturo warf seine fertig gerauchte Zigarette aus dem offenen Fenster auf die Strasse, legte nach einer Weile eine neue Platte auf, blieb vor den Lautsprechern stehen, liess den warmen Beat durch seinen Körper pumpen, setzte sich schliesslich in einen bequemen Ledersessel, drehte einen Joint und betrachtete erneut die Umrisse Futuras unter der Decke.

»Like there's nothing in the world that I need from you.
Like there's nothing in the world that I feel for you.
I want everything from you.
I take everything from you.«

Der Rauch stieg gegen die Decke, Arturo stand langsam auf, ging zum Bett und berührte behutsam Futuras Körper, eingerollt in der schwarzen Decke. Sie zuckte zusammen, rollte sich noch kleiner in ihre Decke, als wollte sie sich in Nichts auflösen und nur ihr leises, verstörtes Schluchzen zurücklassen. Arturo streichelte ihr Haar, beugte sich über sie und flüsterte etwas in ihr Ohr, worauf Futura sich langsam entspannte, sich mit einem immer weniger gequälten Lächeln auf den Rücken drehte und dankbar den Joint aus Arturos Hand entgegennahm.

»It's just that the world ain't enough and it never was for the two of us.«

Sie spürten beide auf eine ganz unterschiedliche, eigene Weise, dass in dieser Nacht eine Grenze überschritten wurde, dass sie beide diese Grenze überquert hatten und dass es nach dieser Grenze keine Möglichkeit gab, umzukehren, zurückzugehen, dass diese Grenze für immer überquert blieb. Doch sie lagen noch immer nebeneinander im Bett, inzwischen wieder eng umschlungen, lächelten und rauchten.

»Baby, it's okay. We'll make it better...«

Nachdem Futura den Joint im Aschenbecher ausgedrückt hatte, stand Arturo auf, ging in die Küche und kam wenig später mit einer Flasche Whisky und zwei Gläsern zurück ins Zimmer, legte eine neue Platte auf, schenkte einen Finger breit Whisky in beide Gläser und reichte Futura, welche, einen neuen Joint zwischen den Lippen, lächelnd im Bett lag, ihre Beine übereinander geschlagen, das Haar zerzaust, eines davon, welches sie in einem Zug leerte und ihm mit einem vielsagenden Blick wieder entgegen streckte. Arturo schmunzelte, leerte sein Glas ebenfalls in einem Zug, füllte beide Gläser erneut mit einem Fingerbreit der braungoldenen Flüssigkeit und liess sich zurück ins Bett fallen. Futura setzte sich auf ihn, nahm einen tiefen Zug ihres speziellen Jointes, beugte sich hinunter zu seinem Gesicht, ihre Nippel strichen dabei leicht über seine Brust, und küsste ihn lang und tief, den bittersüssen Rauch in seinen Mund ausatmend, ihre Brüste nun fest an seinen Körper gedrückt.

»One night to be confused
One night to speed up truth
We had a promise made
Four hands and then away
Both under influence
We had divine sense
To know what to say
Mind is a razorblade...«

Die Mischung der Substanzen liess die Zeit langsamer werden, die Bewegungen der beiden Liebenden hinterliessen Linien in der Luft, die erst nach einer gefühlten Ewigkeit verschwanden, der süssliche Rauch hing unter der Decke mit einem chemischen Nachgeschmack, vermischte sich mit dem Schweiss, der von ihren dampfenden Körpern tropfte und verdunstete. Ein Meer von Mohnblüten ergoss sich über dem Bett, ihre Bewegungen wurden langsamer und gleichmässiger, die Empfindungen gedämpfter und gleichzeitig intensiver, alles ging auf im Rhythmus.

»One night of magic rush
The start – a simple touch
One night to push and scream
And then relief

Ten days of perfect tunes
The colors red and blue
We had a promise made
We were in love...«

Arturo löste sich aus der zähflüssigen Oberfläche seines Bettes, drehte Futura auf den Rücken und sich über sie, legte sie vor sich hin, wie auf einen Altar, nahm den letzten Zug des weissen Jointes, blies den Rauch in Futuras Mund und ergoss ihn über ihren Körper, diesen wie ein Opfer segnend oder weihend.

»To call for hands of above to lean on
Wouldn't be good enough for me, no...«

Ihre Körper trieben nebeneinander im Nichts, lösten sich auf, flossen wieder zusammen und wurden zu einem Eins. Alles um sie herum war ein Fluss. Sie versanken unter die Oberfläche, doch gingen nicht unter, waren weiterhin Teil dieser Welt, betrachteten sie von der anderen Seite, aus der wattigen Tiefe. Sie waren nicht auf der Welt, sondern unter der Welt, in der Welt. Futura blickte Arturo tief in die Augen, als wollte sie ihm etwas mitteilen.

»And you, you knew the hand of a devil
And you kept us awake with wolves teeth
Sharing different heartbeats in one night...«

Als Arturo endlich wieder erwachte, war er alleine in seinem Bett. Die Sonne stand bereits hoch am Himmel, schien durch das geöffnete Fenster in sein Gesicht und durchflutete das ganze Zimmer, die Überbleibsel der vergangenen Nacht in grotesker Weise zur Schau stellend, das im Zimmer herrschende Chaos bis ins kleinste Detail entblössend. Arturo rieb sich seine blutunterlaufenen Augen in ihren dunklen Augenhöhlen, gähnte, stand auf, ging ins Badezimmer, pisste und begann die Badewanne mit Wasser zu füllen. Die Erinnerungen waren schwer und weich, wie in Watte gepacktes Blei. Er wusch sich Hände und Gesicht, was nichts Erhebliches an seinem Zustand änderte und schlurfte in die Küche, auf dem kurzen Weg mehrmals über die am Boden verstreuten Schuhe stolpernd.

»Ho bisogno di un buon caffè«, dachte er sich lächelnd, spülte seine grösste Moka-Maschine ab, füllte sie mit Wasser, häufte einen Berg guten ›Caffè Kimbo‹ in das Sieb und stellte die Maschine auf den Herd. Erst jetzt entdeckte er den kleinen Zettel, der auf dem Küchentisch lag.

»I need your lovin like the sunshine... Bis später, Küsse Futura«

Minuten vergingen, in denen er einfach so da stand, Futuras Zettel in der einen Hand, die eben angezündete Zigarette in der anderen, seine Augen durch den Zettel hindurch ins Nichts gerichtet, ein Lächeln auf den Lippen. Plötzlich überschlugen sich die Ereignisse, die Moka-Maschine auf dem Herd begann zu zischen und blubbern und aus dem Badezimmer hörte man klar und deutlich das Überschwappen des Wassers aus der übervollen Badewanne. Hektisch nahm er den Kaffee vom Herd und rannte ins Badezimmer, stolperte erneut über die am Boden liegenden Schuhe, taumelte, fiel der Länge nach hin und rutschte auf dem Bauch über den nassen Boden ins Badezimmer. Fluchend erhob er sich, drehte den Wasserhahn zu und zog den Stöpsel, um das überflüssige Wasser abzulassen. Die erste Caffettiera war bereits wieder leer, als er endlich das Wasserchaos im Badezimmer beseitigt hatte. Währenddem eine weitere Moka auf dem Herd auf ihre Vollendung wartete, schleppte Arturo eine seiner Lautsprecherboxen aus dem Schlafzimmer ins Badezimmer, drehte sich einen Joint und liess heisses Wasser in die Badewanne laufen, bis diese wieder eine angenehme Temperatur erreicht hatte. Nun konnte er sich endlich in die Badewanne legen, zu seiner Rechten die Tasse mit Espresso, zu seiner Linken der Aschenbecher samt Joint und Feuerzeug, während aus den Boxen die Stimme Bob Marleys erklang.

»Don't worry about a thing,
'cause every little thing is gonna be allright.«

Und wie beinahe jeden Morgen vermischte sich in seinem Badezimmer der süssliche Rauch mit dem Wasserdampf zu einem feinen Nebel, welcher sich über Arturos Sinne legte, sich in seinem Körper ausbreitete und ihn zum Nachdenken anregte. Gleich einem Ritual wusch er sich innerlich und äusserlich rein von den Ereignissen des vergangenen Tages, reflektierte, ordnete ein, um sich als Abschluss seines ›rîte de passage‹ unter die Dusche zu stellen, sich das Wasser über Kopf und Körper fliessen zu lassen und wie wiedergeboren darunter hervor zu kommen, gereinigt, gefestigt, unvoreingenommen, erneuert und bereit für den neuen Tag, als wäre es sein erster und gleichzeitig letzter.

Kaum hatte Arturo das Badezimmer verlassen und eine weitere Moka auf den Herd gestellt, klopfte es bereits an seiner Wohnungstüre.

»Chi è?«, rief er aus der Küche.

»Policia!«, antwortete eine ihm wohlbekannte Stimme aus dem Treppenhaus.

»Es ist offen Manù, entra, entra...«

Manuel trat in die Küche, seine Gitarre wie immer auf den Rücken geschnallt und umarmte Arturo herzlich.

»Long time no see fra, was hast du so getrieben diese Woche? Ich habe dich vermisst.«

»Ich habe mich um die Zukunft gekümmert Manù«, antwortete Arturo mit einem Lächeln um seine Lippen.

»Anyway, ich hab gedacht, ich schau mal wieder vorbei. Gestern Abend, als wir alle bei Juan und Rosa herumhingen und dich erwarteten, kam die Rede zwangsläufig auf dich. Tagelang haben sie dich weder gesehen noch gehört und natürlich hatte jeder seine eigene Theorie, was mit dir passiert sei und natürlich wurde jede dieser Theorien der gründlichen Prüfung durch den Kreis unterzogen und natürlich kamen sie dabei zu keinem Ergebnis. Die Meisten machen sich wieder einmal Sorgen, da du dich solange nicht im Mittelkreis der Welt eingefunden hast und dies selbstverständlich keinen natürlichen Ursprung haben kann.«

»Ich habe einen neuen Nabel der Welt gefunden...«

Arturo stand auf, nahm zwei Tassen, zwei Löffel und die Zuckerdose aus dem Küchenschrank, legte die Sachen auf den Tisch, drehte sich um, zog die dampfende Caffettiera vom Herd und schenkte beiden eine grosse Portion Espresso ein. Nacheinander zuckerten sie ihren Kaffee und tranken den ersten Schluck, schweigend. Arturo zündete sich eine Zigarette an und reichte Manuel die Packung und das Feuerzeug. Sie rauchten beide, tranken ihren Kaffee und starrten ins Leere, versunken in ihren eigenen Gedanken, während aus den Boxen die Stimme von Nick Cave erklang.

»People just ain't no good!«

»Eine komische Gruppe, unsere Freunde«, unterbrach Manuel das Schweigen.

»Daran habe ich auch gerade gedacht«, antwortete Arturo, musste plötzlich lachen und wie immer, wenn er lachte, ging es keine zehn Sekunden, bis auch Manù in lautes Gelächter ausbrach.

»Ich habe dich auch vermisst«, murmelte Arturo, sobald sie sich beruhigt hatten, und etwas lauter fortfahrend, »lass uns ein wenig Musik machen.«

»Good idea.«

Sie standen auf und gingen in Arturos Schlafzimmer. Manuel setzte sich in den bequemen Ledersessel und drehte einen klebrigen Joint aus schwarzglänzendem afghanischem Haschisch, während Arturo ein wenig Ordnung in das Chaos seines Studios brachte und langsam aber sicher alle seine Maschinen aus ihrem Tiefschlaf weckte. Der klebrige Rauch füllte langsam den Teil der Luft, welcher nicht vom Brummen der Maschinen ausgefüllt wurde, verschiedene Lichter blinkten in allen Farben und Arturos Hände begannen behutsam über die Tasten seines alten Klaviers zu streichen. Er spielte eine Variation des Piano-themas eines alten Tangos und liess die melancholischen Akkorde, nachdem er sie aufgenommen und geloopt hatte, in einem Meer aus Chorus und Reverb verschwimmen. Manuel sank ein bisschen tiefer in den Sessel, zog den Rauch in seine Lungen und schloss seine Augen, während Arturo eine sanft pumpende 4/4 Bassdrum unter das Piano legte und mit einem leise zischenden und swingenden Hi-Hat ergänzte.

»Let's do the old switcheroo…«

Manù erhob sich lächelnd, übergab seinen Joint feierlich an Arturo, setzte sich an die Maschinen und wenig später erklang eine wunderschöne Upright-Bassline, die sich von Takt zu Takt Richtung Unendlichkeit zu schrauben schien.

»And now let's jammin'«, rief Manuel begeistert, nahm die akkustische Gitarre aus dem Schrank und startete die Suche nach den perfekten Tönen.

»Allright.«

Arturo erhob sich aus dem Sessel, suchte sein noch knapp funktionstüchtiges Bandoneón, welches er seit seiner Zeit in Argentinien mit sich herumschleppte, spielte zaghaft eine rhythmische Figur und machte das Ziel ihrer musikalischen Reise endgültig klar: die Melancholie des

Mar del Plata, Buenos Aires. Langsam schloss er seine Augen und Manuel begann leise zu singen:

»Desilusión que estremeció mi ser,
y me llevó del corazón la paz.
Este es el pago que a mi anhelo das,
mujer falaz y cruel.«

Vor Arturos innerem Auge fielen die Konturen des Zimmers in sich zusammen und die ganze Welt, alles um ihn herum löste sich auf ins Nichts. Er hörte bloss noch die ihm wohlbekannten Worte Carlos Gardels, welche aus Manuels Mund flossen und aus dem Nichts stieg ihm plötzlich der altbekannte Duft in die Nase und eine wohlige Melancholie durchströmte seinen Körper. Er sah die alte Strasse, das Haus, das Meer, die Umrisse einer Frau und schliesslich ihr Gesicht: Maria. Er presste die Augen noch stärker zusammen, wollte sie spüren, sie anfassen und festhalten, doch alles was blieb war ihr Gesicht, welches langsam in sich zusammenfiel, zu Staub wurde, vom aufkommenden Regen erfasst und in sich rot färbenden Strömen weggeschwemmt wurde.

»So weit, so bekannt«, dachte er sich. In diesem Moment verliess seine Erinnerung die ihm wohlbekannten, ausgetretenen Pfade und aus den roten Strömen stieg eine Gestalt hervor, zuerst bis auf die schwarzen Augen durchsichtig, sich dann langsam verfestigend. Dieselben Augen wie im eben verflossenen Gesicht Marias und doch vollkommen anders. Die Gestalt drehte sich in einer endlos scheinenden Bewegung in seine Richtung und aus ihren Schultern erhoben sich unzählige Raben, flogen in alle Richtungen auseinander und wie ein Phönix stieg Futura aus der Asche Marias empor.

Nachdem sie den Song fertiggestellt hatten, sassen sie noch länger zusammen in Arturos Zimmer, hörten Musik und redeten. Arturo erzählte von Futura, davon, wie er sie kennenlernte, davon, wie sie war, was er glaubte zu fühlen, wenn er mit ihr zusammen war und was sie ihm bedeutete, auch wenn sie nicht bei ihm war. Doch je länger er erzählte, desto häufiger fehltem ihm die richtigen Worte, um seine Empfindungen treffend zu beschreiben und er musste sich mit waghalsigen Wortkonstruktionen darüber hinweghelfen, eine seiner Eigenschaften, die Manuel wohlbekannt war.

»Arturi«, begann er, nachdem Arturo seine Erzählungen allem Anschein nach nicht nur unterbrochen, sondern beendet hatte, »ich kenne dich jetzt seit Jahren. Du bist ein Mensch der normalerweise eine für ihn geeignete Balance zwischen seinen Emotionen und seiner rationalen Seite gefunden hat. Wir haben schon oft genau über das diskutiert, dieses Verhältnis zwischen den beiden Polen, über die Entscheidung des Menschen, den Weg der Rationalität, der Vernunft zu wählen.«

»Was meinst du genau Manù?«

»Ich erinnere mich, dass du mir erzählt hast, du seist ein Mensch, der die rationale Seite, auch wenn du sie noch so verabscheuen würdest, zur Kontrolle deiner Emotionen und Triebe brauchtest. Deine Emotionen seien stark, dunkel und mächtig und du bräuchtest deine Vernunft, um sie zu zügeln.«

Er zündete den erloschenen Joint wieder an, nahm einen tiefen Zug und schenkte sich einen fingerbreit Whisky nach.

»Ich weiss, wie gut du dich normalerweise mit Worten ausdrücken kannst und ich habe von dir gelernt, dass Worte kategorisiert gespeichert sind, also nach rationaler Art, dass somit das klassische ›Fehlen-der-Worte‹ darauf zurückzuführen ist, dass die emotional gesteuerte Seite unseres Gehirns über die rationale überhand genommen hat und sei es bloss für einen kurzen Moment. Wenn ich dich so sprechen und erzählen höre wie vorhin, dann merke ich doch, dass du völlig in der Welt deiner Emotionen gefangen bist und deine Vernunft nicht länger diese Kontrollfunktion ausüben lässt. Und ich frage mich, wieso das so ist und ob das gut für dich ist?«

Arturo lächelte und nahm den Joint aus Manuels ausgestreckter Hand.

»Es ist schön zu sehen, dass es Menschen gibt, die verstehen wie ich bin, die sich um mich sorgen, Menschen wie dich Manù. Ich stimme deiner Analyse auch vollumfänglich zu und schätze es sehr, dass du dir meinetwegen so viele Gedanken machst. Doch du hast etwas Wichtiges vergessen: ich bin frisch verliebt.«

Manuel trank einen Schluck Whisky, um seine Lippen bildete sich ebenfalls ein Lächeln.

»Siehst du«, sprach Arturo weiter, »du weisst, was ich meine. Wenn du frisch verliebt bist, so richtig verliebt meine ich, dann lebst du immer in der Welt deiner Emotionen, sobald du in Gedanken bei der Person bist, auf die deine Liebe gerichtet ist, schwimmst du im Meer der Gefühle und lässt dich darin treiben, das ist nur natürlich.«

Auch Arturo trank nun einen Schluck Whisky, zog am beinahe erloschenen Joint und sank ein bisschen tiefer in seinen Sessel.

»Ich habe dieses Gefühl des Verliebtseins, diese Übermacht der Emotionen unterdrückt seit... seit langem, habe sie erstickt in Rationalität, in Pragmatismus, Realismus, Nihilismus, weil ich nicht länger mit ihrer rohen Kraft umzugehen wusste, nur um jetzt zu merken, dass das alles unmöglich ist. Liebe lässt sich niemals rational erfassen.«

»Ich verstehe, was du meinst«, Manuel nahm sein Glas und prostete Arturo lachend zu, »und nun verstehe ich auch wieso du vorhin geredet hast, als hättest du zuviel ›H‹ geraucht.«

Sie umarmten sich lachend, Arturo schenkte beiden ein bisschen Whisky nach, sie prosteten sich erneut zu und liessen sich anschliessend beinahe simultan in ihre Sessel zurückfallen. Manuel nahm seinen Hasch vom Tischchen, begann einen weiteren Joint zu drehen und dachte nach.

»Doch ich weiss noch immer nicht, ob das Ganze gut für dich ist, hermano...«

Als Futura Stunden später an die Türe klopfte, war Manuel schon lange weg. Arturo hatte ein bisschen aufgeräumt und war kurz um die Ecke in den kleinen Supermercado gegangen, um Zigaretten, Wein und Zutaten für ein Abendessen zu kaufen. Nun öffnete er die Türe, sein T-Shirt mit Tomatensaucenflecken übersät, nahm Futura kurz in den Arm, küsste sie und eilte zurück zu seinen Töpfen.

»Right on time, ma la pasta…«, rief er erklärend aus der Küche, »mach es dir bequem.«

Futura trat lächelnd in die Wohnung, stellte ihre Tasche auf den Boden, zog ihre Lederjacke aus, hängte sie an die Garderobe und blieb mit wunderschönem Lächeln und verführerischem Blick im Türrahmen zur Küche stehen, die Hüften sanft schwingend zum subtilen Groove von Astor Piazzolla's Libertango, welcher alle Zimmer zu durchfluten schien.

»Haben wir Zeit vor dem Essen um ein wenig zu… tanzen?«

»Sorry, aber zwischen Primo und Secondo sollte eine kurze Tanzpause drinliegen.«

Sie mussten beide lachen. Arturo zog sie an sich und küsste sie.

»Und jetzt: sitz. Sonst wird die Pasta kalt.«

Futura setzte sich, immer noch ein Lächeln auf den Lippen, Arturo servierte den ersten Gang, ›Penne alle melanzane‹, und schenkte beiden ein Glas Rotwein ein. Sie assen schweigend und schauten sich dabei unentwegt tief in die Augen. Nach dem Essen räumte Arturo die Teller weg, drehte die Musik auf und streckte Futura seine Hand entgegen.

»Darf ich bitten?«
　　»Sie dürfen.«

Sie tanzten Tango bis die Platte zu Ende war und noch ein wenig länger. Dass sie beide nicht die besten Tänzer waren, spielte keine Rolle. Der Tango strömte aus ihrer Seele und nahm ihre Körper in Besitz, brachte sie in Schwingung, in Bewegung, durchfloss ihr ganzes Sein und liess sie schliesslich zu einem Eins verschmelzen: Astors Bandoneón, Futura, Arturo.

Etwas später brutzelten vier Stück Saltimbocca alla Romana in der grossen gusseisernen Pfanne und Arturo löschte das Ganze mit einem Schuss Marsala ab, als Futura nur mit seinem Hemd bekleidet in die Küche trat.

»Unglaublich, aber ich habe bereits wieder Hunger!«
　　Sie setzte sich lachend an den Tisch, trank einen Schluck Wein und begann den Kürbissalat auf zwei Tellern anzurichten.
　　»E' il ritmo italiano«, antwortete Arturo lächelnd, küsste ihr Haar, servierte die Saltimbocca und verschwand kurz in seinem Zimmer. Als er zurück in die Küche trat, erklang die Stimme von Gianmaria Testa aus den Lautsprechern.

»Di certi posti guardo soltanto il mare
il mare scuro che non si scandaglia

il mare e la terra che prima o poi ci piglia
e lascio la strada agli altri, lascio l'andare
e agli altri un parlare che non mi assomiglia

ma sono già stato qui
in qualche altro incanto
sono già stato qui
mi riconosco il passo.«

»Hast du nicht auch manchmal das Gefühl, alles drehe sich im Kreis, als sei das Leben, das gesamte Dasein eines jeden Menschen eine stetige zyklische Repetition?«

»Ich weiss nicht Arturo, wie meinst du das?«

»Die Welt unterteilt sich stets in Zyklen: der Zyklus des Tages, der Zyklus des Jahres und so weiter. Die Erde rotiert nun mal um die eigene Achse, dreht sich dabei in einer Ellipse um die Sonne und der Mond um die Erde. Der Mensch hat dieses Zyklische so stark in sich aufgenommen, dass er bewusst oder unbewusst sein gesamtes Dasein in ebensolche Zyklen einteilt: er steht jeden Morgen auf und geht zur Arbeit, macht seine Pausen möglichst zur selben Zeit, kommt um dieselbe Zeit nach Hause und schläft etwa zur selben Zeit wieder ein. Er arbeitet fünf Tage, hat zwei Tage frei, arbeitet fünf Tage, hat wieder zwei Tage frei, bis er im Sommer für einige Wochen ans Meer fährt, natürlich möglichst immer an denselben Ort. Sogar Menschen, die eine alternative Lebensform wählen, fallen früher oder später in ihre eigene Art von Zyklen.«

»Ich glaube, ich sehe was du meinst...«

»Sogar wenn du dir dieser Tatsache bewusst bist und immer wieder versuchst einen Schritt weiter zu gehen, einen

Sprung vorwärts zu machen, um aus dem Kreis auszubrechen, veränderst du dein Dasein höchstens in eine Spirale. Du merkst zwar kleine feine Unterschiede, doch die Repetition ist zu mächtig, als dass du ihr vollständig entkommen könntest.«

»Das Leben als eine Spirale. Dieses Bild gefällt mir. Ich glaube darin hast du recht. Doch ich würde behaupten, dass Leben ist für alle Menschen eine Spirale und kein Kreis. Die Natur zwingt uns vielleicht diese zyklische, kreisförmige Entwicklung auf, beziehungsweise unterwerfen wir uns dieser Bewegung, da wir ebenfalls Teil dieser Natur sind. Doch es gibt zwischen diesen Zyklen immer kleinere oder grössere Abweichungen, welche den Kreis zur Spirale machen. Ich glaube deshalb eher, das Problem ist die Betrachtungsweise und die Reflexion. Da der Mensch sein Leben und auch den Zyklus, indem es verläuft, wahrnehmen und reflektieren kann, spielt seine individuelle Betrachtung und Reflexion die entscheidende Rolle in der Interpretation dieses Zyklus. Sprich: betrachtest du eine Spirale von oben, ist sie ein Kreis. Jeder Punkt ist nach dem Ablauf des Zyklus am genau gleichen Ort. Betrachtest du die Spirale jedoch von der Seite und verfolgst einen Punkt darauf im Ablauf der Zyklen, ergibt sich eine Linie.«

Futura schloss ihren kurzen Monolog, indem sie den bereits eingerollten Joint ableckte, das überschüssige Papier abriss und genüsslich zu rauchen begann. Arturo schaute ihr dabei zu und lächelte.

»So habe ich mir das noch nie überlegt. Ich denke, du hast vollkommen recht.«

»Arturito, es geht doch nicht darum, ob ich recht habe oder nicht. Du hattest genau so recht mit deinen Feststellungen. Doch wie ich eben schon gesagt habe: es geht immer bloss um die Betrachtungsweise.«

Sie nahm einen tiefen Zug vom Joint, reichte ihn Arturo, schloss ihre Augen und atmete den Rauch aus. Die feinen, lieblichen Züge ihres schönen Gesichts tauchten langsam aus dem ausgeatmeten Rauch auf, beleuchtet vom flackernden Kerzenlicht, ihr schwarzes Haar glänzte, einen dunklen Kranz um die erhellte Fläche ihres Gesichts bildend und Arturo wartete sehnsüchtig darauf, dass sie ihre Augen öffnete, um erneut darin einzutauchen, ihre gesamte Welt zu erkunden und nie wieder daraus aufzutauchen. Er nahm ebenfalls einen tiefen Zug vom Joint, behielt den Rauch in den Lungen und seinen Blick auf Futuras Gesicht, bis sie langsam ihre Augen öffnete, dann atmete er den Rauch aus, liess ihn gegen die Decke steigen, tauchte ein und verschwand.

»Arturo...«
»Ja?«
»An was glaubst du?«
»Ich glaube an mich.«
»Nein, ich meine eher, was ist dir wichtig im Leben?«
»Die Freiheit... Alles und Nichts.«
»Wie meinst du das, Alles und Nichts?«
»Alles ist Nichts und Nichts ist Alles. Es gibt kein Leben ohne Sterben. Keine Freiheit ohne Tod.«
»Würdest du dafür sterben? Für die Freiheit?«
»Ich sterbe jeden Tag ein wenig dafür.«

Arturo stand auf, schwankte in die Küche, kehrte mit einer neuen Flasche Single Malt ins Schlafzimmer zurück und füllte beide Gläser grosszügig mit der aromatischen, rauchigen Flüssigkeit. Er trank einen grossen Schluck, setzte sich neben Futura auf das Bett, nahm sie in den Arm und küsste ihr Haar.

»Und du? An was glaubst du Futura?«

»Ich? Ich glaube an gar nichts, nur dann bin ich wirklich frei.«

»La mia futura anarchica... Dann frage ich wie du: was ist dir wichtig im Leben?«

»Hmm, ich würde sagen: die Liebe.«

»Und würdest du denn sterben für die Liebe?«

»Ich sterbe jede Nacht ein wenig dafür.«

Als Arturo danach wieder die Augen öffnete, war es still. Die Umgebung, das ganze Zimmer schien sich zu bewegen, zu pulsieren, genau wie der Alkohol in seinem Körper. Er stand auf, nahm sein Glas vom Nachttischchen leerte es in einem Zug und alles drehte sich, wurde noch unscharfer, schwammiger und diffuser. Die Lichter der beleuchteten Stadt warfen einen rötlichen Schimmer über den Nebel seiner Sinne, die hell blinkende Beleuchtung des gegenüberliegenden Hauses stach ihm mit jedem Aufblitzen wie tausend Nadelstiche in den Kopf (Farmacia... Farmacia... Farmacia...) und liess ihn langsam erblinden. Seine Füsse stapften vorwärts wie durch tiefen Sand, seine Hände, die an allen verfügbaren Orten Halt suchten, waren wie in Watte gepackt, sein Gleichgewichtsorgan schien in Whisky zu schwimmen und sich langsam aufzulösen und nur mit grösster Konzentration und Anstrengung schaffte er es die gesuchte Platte zu finden, diese aufzulegen, zum Bett zurück zu wanken und endlich wieder neben Futura auf die Matratze zu fallen. Die Zimmerdecke drehte sich in eine Spirale; die Spirale des Lebens. Er umarmte sie, schmiegte sich eng an sie, küsste den Schmetterling hinter ihrem Ohr und wiederholte flüsternd die Worte von Fabrizio De Andrè, welche aus den Lautsprechern direkt in sein Hirn zu tropfen schienen.

»E mai che mi sia venuto in mente,
di essere più ubriaco di voi
di essere molto più ubriaco di voi.«

Arturo murmelte leise die letzten Zeilen von ›amico fragile‹, doch da war kein Saxophon, welches ihn endgültig weggetragen hätte, es blieb nur das Rauschen des Meeres und die Kälte des Felsens, welche langsam den Weg durch seine Hose in seinen Körper gefunden hatte und sich darin ausbreitete. Er öffnete die Augen und blickte aufs Meer bis sich seine Wahrnehmung wieder auf die Dunkelheit eingestellt hatte. Er war irritiert. Vorsichtig stand er auf und streckte seine Glieder, holte seinen Flachmann aus der Tasche, nahm einen grossen Schluck und liess die wärmende Flüssigkeit durch seinen Körper rinnen. Als er den Flachmann wieder in seine Manteltasche steckte, fühlte er etwas anderes Schweres in der Tasche, ergriff es und zog es heraus: sein iPod und die Kopfhörer. Sofort suchte er das eine Album von De Andrè, war erleichtert, als er es entdeckte, drückte auf Play und konnte nun endlich in den zuvor vermissten Saxophonklängen versinken. Ein Lächeln legte sich auf seine Lippen und breitete sich über sein Gesicht aus, von seinen Mundwinkeln über seine Wangen bis zu den kleinen Falten, die seine Augen umspielten. Seine Irritation verschwand nach und nach in den Zeilen des Liedes, welche er beinahe lautlos in die Nacht schrie, immer noch auf dem Felsen im Meer stehend, die Arme von sich gestreckt, als könnte er jederzeit losfliegen (doch wohin?) und hinterliess eine Leere in ihm, dieselbe Leere, die er bereits die ganze Nacht spürte, die Leere, welche ihn ursprünglich ans Meer getrieben hatte, die Leere, die ihn bis auf wenige kurze Ausnahmen sein ganzes Leben lang begleitete. Das plötzliche Fehlen jeglicher Umgebungsgeräusche aufgrund der Kopfhörer machte die Dunkelheit undurchdringlicher und verlieh ihr eine samtige Qualität. Sie legte sich über seine Sinne wie ein schwerer Vorhang und zum ersten Mal an diesem Abend spürte er die Last der Erschöpfung und die Schwere der Müdigkeit, die auf seinen Schultern lasteten. Doch dieses Gefühl der Erschöpfung blieb auf seinen Körper beschränkt, seine Gedanken flossen stetig weiter wie die Musik aus seinem iPod. Er dachte an Argentinien, stieg wieder in das alte klapprige Auto und die Welt setzte sich in Bewegung und zog an ihm vorbei, die Stadt, die Vororte, Häuser, Strassen, Menschen, Gesichter, das Land, vereinzelte Bäume, Sträucher, Kakteen, die Pampa. Alle Erinnerungen und Empfindungen dieser Zeit zogen an ihm vorbei in einer immer schneller werdenden fliessenden Bewegung, während er stillstand, dann plötzlich nichts, zuerst weiss, dann schwarz und er musste sich hinsetzen.

»Alles ist ein Kreis, beziehungsweise eine Spirale. Deswegen auch die ständigen Schwindelgefühle. Es gibt kein Links oder Rechts, kein Richtig oder Falsch, höchstens ein Auf und Ab. Alles ist alles. Alles ist dasselbe. Und deswegen nichts. Alles was wir haben, ist Zeit. Unendlich viel Zeit.«

Er nahm den halbgerauchten Joint aus der Manteltasche, zündete ihn an und rauchte.

»Alles muss einmal zu Ende gehen. So wie alles einmal angefangen haben muss. Das Schwierige ist bloss, Anfang und Ende auseinanderzuhalten. Doch das ist nur eine Frage der Perspektive. Wir leben in einer Zeit der pervertierten Realität, in der alles verdreht wird. Da wäre es eigentlich verständlich, würde man Anfang und Ende verwechseln. Aber das ist es nicht. Es ist mehr als würden Ende und Anfang ineinander fliessen. Denn jeder Anfang ist das Ende von etwas und jedes Ende der Anfang von etwas anderem. Genau wie Futura...«

Die kühle Nachtluft fühlte sich noch intensiver an in seinem Gesicht, jetzt da er seine Kopfhörer in den Ohren hatte. Auch der Geruch des Meeres drang immer stärker in seine Wahrnehmung. Arturo schloss seine Augen, schaltete De Andrè in den Hintergrund und konzentrierte sich vollkommen auf seinen Geruchssinn. Langsam teilte sich der Geruch in seine Bestandteile auf. Das Salz des Wassers, der Geruch der Fische, das leicht Faulige der wenigen Algen, das Öl und der Diesel der Schiffe, das Erdige der nassen Felsen auf denen er sass, die nie komplett aus der

Luft verschwindenden Abgase der Stadt, eine feine Note Müll und Verwesung, eine noch feinere Note Futura, die auf seinen Kleidern und seiner Haut viel stärker war, sich aber in der Nachtluft verlor; alles breitete sich einzeln vor ihm aus und er genoss jede einzelne dieser Duftnoten, konzentrierte sich einen kurzen Moment auf sie, kostete sie aus und ging weiter zur nächsten.

»Patterns... Mein Verhalten ist wie meine Musik.«

Er öffnete die Augen und begann wieder zu lächeln. Der erloschene Joint schien an seinen Lippen zu kleben, seine Hände trommelten einen Beat auf die Jeans, seine Haare wehten im Wind. Die Flamme des Feuerzeugs erhellte kurz seine Gestalt, die gleich wieder in der Dunkelheit und etwas später auch im Rauch verschwand.

»Patterns«, dachte er nochmals, »Patterns laufen in einem Loop. Und wieder leuchtet der mächtige Kreis über allem und wirft die Schatten der Realität ins Bewusstsein. Inti, wie es die Inkas nannten, oder Bhava-Cakra für die Buddhisten. Der Kreis ist überall.«

Er warf den fertig gerauchten Joint ins Meer und lehnte sich zurück.

»Das Gedächtnis definiert das Menschsein, denn ohne Gedächtnis existiert kein Individuum. Jeder Mensch wird erst durch sein Gedächtnis, seine Erinnerungen zu dem, was er ist. Ohne Gedächtnis ist man nichts. Und genau darin liegt die grösste Gefahr. Wie sagt man so schön: with one hand the past moves us forward and with the other it holds us back. Vorsichtig bewegen wir uns auf dem geschwungenen Pfad des Lebens in die Dunkelheit der Zukunft und das einzige Licht, das uns Orientierung bietet, ist die Vergangenheit, welche hinter uns hell leuchtet.«

Er streckte seine Glieder bis sie gefährlich knackten und stand langsam auf, kletterte vorsichtig von den Felsen und ging ein weiteres Stück dem Strand entlang. Die Bewegung wärmte sein Inneres, gleichzeitig weckte ihn die Kühle der Nachtluft in seinen Lungen. Langsam verklangen die letzten Töne des Albums in seinen Kopfhörern und er hörte immer klarer und deutlicher das Rauschen des Meeres. Er schob die Kopfhörer samt Kabel zurück in die Tasche, hielt mitten in der Bewegung inne, entschied sich schliesslich anders und steckte die Kopfhörer wieder in die Ohren, nahm den iPod aus der Tasche, wählte ein neues Album und liess seine Gedanken fliessen.

»I am blind and I cannot see
You are there, your petty evil don't bother me
Playing all the clothes you wear
Laughing down at me, but I don't care.

Right on for the darkness
Right on for the darkness.«

Sie sassen gemeinsam im kleinen, gemütlich eingerichteten Wohnzimmer von Juan und Rosa, rauchten, tranken und diskutierten. Aus den Lautsprechern erklang die Stimme von Willie Wright und sang von der Dunkelheit, vor dem Plattenspieler kniete Juan und wühlte in seinen Plattenkisten auf der Suche nach dem nächsten Stück, das er präsentieren wollte, denn Juan spielte nie einfach nur Musik, nein, Juan präsentierte seine Platten, erklärte ihren Ursprung, ordnete sie in die Musikgeschichte ein, erzählte Geschichten dazu, machte auf bestimmte Passagen aufmerksam und bewertete sie nach seinem eigenen Massstab. Die Anderen teilten sich die wenigen Sitzgelegenheiten, sassen auf Kissen auf dem Boden oder lehnten an der Wand, diskutierten in kleinen Gruppen oder waren allein in Gedanken versunken, tranken Whisky oder Rotwein und rauchten Joints oder Zigaretten. Das Zimmer lag im Halbdunkel, einige Kerzen und Öllampen sorgten für Beleuchtung und tauchten es in ein flackerndes, warmes Licht, welches den im Zimmer schwebenden Rauch von unten beschien und wie Nebelschwaden über der Stadt aussehen liess. Die Wände waren mit Regalen zugestellt, in welchen sich eine unendliche Menge Bücher zu Bergen stapelten, um den Plattenspieler herum standen Kisten mit unzähligen Platten, der einzige Tisch war mit Papier übersät und inmitten dieses kreativen Chaos befanden sie sich alle; Juan an seinem Plattenspieler, Andres in Gedanken versunken auf der Fensterbank, David und Josep auf Stühlen am Tisch in eine lebhafte Diskussion vertieft, Patricia und Alejandra auf dem Sofa, die Diskussion der beiden Männer verfolgend und leise kommentierend, Arturo auf einem Kissen an der Wand sitzend und scheinbar in einem Buch lesend und schliesslich Rosa, mit geschlossenen Augen an ihn angelehnt, den Kopf auf seine rechte Schulter gelegt, einen riesigen Joint in der Hand.

»Eine schöne Interpretation von Willie Wright. Er singt den Text etwas abgeändert im Vergleich zur Originalversion von Curtis Mayfield. Ein Beispiel dafür ist die Zeile ›laughing down at me, but I don't care‹, welche im Original ›laughing at me, and I don't care‹ lautet. Durch diese feine Veränderung bringt er eine stärkere Verzweiflung zum Ausdruck, da er den sozialen Unterschied mit dem bekannten Bild des Oben und Unten noch stärker betont und ihn im Gegensatz zu Curtis Mayfield in sich aufgenommen zu haben scheint...«

Juan referierte ins Nichts, doch das schien ihn weder zu stören, noch davon abzuhalten weiterzureden. Mit flinken Fingern stöberte er durch seine Kisten, wies währenddessen auf die Querflöte hin, die dem zweiten Teil des Liedes zusammen mit den Congas eine südamerikanische Note verlieh und legte schliesslich als nächste Platte das Original von Curtis Mayfield auf, um seinen Vergleich der beiden Versionen abzuschliessen. Arturo räusperte sich, legte das Buch zur Seite, nahm den Joint aus Rosa's Hand entgegen und zog den aromatischen Rauch, gemischt aus afghanischem Haschisch und schweizer Marihuana, welches Juan eigenhändig mit seinem alten VW importiert hatte, tief in seine Lungen.

»Ich liebe Curtis Mayfield, aber die Version von Willie Wright gefällt mir besser«, sagte er vor sich hin, bloss um etwas zu sagen und vielleicht auch um Juan mit seinen Ausführungen nicht alleine zu lassen. Er spürte immer wieder Alejandras Blick von der Seite, welche in das Gespräch mit Patricia vertieft zu sein schien, in deren Gesicht er jedoch die momentane Abwesenheit ihrer Gedanken entdecken konnte.

»Desolation angels«, dachte er sich lächelnd, »genau das sind wir, wir alle. Menschen, die kein Ziel haben, sondern nur einen Weg.«

»Du würdest mir besser den Joint geben, das ist mir Bestätigung genug.«
Juan stand mit ausgestreckter Hand lächelnd vor ihm und blickte ihm fordernd in die Augen.

»Entschuldigung, anscheinend habe ich heute Hühnchen gegessen.«

Sie brachen gleichzeitig in Gelächter aus, welches sogar Rosa zurück aus ihrem Delirium holte und ihr ebenfalls ein Lächeln entlockte. Juan küsste sie auf die Stirn, zog genüsslich am Joint und machte sich sogleich wieder auf die Suche nach der nächsten Platte, während Arturo sich mühselig erhob, sich darauf achtend, dass Rosa durch das Wegfallen seines Körpers als Stütze nicht plötzlich das Gleichgewicht verlor und hinfiel, die wenigen Schritte zur improvisierten Bar auf der Kommode ging und sich ein grosses Glas Single Malt einschenkte, welches er in einem Zug halb leerte, es wieder auffüllte und sich schliesslich zurück auf sein Kissen setzte, die komplette Szenerie des Zimmers beobachtend, welche langsam aber sicher in einen starken Nebel aus Whisky und Gras getaucht war. Alle Bewegungen hinterliessen Striche in der Luft, die langsam wieder verschwanden wie die Kondensstreifen eines Flugzeuges. Der Plattenspieler knackte, die Nadel senkte sich und langsam breiteten sich neue Klänge im Zimmer aus und über diesen Klängen thronte eine heisere männliche Stimme und sang von einem fehlenden Zuhause und einem rollenden Stein.

»How does it feel?
How does it feel?
To be on your own,
With no direction home,
Like a complete unknown,
Like a rolling stone?«

Arturo schloss seine Augen und genoss das Schlingern des Alkohols in seinem Körper, er dachte an nichts, lauschte der Musik, die ihn zu durchfliessen schien.

»Dylan god«, sagte er halblaut vor sich hin.

»Diese Platte ist für dich Arturi, schön, dass du wieder einmal hier bist.«

Juan stand vor ihm, gab ihm lächelnd den Joint zurück und setzte sich einen Moment neben Rosa, legte seinen Arm um sie und zog sie näher zu sich. Arturo zündete den erloschenen Joint wieder an, nahm einen Zug und schloss erneut seine Augen. Seine akkustische Wahrnehmung schien ziellos im Raum hin und her zu wandern, mal hörte er Teile der Diskussion zwischen David und Josep, mal das unverständliche Flüstern von Patricia oder Alejandra, dann wieder die kratzende Stimme Bob Dylans.

»When you ain't got nothing, you got nothing to lose...«

Es war wie das altbekannte Spiel aus seiner Kindheit. Er hatte seine Augen geschlossen und war deshalb unsichtbar. Von den anderen nicht wahrnehmbar, war er doch unter ihnen, hörte ihre Gespräche, lauschte ihren Geräuschen und sah ihnen vor seinem inneren Auge zu, wie ein Spion. Ein (wilder) Detektiv der Bohème.

»You're invisible now, you got no secrets to conceal...«

Die Stimmen der beiden am Tisch diskutierenden Männer wurden plötzlich lauter, ihre Diskussion intensiver und hitziger, so dass sie sich immer stärker in den Vordergrund von Arturos detektivischer Wahrnehmung drängte. Anfangs konnte er den Kontext ihrer Äusserungen nicht herstellen, hörte bloss aneinandergereihte Worte, die sich langsam zu Sätzen strukturierten, deren Inhalte sich ihm jedoch noch nicht erschlossen. Er konzentrierte sich stärker auf die beiden Stimmen, schob die restlichen Geräusche des Zimmers in den Hintergrund und versuchte in den Gedankenfluss von David und Josep einzutauchen und darin mitzuschwimmen, wobei der in grosser Menge konsumierte Whisky zuerst eine nicht unermessliche Hürde, dann jedoch ein grosses Hilfsmittel war.

»...überleg doch mal: es gibt 1,5 Milliarden Muslime auf der gesamten Welt, doch sie können in keinem Bereich eine substantielle Errungenschaft vorweisen, nicht im politischen Bereich, nicht in gesellschaftlicher Hinsicht, weder in den Naturwissenschaften noch in der Kunst oder Literatur. Alles was sie mit grosser Hingabe tun, ist beten und fasten, beten und fasten, doch niemand bemüht sich, die Lebensbedingungen innerhalb islamischer Gesellschaften zu verändern und zu verbessern. Und unbewusst spüren diese Menschen, dass das ein kollektives Versagen ist...«

»Stopp mal kurz David, jetzt hast du etwas Wichtiges vergessen. Sagt dir der sogenannte Arabische Frühling nichts? Erst vor kurzem haben Muslime im Rahmen dieser Bewegung sehr wohl für eine Verbesserung der Lebensbedingungen und eine Veränderung der islamischen Gesellschaft demonstriert und gekämpft.«

»Aber jetzt bist du doch naiv Josep. Der Arabische Frühling war lediglich eine Antwort auf autokratische Systeme und Despotismus, also auf die Gründe, die die arabische Welt in Dunkelheit haben versinken lassen. Die Proteste waren aber kein Verlangen einer kulturellen oder wissenschaftlichen Renaissance. Daher kann man keine weitreichenden Veränderungen erwarten, was uns die Entwicklung nach dem Arabischen Frühling auch bestätigt. Eine wirkliche Befreiung wird es nur geben, wenn auf politische Veränderungen ein kultureller Wandel und eine Veränderung von Einstellungen folgt. Die arabischen Muslime müssen ihren falschen, aber weit verbreiteten Glauben ablegen, dass Wissenschaft und Politik in irgendeiner Weise Elemente von Religion enthalten. Diese ›Inschallah-Mentalität‹, die für alles Gott verantwortlich macht, ist der Gegensatz zu wissenschaftlichem oder allgemein modernem Denken. Nach unseren modernen, aufgeklärten Massstäben sind islamische Gesellschaften kollektiv gescheitert, da aus ihnen keine Impulse für einen Wandel, keine substantiellen Entdeckungen und Erfindungen hervorgehen.«

»Jetzt bist du wieder unfair. Gerade hier auf der iberischen Halbinsel sind die Errungenschaften des Islams noch immer präsent. Von hier aus legten nordafrikanische Muslime die Grundlagen für Arithmetik, Chemie und einige andere Wissenschaften. Noch heute nennen wir ›unsere‹ Zahlen arabische Zahlen...«

»Aber das ist es doch gerade: noch heute! Doch was ist heute? Ich spreche dem Islam keineswegs seine grossartigen Errungenschaften ab. Doch diese liegen bald tausend Jahre in der Vergangenheit. Ich frage nochmals: was ist heute? Elektrizität? Elektromagnetische Wellen? Antibiotika? Den Verbrennungsmotor? Computer? Demokratie? Menschenrechte? Gesellschaftliche Ideen und Entwicklungen? Internet? Musik? Literatur? Nichts. Seit tausend Jahren nichts.«

»Es ist nicht so einfach wie du denkst David. Auch in islamischen Ländern gibt es Demokratie und Modernität und immer stärkere Tendenzen hierzu. Überleg doch mal, Europa machte dieselbe Entwicklung. Früher gab es ständig Kriege zwischen Katholiken und Protestanten. Gesellschaften müssen ihre radikalen und blutigen Erfahrungen machen, damit die Menschen zu Sinnen kommen und als Gesellschaft, sowie als Individuen reifen. Ich glaube, dass die islamischen Gesellschaften gerade im Begriff sind, diese schrecklichen Erfahrungen zu machen und dass sie in diesem Prozess unterschiedlich weit fortgeschritten sind.«

»Damit hast du recht. Doch ich glaube, beobachten zu können, dass sich islamische Gesellschaften dieser Entwicklung widersetzen. In der Mitte des zwanzigsten Jahrhunderts gab es verschiedene Länder mit islamischen Gesellschaften, die eine Modernisierung versuchten. Ägypten, Pakistan, Indonesien, Iran; das waren alles Länder, denen eine sehr moderne Idee zugrunde lag, die Bildung und Fortschritt als etwas Gutes sahen. Aber was ist davon geblieben? Blosse Ideen. Und erneute Radikalisierung.«

»Auch das kennen wir aus Europa: erneute Radikalisierungen. Eine Entwicklung ist nie vollkommen geradlinig, sie verläuft viel eher in einer Wellenbewegung. Es gibt immer wieder Rückschritte, ich erinnere dich an die Radikalisierung Europas in der Zeit zwischen den Weltkriegen, an Hitler, Franco, Mussolini, Salazar, aber auch an meinen berühmten Namensvetter; alles Rückschritte, radikale Strömungen, die sich der Modernisierung, der Demokratie und der Humanität widersetzten.«

»Doch diese Strömungen waren anders als die Radikalisierung in den islamischen Gesellschaften. Es ging nicht um eine Rückbesinnung auf religiöse Fundamente, auf Gott. Es ging um einen alternativen Weg in die Moderne. Diese verabscheuungswürdigen Strömungen, die du ansprichst, waren nicht per se modernisierungsfeindlich, es ging dort also um andere Ängste des Menschen, nicht um ein Wiederaufgreifen religiöser Sitten, Praktiken und Ideen. Oder einfacher gesagt: die Trennung von Kirche und Staat blieb unangetastet und wurde nicht plötzlich wieder in Frage gestellt. Und genau hier liegt meiner Meinung nach die spezielle Qualität der islamischen Gesellschaften; wie ich vorhin schon sagte: der Glaube, dass die Politik, oder nennen wir es die Organisation der Gesellschaft, Elemente von Religion enthalte und Gott in irgendeiner abstrakten Weise dafür verantwortlich sei. Für alle monotheistischen Religionen, auch für Christen und Juden, ist diese Tatsache schwierig zu akzeptieren und trotzdem haben sich christliche und jüdische Gesellschaften ziemlich schnell und vergleichsweise reibungslos in diese Richtung angepasst, die überall zu findenden Fundamentalisten ausgeschlossen, ohne deswegen ihre Identität eingebüsst zu haben. Im Unterschied zu den anderen monotheistischen Traditionen scheint mir die Verflechtung von Religion und gesellschaftlicher Organisation ein viel zentralerer Bestandteil der muslimischen Identität zu sein. Zudem ist die eigene Identität in Abgrenzung zu den Anderen über die Jahrhunderte für islamische Gesellschaften immer wichtiger geworden, ihre Bedeutung hat sich ins Unendliche potenziert, weshalb die Angst vor einem Verlust dieser Identität mittlerweile ins Irrationale steigt. Deshalb die Rückbesinnung, die Radikalisierung. Deshalb plötzlich wieder überall Bärte und Burkas. Aus einer irrationalen Angst davor, die Bedeutung auf der Welt zu verlieren, die man schon lange verloren hat.«

Es entstand ein kurzer Moment der Ruhe. David entkorkte eine neue Flasche Tempranillo und füllte zuerst sein Glas, dann Joseps, welcher seinerseits eine Zigarette drehte und nach einem Feuerzeug zu suchen begann. Rosa schien inzwischen von ihrem Trip überholt worden zu sein und schlummerte neben Arturo auf dem Teppich, Andres hatte sich auf der Fensterbank etwas aufgerichtet und schrieb gerade eine SMS, die Frauen auf dem Sofa teilten einen Joint und lauschten der hohen Stimme Tim Buckleys von der Platte, die Juan soeben aufgelegt hatte.

»This old world will never change the way it's been
And all the ways of war won't change it back again
I've been out searchin' for the dolphin in the sea...«

Arturo erhob sich, streckte seine Glieder, ging die wenigen Schritte zum Tisch, nahm sein Feuerzeug aus der Hosentasche, zündete die Flamme an und streckte sie Josep entgegen, welcher überrascht, doch dankbar seine Zigarette entzündete und rauchte.

»Jungs, entschuldigt mich, wenn ich mich einfach so in eure Diskussion einmische...«

»Nur zu Arturo, die Bühne der Rhetorik steht allen offen.«

David lehnte sich lächelnd zurück, leerte sein halbes Glas in einem Zug und nahm, sich höflich bedankend, den Joint aus Arturos Hand entgegen. Die zwölfsaitige Gitarre liess das Thema des Songs langsam anschwellen, das Vibraphon und der Bass setzten farbige Tupfer auf das dabei entstehende Klangmeer, Arturo holte sein Sitzkissen, legte es auf den Boden und setzte sich im Schneidersitz zwischen die beiden Stühle, wobei seine Kniegelenke bedrohlich knackten.

»Ich finde deine These sehr interessant David und sie wirkt auf mich auch ziemlich einleuchtend. Die Entwicklungen in den islamischen Gesellschaften interpretiere ich auf eine ähnliche Weise, allerdings würde ich es allgemeiner formulieren. Meiner Meinung nach sind alle religiösen Gesellschaften gescheitert.«

Arturo richtete sich etwas auf, nahm einen Schluck Whisky und führte seinen Gedankengang weiter.

»Die religiöse Gemeinschaft als Blaupause für ein Gesellschaftskonzept ist eine veraltete Idee, eine Stufe in der

Entwicklung der menschlichen Gesellschaft, die zu einer gewissen Zeit ihre Berechtigung hatte, inzwischen aber längst überholt ist, eine Idee, die, so fortschrittsantreibend sie einmal gewesen sein mag, denselben Fortschritt immer stärker hemmt. Religion ist ein Anachronismus, das heisst aber nicht, dass alle Ideen der Religion überholt sind. Moralische und ethische Konzepte der Religionen sind Errungenschaften, deren Stellenwert immerwährend bleibt, da sie in jedes erneuerte Konzept des Humanen eingeflossen sind. Als Gesellschaftsidee hat die Religion jedoch seit der Renaissance, spätestens seit der Aufklärung ihre Berechtigung verloren, ist als Entwicklungsstufe abgeschlossen. Seitdem ist die säkulare Welt der Nährboden für den Fortschritt. Die Religion hat ihre Arbeit für die Entwicklung des Menschen getan und bleibt nur noch als romantische Idee. Denn die Religion bringt dir nicht mehr bei zu leben. Sie ist nur noch die Maske der Angst und der Unwissenheit; des Todes.«

Im Zimmer war es plötzlich still, abgesehen von der Musik die sich aus den tiefen Tälern des Vinyls im Raum ausbreitete. Alle Augen waren auf die drei Männer am Tisch gerichtet, sogar Juan hatte seine Rolle als Kommentator seiner Platten kurzzeitig aufgegeben. David reichte Arturo den Joint und forderte ihn mit einem anerkennenden Nicken auf, weiterzusprechen und dieser gehorchte, die Augenlider zu einem kurzen Dank (für den Joint?) gesenkt.

»Das Problem der islamischen Gesellschaften ist also eher ein allgemeines Problem, welches jeder religiösen Gesellschaft (ergo jeder Gesellschaft) in ihrer Entwicklung begegnet. Die grösseren Probleme, die das Ablegen der Entwicklungsstufe Religion und der Schritt in die nächste, die säkulare Stufe den islamischen Gesellschaften bereitet, liegen nicht im Islam begründet. Sie sind vielmehr Ausdruck des gegenseitig aufgebauten Anderssein, welches die Beziehung zwischen dem christlichen Europa und dem islamischen Raum seit Jahrhunderten prägt. Die Aufklärung, Säkularisierung, Demokratisierung, Humanismus – der Weg Europas – erscheint der islamischen Welt als fremder Weg. Er ist für sie ebenso mit allen negativen Seiten unserer Kultur verbunden, wie mit den eben erwähnten positiven. Coca-Cola, Demokratie, Kapitalismus, McDonalds, Humanismus, Atombomben, Blue-Jeans, Menschenrechte, Drogen, Pornographie, Frauenrechte, Kriege, Benzin, persönliche Selbstbestimmung und Freiheit, Maschinengewehre, Fernsehen, freizügige Kleidung – alles Auswüchse desselben Weges, des Weges, der ihnen von denjenigen Menschen als richtig verkauft wird, die in erster Linie ihr Erdöl stehlen wollen. In der Fremdwahrnehmung spazieren Thomas Jefferson, George W. Bush und Ronald McDonald Hand in Hand mit ganz Europa über ein blutiges Feld und im Hintergrund erhebt sich ein Atompilz in den rauchigen Himmel. Die islamische Gesellschaft will ihre eigene Entwicklung machen, muss sich dafür auf ihre eigenen Werte und Errungenschaften berufen, sich ihrer eigenen Grösse bewusst werden, doch was ist in dieser globalisierten Welt, in der sich die europäisch/amerikanische Geisteshaltung samt all ihren Auswüchsen bis in den verlorensten Zipfel der Welt verbreitet hat, noch eigen? Der Islam, die Bärte und die Burkas. Deshalb die Rückbesinnungen:

als Reaktionen eines in der trotzigen Rolle des Anders-
seins verhafteten Kulturkreises auf ›unseren‹ Kultur- und
Wirtschaftsimperialismus, welcher diese Rolle des Anderssein schon immer unterstützt hat und dies auch weiterhin tut. Die Hoffnungen auf den Arabischen Frühling,
den Freiheitsaufbruch im Mittleren Osten, waren in meinen Augen von Anfang an illusionär: die Unruhe auf den
arabischen Strassen war kein Ruf nach Demokratie wie in
Mitteleuropa vor 1989. In Polen mochte man den Westen
und seine politische Führung. In Ägypten dachte man,
dass die westlichen Führer mit den eigenen Diktatoren im
Bett gewesen seien. Kein Wunder, dass diese Bitterkeit in
Feindseligkeit und Gewalt umschlug.«

Arturo leerte sein Glas und verzog dabei ein wenig sein
Gesicht, die Wärme des Whisky breitete sich schnell in
seinem ganzen Körper aus und hinterliess das wohlbekannte Taumeln in seinem Kopf. Niemand sagte etwas,
alle schienen gebannt darauf zu warten, dass Arturo weitersprach, doch dieser hatte alles andere im Sinn, ausser
weiterzusprechen und seine Gedanken weiter auszufüh-
ren, er hatte alles gesagt.

»Genug Politik! Wir sind Künstler, was wissen wir schon
von Politik?«
   Juan, der die von Arturo in seinen Kopf gepflanz-
ten Gedanken bereits hätte weiterausführen können, tat
ebendies auch nicht, da er zufrieden war, dass er durch die
entstandene Stille seine Reise quer durch die Geschichte
seiner Plattenkisten ungestört fortsetzen und dabei auf
die ungeteilte Aufmerksamkeit aller zählen konnte. Mit

übertrieben theatralischer Gestik zog er eine Platte aus einer seiner Kisten, die Scheibe aus der Kartonhülle und die Augen aller auf sich, schnupperte an der Scheibe aus Vinyl, legte sie vorsichtig auf den Plattenspieler und senkte endlich, doch unendlich langsam die Nadel.

»Now back to our teenage years and our teenage fears...«

Die Nadel kratzte über das Vinyl, beseitigte Staub aus der Rille, knackte und endlich erklang wieder Musik, durchbrach die angespannte Stille und liess das ganze Zimmer auf einen Schlag in Gemütlichkeit versinken. Ein klarer Groove, drei Töne auf dem Piano, dieselben Töne auf dem Bass, ein leicht versetzter Clap und die unverkennbare Stimme Robert Smiths, die über dem simplen Pop-Song zu schweben schien.

»I've waited hours for this,
I've made myself so sick,
I wish I'd stayed asleep today.
I never thought this day would end,
I never thought tonight could ever be
This close to me...«

Das schrille Dröhnen der Türklingel unterbrach die aufkommende gemütliche Stimmung genauso wie Juans Erklärung, wohin er die musikalische Reise an diesem Abend steuern wollte, und hinterliess eine Reihe erstaunter und fragender Gesichter im Kerzenschein. Niemand schien jemanden zu erwarten, was die Vermutung nahelegte, dass es sich nur um die gewohnte Beschwerde des erzkonservativen Ex-Franquisten aus dem oberen Stock handeln konnte.

»Wenn das wieder der hässliche, fette Kerl von oben ist, dann prügle ich diesen Faschisten trotz seines Alters eigenhändig die Treppe hoch zurück in seine dreckige Wohnung...«

Andres unterbrach damit die schwere Lethargie, die seine Anwesenheit bis zu diesem Zeitpunkt ins Unwirkliche getaucht hatte, richtete sich auf und ballte wütend die Fäuste, worauf sich Arturo lächelnd erhob und sich in seine Richtung wandte.

»Nur ruhig Andresito, ich glaube, es ist noch ein bisschen früh für den Nazi-Aufmarsch aus der vergangenen Zeit. Jetzt ist viel eher der Moment der Zukunft.«

»Die Zukunft?«

»Futura. Ich habe doch vorhin gesagt, dass sie noch kommt. Funktioniert der Summer wieder Juan?«

»Yessir.«

Und dann war sie da, ihre schwarzen Haare zusammengebunden, ihr Körper in blau, gelb und schwarz gekleidet, ihre dunklen Augen wie glühende Kohlen leuchtend, begrüsste alle herzlich mit Küssen, verzauberte sie alle, legte eine Tüte mit Sandwiches und eine Flasche Wein auf den Tisch, füllte den Raum mit ihrer Anwesenheit, setzte sich schliesslich neben Arturo, den eigentlich einzigen, den sie verzaubern wollte und schmiegte sich an ihn. Er küsste ihr Haar, zündete den eben gedrehten Joint an, nahm drei Züge, reichte ihn ihr, sie nahm ihn entgegen, führte ihn an ihren wunderschönen Mund, zwischen ihre vollen Lippen, rauchte ebenfalls drei Züge, gab ihn zurück, er wieder drei Züge, sie drei Züge und so weiter.

»But if I had your faith,
Then I could make it safe and clean.
If only I was sure,
That my head on the door was a dream.«

Die Ankunft Futuras hatte die unterbrochene Diskussion endgültig zum Erliegen gebracht und die letzten Anzeichen von Aktivität in Gemütlichkeit ertränkt. Der inzwischen stark angetrunkene David drängte sich zwischen Patricia und Alejandra auf das Sofa und leerte langsam seine Flasche Wein, während die beiden Frauen ihr Gespräch über moderne Malerei wiederaufnahmen, Andres hatte seinen Stuhl am Tisch übernommen, ass ein Sandwich und nickte mit dem Kopf im Takt der Musik, Josep war in Gedanken versunken und rauchte, Rosa schlummerte auf dem Teppich neben Futura, die an Arturos Schulter gelehnt, ihm flüsternd die Ereignisse ihres Tages erörtete. Nur Juan schien sich von all der Ruhe nicht beeinflussen zu lassen und wühlte mit einer unbändigen, unendlichen Energie in seinen Plattenkisten, stellte laut kommetierend eine Auswahl an New Wave Songs zusammen (von Joy Division über The Cure, Gang of Four, Bauhaus, The Human League, Depeche Mode, Siouxsie and the Banshees, New Order, Tuxedomoon, Grauzone, DAF und Echo & the Bunnymen bis zu The Smiths) und fand daneben trotzdem noch Zeit, um einen Joint zu drehen, zu rauchen und zu trinken. Er war wie in einem Wahn, vergass alles, was um ihn herum passierte und trotzdem waren seine Bewegungen langsam und gemächlich, seine Stimme ruhig und sein Blick fest. Die brennenden Kerzen wurden immer spärlicher, das Zimmer dunkler und verraucht. Juans Körper warf Schatten auf die Bücherregale hinter ihm, die sich durch seine wirren Bewegungen in gespenstische Formen verwandelten, passend zur düsteren, wehmütigen, zornigen, doch auch romantischen und teilweise sogar zarten Musik und diese mit Musik untermalten Schattenspiele fesselten nach und nach den Blick aller Personen im Zimmer, selbst die beiden Frauen auf dem Sofa verstummten und tauchten mit ein in die Welt, die Juan ohne es genau zu wissen oder zu planen vor ihnen ausbreitete. Der orangene Schein der Strassenlaternen erleuchtete die beiden Fenster, die zur Strasse gingen und erzeugte einen dumpfen Schleier, welcher das Zimmer wie eine schwebende Grenze von der Realität abtrennte und immer weiter entfernte. Die wenigen Gespräche im Zimmer drifteten immer weiter ab ins Surreale, die Welt existierte nur noch als blosse Idee in ihren Köpfen, denn sie waren gefangen in ihrer eigenen Welt, mit dem Wohnzimmer als Koordinatensystem und der Musik als einzigem Ausdruck der Wirklichkeit. Die vereinzelten Töne und Klänge der Strasse, die durch die geöffneten Fenster in ihre Welt der Kakteen drangen, erreichten ihre Ohren nur noch als dumpfe Impulse ohne jeglichen Bezug zu ihrem Ursprung, sie verschwammen mehr und mehr in der Musik, die das Dissoziative ihres Zustands perfekt untermalte.

»Catch me if I fall
I'm losing hold

I can't just carry on this way
And every time I turn away
Lose another blind game
The idea of perfection holds me
Suddenly I see you change
Everything at once
The same
But the mountain never moves...«

Langsam löste sich ein Klopfen aus der dumpfen Geräuschkulisse, drängte sich immer stärker in den Vordergrund und wurde lauter und lauter. Doch niemand schien es wahrzunehmen. Minuten vergingen, bis Andres sich erhob und auf dem Weg Richtung Toilette kurz innehielt, da das Klopfen immer lauter an sein Ohr drang und es ihm nicht länger möglich war, den Ursprung dieses Klopfens in seinem Kopf festzumachen, es also anderweitig entstehen musste und eine Reaktion seinerseits verlangte. Er schlurfte zur Wohnungstüre, lehnte seinen Kopf daran und horchte. Da war das Klopfen wieder. Ohne zu fragen, wer sich vor der Türe befand, riss er diese plötzlich auf und starrte mit weitaufgerissenen Augen und tellergrossen Pupillen ins ungewisse des Treppenhauses, welches bis auf ein dröhnendes Gelächter leer zu sein schien. Andres war verwirrt, doch plötzlich entdeckte er hinter dem Gelächter einen ihm bekannten Haarschopf, dann Augen, dann ein Gesicht und seine Verwirrung löste sich so plötzlich in der Umarmung, in die ihn Manuel schloss, wie sie kurz vorher entstanden war. Er trat zur Seite und Manuel überschritt die Schwelle in ihre Welt, ins Halbdunkle, immer noch lachend, stellte seine Gitarre in die Ecke und warf einen Blick in den Kreis.

»Scheisse, was ist denn mit euch passiert?«
Andres legte seinen Arm um Manuels Schultern und lächelte.

»Kakteen...«

»Was für einen Scheiss redest du?«

»Alejandra. Meskalin.«

Arturo hatte sich mühsam erhoben und die zwei erklärenden Worte durch seine Lippen gepresst. Er wankte die wenigen Schritte zur Türe, umarmte den Neuankömmling, reichte ihm den Joint und liess sich wieder neben Futura auf den Teppich fallen.

»Wir haben dir etwas aufgehoben. Enjoy it.«

Manuel antwortete mit einem breiten Grinsen, welches sich nach und nach in ein lautes Lachen und wieder zurück verwandelte, machte sich auf die Suche nach dem Regenbogen inmitten der diffusen Welt der Schatten, setzte sich anschliessend neben Arturo in ein weiches Meer fluoreszierender Kaktusblüten und drehte einen Joint.

»*Dirt behind the daydream*
Dirt behind the daydream
The happy ever after
Is at the end of the rainbow

White noise in a white room
White noise in a white room

White noise in a white room
White noise in a white room...«

Als erfahrener musikalischer Begleiter psychedelischer Reisen wusste Juan genau was zu tun war, damit das Introspektive, Distanzierende des Trips nicht überhand nahm. Langsam zog er das Tempo der Musik an, spielte konkretere, wütendere Songs und in derselben gemächlichen Geschwindigkeit, in der er diesen Wechsel vollzog, kam auch wieder Bewegung und Leben ins Zimmer. Aus den dissonanten, verzerrten Gitarrenklängen schälte sich plötzlich die Stimme Arturos, wurde lauter und thronte schliesslich über der Musik, so dass alle Ohren gespannt den Worten der Geschichte lauschten, die aus seinem Mund strömten.

»Wir fuhren damals ziellos durch die Pampa Argentiniens, jeder einzelne von uns vollgepumpt mit Acid und MDMA, den Kofferraum vollgestopft mit psychedelischen (und anderen) Substanzen, so dass es für uns ein Leichtes gewesen wäre, eine der berühmten Acid-Partys San Franciscos im Alleingang zu versorgen. Ich glaube, es war in der Nähe von Córdoba, als wir uns plötzlich im schlimmsten Schneesturm unseres Lebens wiederfanden. Die herunterfallenden Schneeflocken bildeten einen undurchdringbaren weissen Teppich, so dass an ein Weiterfahren nicht zu denken war. Wir lenkten das Fahrzeug vorsichtig in den Strassengraben, wo wir auf der Stelle in den Schneemassen stecken blieben. Nach dem dritten Joint und der zweiten Linie Koks fühlten wir uns endlich fähig, die trügerische Sicherheit unseres alten Autos zu verlassen, packten uns warm ein, schnappten unsere Rucksäcke und liefen los ins Ungewisse. Einer von uns schien sich daran zu erinnern, dass wir vor nicht allzu langer Zeit eine Strassenkreuzung passierten, deren Schilder in ein nahegelegenes Dorf wiesen. Also versuchten wir den Spuren unseres Fahrzeugs rückwärts zu folgen, was sich aufgrund des starken Schneefalls als unmöglich erwies, weshalb wir uns bald darauf heillos verlaufen hatten. Wir irrten stundenlang durch das wattige Weiss der Landschaft, ohne zu wissen, wo wir uns befanden, bis die Dämmerung über uns hereinbrach und wir endlich in der Dunkelheit am Horizont einen schwachen Lichtschein entdeckten, in dessen Richtung wir uns instinktiv wandten. Nach langem Marsch durch die eisige Kälte gelangten wir an den Fuss eines hohen Berges und stellten fest, dass der Lichtschein aus einem Felsen hoch oben am Berg zu stammen schien. Wir legten eine kurze Rast ein und nach einer kleinen Stärkung wagten wir uns an den felsigen Aufstieg. Es war die Hölle. Die Sicht war auf wenige Meter beschränkt und der Boden lag begraben unter einer rutschigen Schneeschicht, doch alles in allem kamen wir gut voran, so dass wir uns bald am Fusse der Felswand befanden, in der sich auf halber Höhe eine Höhle zu befinden schien, aus welcher der besagte Lichtschein stammte. Inzwischen hatte es aufgehört zu schneien und der Nachthimmel mit seinen farbigen Sternen bekam einen fluoreszierenden Schein, der sich langsam über das Weiss des Schnees legte. Nach kurzer Beratung begannen wir eine waghalsige Kletterpartie, die uns nach überstandenen, sich unendlich anfühlenden Minuten der Todesangst in die wärmende Sicherheit des Lichts und der Höhle führte. Nach einer schmalen Öffnung wurde die Höhle schnell höher und breiter, bis sich vor uns ein riesiger, kathedralenartiger Raum auftat, dessen Ende nicht zu erahnen war und in dessen Mitte ein grosses Feuer brannte, vor welchem eine Gestalt im Schneidersitz auf dem Boden sass und uns zu erwarten schien, da sie keinerlei Anzeichen der Überraschung erkennen liess. Langsam gingen wir näher, die Gestalt blieb immer noch regungslos neben dem Feuer, ihr Schatten warf riesige dämonische Figuren an die Wand, die im Gegensatz zur ruhenden Gestalt zuckenden Bewegungen unterworfen waren, sich bald dehnten und bald zusammenzogen und ihre Umrisse innert Bruchteilen von Sekunden veränderten. Als wir bis auf wenige Meter ans Feuer herangetreten waren, erhob sich die Gestalt in einer langsamen und würdevollen Bewegung, streifte sich die schwere Decke von den Schultern und hob feierlich die Arme zur Begrüssung; vor uns stand ein uralter Schamane wie von einem Foto aus einem Ethnologie Handbuch oder besser gesagt wie aus einem Märchen aus unserer Kindheit. Er umarmte uns herzlich, reichte uns warme Decken und frisch zubereiteten, extra starken Mate, lud uns an sein Feuer ein, setzte sich schliesslich zu uns und liess seine Pfeife im Kreis herum gehen. Nachdem wir uns gewärmt und an seiner Pfeife gestärkt hatten, begann er uns die Geschichte seines Dorfes und seiner selbst zu erzählen. Das Dorf befand sich auf der anderen Seite des Berges und wurde seit tausenden von Jahren vom bösen Geist eines Pumas terrorisiert. Seitdem er die Bewohner vor einem Vulkanausbruch bewahrt und man ihm daraufhin die von ihm verlangte Belohnung in Form der zwölf schönsten Jungfrauen des Dorfes verwehrt hatte, suchte er das Dorf in regelmässigen Abständen heim, zerstörte die Ernten, vergiftete das Wasser, liess das Vieh verenden, entführte junge Mädchen, brachte Erdbeben, Fluten, Dürren, Seuchen und alle möglichen Plagen, ausser das Dorf brachte dem Geist, der auf dem Gipfel des Berges wohnte, in regelmässigen Abständen Teile der Ernte, schlachtreife Tiere, Gold, Edelsteine, Geld und vereinzelte Jungfrauen als Opfer dar. Dies war die Aufgabe des Schamanen, der seit mehreren hundert Jahren als Vermittler zwischen dem Geist und den Menschen in der Höhle hauste und auf die Erfüllung der Prophezeiung seines Vorgängers und Meisters wartete. Dieser hatte vorausgesagt, dass eines Tages fünf magische Krieger auf ihrer Reise durch die vorbeifliessende Zeit in der Höhle Schutz vor einem Unwetter suchen würden. Trotz ihres unscheinbaren Äusseren würden diese jungen Krieger die Mittel und Fähigkeiten besitzen, um den bösen Geist des Pumas zu besiegen. Laut der Prophezeiung bündelten die Krieger die Kraft der Sonne und die Kraft des Mondes in sich, weshalb ihr Anführer als Erkennungszeichen das Symbol der Sonne und des Mondes auf seinem Körper trug. Der Schamane hielt in seiner Erzählung inne, streckte seinen Arm aus und wies damit in meine Richtung, genauer gesagt in die Richtung meines Armes, auf dessen Innenseite, auf der Höhe des Oberarmes, eine grosse Tätowierung zu erkennen war. Ihr alle kennt diese Tätowierung. Sie zeigt Sonne und Mond in einem gemeinsamen Symbol. Also waren wir die auserwählten Krieger, von denen in der Prophezeiung die Rede war, eine Erkenntnis, auf die wir zuerst mit Ungläubigkeit, Zweifel und Ablehnung reagierten. Die rationale Seite unserer Gehirne wehrte sich vehement gegen diese Vorstel-

lung, doch schwamm diese Seite in einem Meer aus Meskalin, Acid und Kokain, welches durch den Genuss des
Mates und der geheimnisvollen Pfeife des Schamanen immer stärker und stärker wurde. Wir waren in Trance. Der
Schamane goss einen neuen Krug Mate auf, dem er diverse andere Zutaten beifügte, liess die Pfeife erneut kreisen
und begann traditionelle indianische Gesänge zu singen.
Langsam spürten wir eine Veränderung, die tief in unseren Körpern begann, sich ausbreitete und schliesslich jede
Faser unseres Seins umfasste. Langsam verwandelten wir
uns in lederbeschürzte Krieger, die Körper mit fluoreszierenden Farben bemalt, Federn im Haar, Messern im Gürtel und Blasrohren und Pfeilen auf dem Rücken. Mir
schien es, als wären wir gewachsen, denn plötzlich war
der riesige Raum der Höhle viel zu eng für uns. Der Schamane erhob sich, durchquerte die Höhle mit wenigen
Schritten, führte uns wie durch einen Tunnel auf die andere Seite des Berges und wir folgten ihm ohne zu fragen,
in unserem Zustand des Unbewussten. Er führte uns eine
steile Treppe empor, die, in die Felswand gehauen, auf den
Gipfel des Berges ging. Am Ende dieser Treppe erstreckte
sich ein kleines Hochplateau, dessen Ende von riesigen
Felsbrocken eingerahmt wurde. Der Mond stand hoch am
Himmel und warf ein gespenstisches Licht auf die Landschaft. Plötzlich stand er unmittelbar vor uns, der Geist
des Pumas, eine riesige furchterregende Gestalt, die mit
den Zähnen fletschte und Feuer in unsere Richtung spie.
Wir machten uns bereit zum Kampf und griffen zu unseren Waffen, warteten aber noch auf ein Signal des Schamanen. Doch dieser löste sich in ebendiesem Moment vor

unseren Augen auf, fiel in sich zusammen, bis nur noch ein kleiner Haufen schwarzer Staub von seiner einstigen Anwesenheit zeugte. Bevor wir zu irgendeiner Reaktion fähig gewesen wären, erhob sich ein schwarzer Kondor aus dem Staub, kreiste einige Sekunden über uns und verschwand schliesslich aus unserem Blickfeld. Für einen kurzen Moment schienen wir völlig hilflos. Aber dann besann ich mich unserer Waffen und unserer Stärke. Ich schnappte mir eine meskalingetränkte Pfeilspitze und rammte sie mir in den Oberschenkel. Die Substanz breitete sich blitzschnell in meinem Körper aus und liess die Zeit um mich herum langsamer vergehen. Ich schnappte mein Blasrohr, begann den mächtigen Geist mit Pfeilen einzudecken und schrie meinen Begleitern zu, dasselbe zu tun. Minutenlang prasselte ein Hagel aus Giftpfeilen auf den Geist ein, welcher, zu keiner Reaktion fähig, am selben Platz stehenblieb. Erst als wir kurz innehielten, da unser Pfeilvorrat nahezu erschöpft war, regte sich die Gestalt des Geistes, schüttelte sich und stiess einen ohrenbetäubenden Schrei aus. In diesem Moment wusste ich genau was zu tun war, riss mein Messer aus dem Gürtel, sprang, meinerseits einen fürchterlichen Schrei ausstossend, mit einem riesigen Satz ins weitaufgerissene Maul des Pumas und stach zu. Der Geist heulte noch einmal auf, begann danach langsam zu fallen und mit ihm fiel der ganze Berg in sich zusammen, stürzte ein, alles unter sich begrabend und die ganze Welt brach auseinander.

Wir erwachten am nächsten Morgen mitten in der Wüste, einige hundert Meter von der Strasse und dem von uns zurückgelassenen Auto entfernt. Von den unendlichen

Schneemassen der vergangenen Nacht war weit und breit nichts zu sehen. In unserer Mitte rauchte der Rest eines einst imposanten Feuers, um das wir in einem Kreis auf dem Wüstenboden lagen, nackt bis auf die Boxershorts. Unsere Körper und Gesichter waren mit furchterregenden Farben und Symbolen bemalt und wir trugen schwarze Federn im Haar. Als wir uns langsam aufrichteten, Zigaretten anzündeten, aufstanden und unsere eingerosteten Glieder streckten, stellte sich schnell heraus, dass einer von uns nicht aufstehen konnte, nie mehr aufstehen würde. Er war tot. Über ihm kreiste ein mächtiger schwarzer Kondor. Wir sprachen kein Wort, schauten minutenlang abwechselnd uns gegenseitig in die Augen und auf den Körper unseres toten Freundes. Dann drehte einer von uns einen Joint und wir rauchten. Der schwarze Kondor zog seine Kreise immer tiefer, bis er nur noch wenige Meter über unseren Köpfen flog. Langsam gingen wir zur Strasse, setzten uns ins Auto (ich selbst hinters Steuer) und fuhren weiter.«

Arturo unterbrach seine Geschichte und nahm einen tiefen, langen Zug vom Joint, den ihm Manuel soeben überreicht hatte. Alle sassen still im Zimmer und warteten gespannt darauf, dass Arturo weitersprach. Dieser jedoch starrte ins Leere, war für einen kurzen Moment nicht anwesend. Nur die Musik dröhnte weiterhin aus den Lautsprechern.

»Zerspringendes Glas
Blutendes Gesicht

Schnelles Leben
Künstliches Licht
Geübte Bewegung
Liebkosende Hand
Tanzende Körper verlieren den Verstand«

Endlose Augenblicke verstrichen, lösten sich auf in nichts, bis sich Arturo räusperte und sein Blick sich wieder festigte.

»Erst viel, viel später, vermutlich waren Jahre vergangen, wurde mir bewusst, dass ich damals alleine unterwegs war, dass ich all das eben Beschriebene alleine erlebt hatte, dass also ich es war, der in jener Nacht in der Wüste gestorben ist.«

»Steh auf und geh,
lass Dich treiben.
Hör wie sie lachen,
fühl wie sie sterben.
Verkrampfte Hände
schlagen an die Wand.
Tanzende Körper verlieren den Verstand«

Wütende, verkrampfte Fäuste schlugen gegen die Türe und auf die Türklingel, füllten den ganzen Raum mit Lärm und sicherten sich damit die ungeteilte Aufmerksamkeit aller sich im Zimmer befindenden Personen, einschliesslich der schwarzen Katze, die den ganzen Abend in einer Ecke geschlummert hatte. Die Geschichte Arturos war auf einen Schlag in weite Ferne gerückt und die Realität, in

Form desjenigen, der wie wild an die Tür hämmerte und sturmklingelte, hatte sie wieder eingeholt. Ohne ein Wort gewechselt zu haben, war allen klar, wer ihren Frieden störte. Aus Macht der Gewohnheit versuchten sie diese Störung zuerst zu ignorieren, doch der Lärm, entfacht von den unsichtbaren, doch sehr präsenten Fäusten, entwickelte sich immer mehr zu einem tosenden Orkan, der die friedliche Stimmung innert Sekunden in sich aufsog und im Austausch Unmengen von Adrenalin in ihren Körpern ausschüttete.

»Ist ja gut. Ich komme, ich komme«, schrie Juan und versuchte, die von ihm in Andres Augen entdeckte Aggressivität in Humor zu ertränken. Er ging zur Türe, riss diese auf, öffnete das Portal, das Zukunft und Vergangenheit verband.

»Was ist?«

Vor der Türe wartete ein kleiner, unvorstellbar dicker, alter Mann mit hochrotem Kopf und geballten Fäusten.

»Was ist? Was ist? Wie können sie es wagen, mir so eine unfassbar dumme und ignorante Frage zu stellen? Es ist bald zwei Uhr morgens und der Lärm ihrer ›Musik‹ und ihrer Zigeunerkollegen bringt das ganze Haus zum vibrieren. Ein Haufen rauschgiftsüchtiger Ausländer bringt einen ehrbaren Spanier um seinen wohlverdienten Schlaf, einen Veteranen, der für sein Land gekämpft hat und dafür beinahe gestorben wäre. In der guten alten Zeit wäre so etwas undenkbar gewesen…«

»Diese gute alte Zeit ist zum Glück ein für alle Mal vorbei, ein unbedeutender Grabstein auf dem Friedhof der Geschichte, dort wo du auch hingehörst, du dreckiger Faschist.«

Andres, der sich demonstrativ hinter Juan im Türrahmen aufgebaut hatte, ging damit offiziell zum Angriff über.

»Und jetzt verpisst du dich besser wieder nach oben in dein Refugium der glorreichen vergangenen Zeit und lässt uns und die Zukunft in Frieden. Verstanden?«

»Was erlaubst du dir eigentlich, du dreckiger Araber? Wie sprichst du mit einem spanischen Veteranen und Patrioten? Solch linkes Gesindel wie ihr, meint, ihr müsstet vor nichts und niemandem Respekt haben. Diese Flausen hätten wir euch schnell ausgetrieben, damals, zur Zeit des grossen Generalísimo. Und wenn ihr nicht gespurt hättet: an die Wand und kurzen Prozess. Doch heute muss ein ehrbarer Bürger wie ich um zwei Uhr morgens mit Kommunisten und Ausländern streiten, um seine Nachtruhe, sein heiliges Recht zu verteidigen. Soweit ist es gekommen mit unserer Freiheit: ein Scheissaraber befiehlt mir, was ich zu tun habe.«

»Erstens bin ich kein Araber, zweitens scheisse ich auf dich, auf deinen Scheiss-Diktator und auf all deine beschissenen Nazi-Ideale. Und drittens solltest du dich wirklich zurück in deine Wohnung verpissen, bevor ich dich hinaufprügle und deine wenigen verfaulten Zähne auf der Treppe verteile.«

»Das muss ich mir, als verdienstvoller spanischer Bürger nicht bieten lassen...«

»Ach hör schon auf mit ehrbar, verdienstvoll und Respekt. Du bist nichts weiter als ein dreckiger alter Parasit, der auf Kosten des Staates lebt und seine verdrehten Ideale einer schon lange überholten, für immer vergangenen Zeit konserviert. Der einzige Verdienst von euch Scheiss-Franquisten ist der eiserne Griff um den Hals des Landes und die eisige Starre, die ihr über die Köpfe der Menschen gelegt habt, die jeglichen Fortschritt und jegliche Entwicklung hemmen und dieses Land langsam aber sicher an den Rand des Untergangs getrieben haben. Du bist nichts anderes als ein faulendes, stinkendes Stück Vergangenheit, ein Anachronismus, dessen Verschwinden von der Mehrheit der Menschen herbeigesehnt wird.«

Der dicke alte Mann schnappte nach Luft, sein Kopf wurde, obwohl das eigentlich unmöglich erschien von Sekunde zu Sekunde röter, die Adern auf seinem Hals und seiner Stirn schwollen an und schienen bald zu platzen, sein ganzer Körper zitterte und bebte. Mit einer Geschwindigkeit, die man ihm gar nicht zugetraut hätte, schnellten seine Hände plötzlich nach vorne, packten Andres am Kragen seines Hemdes, rissen ihn auf den Flur und verpassten ihm eine heftige Ohrfeige. Dieser war derart verblüfft, dass er einen Moment taumelnd und zu keiner Reaktion fähig stehenblieb, in welchem eine Schimpftirade und eine Salve weiterer Ohrfeigen auf ihm niedergingen, die ihn endlich aus seinem Zustand der Verblüffung lösten. Mit einem breiten Grinsen versetzte er dem dicken Mann einen kräftigen Stoss, der diesem das Gleichgewicht raubte und ihn quer durch den Flur an die gegenüberliegende Wand schleuderte, wo er zu Boden sank und auf dem Flur liegenblieb. Andres ging einen Schritt in seine Richtung, der alte Mann zuckte zusammen, worauf Andres mit verschränkten Armen und einem höhnischen Lachen stehenblieb.

»Das soll dir eine Lehre sein du verdammter Faschist. Jetzt gehst du am besten wieder nach oben in deine Wohnung und überlegst dir in Zukunft zweimal, ob du uns stören willst.«

Er drehte sich um, ging die wenigen Schritte zurück in die Wohnung und schlug die Türe mit einem lauten Knall ins Schloss, weshalb er die gemurmelte Warnung, des sich mühsam aufrichtenden Nachbarn nicht mehr wahrnehmen konnte.

»Das wirst du mir büssen du dreckiger Araber, das verspreche ich dir beim Grab des grossen Franco, dafür wirst du teuer bezahlen.«

Zurück in der Wohnung wurde Andres wie ein Held empfangen. Juan schloss ihn in seine Arme und Arturo reichte ihm einen grossen Joint. Die Stimmung war gelöst, das soeben Erlebte hatte sie aus der meskalingetränkten Lethargie herausgerissen, sie waren aufgekratzt vom Adrenalin, ihre Bewegungen und Gespräche waren überdreht, ihre Blicke starr und trotzdem voller überbordender Emotionen. Juan vergass für einen Moment die strenge Abfolge seiner ausgewählten Songs, drehte die Musik lauter und spielte eine der Hymnen ihres kleinen Kreises, die Stimmung einmal mehr perfekt in Musik übertragend.

»Let's have a black celebration
Black celebration
Tonight...«

Auf einen Schlag standen alle auf ihren Füssen, Alejandra füllte alle Gläser mit Rum. Einmal, zweimal. Sie lagen sich in den Armen. Sie tanzten.

97

»To celebrate the fact
That we've seen the back
Of another black Day

I look to you
How you carry on
When all hope is gone
Can't you see

Your optimistic eyes
Seem like paradise
To someone like
Me

I want to take you
In my arms
Forgetting all I couldn't do today

Black Celebration
Black Celebration
Tonight«

Ihre Körper wurden eins, eins mit dem Rhythmus, mit der Melodie, den Worten, der Bewegung, der Welt, ihre weitaufgerissenen Augen blickten sich gegenseitig tief in die Seele. Sie verschmolzen zu einem Kollektiv, das sich immer mehr von der Wirklichkeit loslöste und distanzierte, als hätte der Mond seinen Schatten über sie geworfen. Die ganze Umgebung verdrehte sich langsam ins Unwirkliche, Surreale und hinterliess trotz der Dunkelheit ein blendendes Licht in den Augen und ein Gefühl der Hitze auf der Haut. Die Welt drehte sich immer schneller und dieses Drehen erzeugte ein Rauschen in ihren Ohren, welches immer lauter wurde und an die Brandung des Meeres erinnerte. Ihre Füsse glaubten Sand zwischen den Zehen zu spüren und in der Luft lag der Geruch des Meeres, der sich langsam über ihre Sinne legte und einen salzigen Geschmack auf ihren Zungen hinterliess. Die Zeit floss zähflüssig in ihre Richtung, dehnte sich ins Unendliche, um danach in rasender Geschwindigkeit an ihnen vorbei zu ziehen, sie zurücklassend auf dem Standstreifen des Bewusstseins.

Und dann ging plötzlich alles ganz schnell. Es begann mit einem leisen, aber bestimmten Klopfen an der Türe. Andres, der sich am nächsten befand, drückte die Türklinke und öffnete die Türe, worauf sich die Musik im Treppenhaus ausbreitete. Im Flur stand der dicke alte Mann in kompletter, jedoch viel zu enger Uniform.

»Standing on the beach
With a gun in my hand
Staring at the sea
Staring at the sand
Staring down the barrel
At the arab on the ground
I can see his open mouth
But I hear no sound...«

Er starrte Andres mit glühenden Augen an, sein Blick hatte etwas Wahnsinniges, seine Hände zitterten leicht. In seiner rechten Hand blitzte ein metallisches Glänzen (oder ein glänzendes Metall) auf, dessen Reflexion Andres wie ein Strahl mitten ins Auge traf und ihn kurz blendete.

»I can turn
And walk away
Or I can fire the gun
Staring at the sky
Staring at the sun
Whichever I chose
It amounts to the same
Absolutely nothing...«

»Jetzt ist der Augenblick gekommen, um deine Rechnung zu begleichen, du stinkender Araber.«

Erst in diesem Moment nahm Andres wahr, dass das metallische Ding in der Hand des alten Mannes eine grosse Pistole war, deren schwarze Mündung genau auf seine Augen zeigte. Instinktiv drehte er sich zur Seite und mit einem lauten Knall löste sich ein Schuss, streifte seine linke Schulter und bohrte sich in den hölzernen Türrahmen. In Andres Hand blitzte ein Messer auf und aus seinem Mund erklang ein erstauntes Lachen. Bevor ein weiterer Schuss fiel, hatte sich Andres bereits auf seinen Gegner geworfen, bearbeitete ihn mit beiden Fäusten und hielt erst inne, als diese Fäuste sich langsam rot färbten. Als er sich schliesslich erhob und auf den Körper des alten Mannes blickte, entdeckte er das blutige Messer in seiner rechten Hand.

»I feel the steel butt jump
Smooth in my hand

Staring at the sea
Staring at the sand
Staring at myself
Reflected in the eyes
Of the dead man on the beach
The dead man on the beach

I'm alive
I'm dead
I'm the stranger
Killing an arab«

Andres drehte sich um und ging langsam zurück in die Wohnung, liess die Türe aber offen stehen. In seinem Gesicht liess sich nicht die geringste Aufregung erkennen. Ruhigen Schrittes ging er in die Küche und wusch das Blut von seinem Messer und seinen Händen, kehrte ins Wohnzimmer zurück, wo vom eben Geschehenen überhaupt nichts zu spüren war. Arturo und Manuel verständigten sich über einen Blick, erhoben sich und verschwanden im Treppenhaus, Juan war wieder vollständig in seine Platten vertieft und die anderen schienen überhaupt nichts zu realisieren, sie tanzten und tranken weiter. Andres schenkte sich ein grosses Glas Whisky ein und leerte es in einem Zug. Nach einigen Minuten kehrten Arturo und Manuel in die Wohnung zurück, beladen mit einer grossen undurchsichtigen Plastikplane und zwei Flaschen Bleichungsmittel. Sie nickten Andres kurz zu und dieser folgte ihnen in den Flur, wo Manuel die Plastikplane neben der Leiche des alten Mannes auf dem Boden platzierte. Arturo reichte Andres ein paar Gummihandschuhe und zu dritt drehten sie den toten Körper auf die Plane, rollten diese zu einem Paket zusammen und verklebten dieses mit Unmengen von Duct-Tape. Während Manuel und Andres das Paket mühevoll in die Wohnung schafften, bearbeitete Arturo die Blut- und Kampfspuren mit Bleiche, um allfällige DNA-Spuren zu beseitigen. Wieder zurück in der Wohnung, schloss er die Türe, ging zum Mischpult, drehte die Musik leiser und ergriff das Wort.

»Also, ich denke, wir machen es folgendermassen: Juan, du übernimmst die Stellung hier. Ich habe den Flur bereits mit Bleiche behandelt, schüttet auch noch die zweite Flasche drüber und beseitigt anschliessend alles mit Putzmittel und viel Wasser. In der Zwischenzeit werden Andres, Manuel und ich eine passende Ruhestätte für unseren Franquisten suchen und ihn verschwinden lassen. Anschliessend treffen wir uns wieder hier, trinken einen Absynth, verhalten uns, als wäre nichts passiert und vergessen das Ganze. Einverstanden?«

Juan antwortete mit einem breiten Grinsen und reichte Arturo den Schlüssel zu seinem alten VW-Bus.

»Allright then. Viel Glück und bis später.«

Arturo schnappte sich eine Flasche Whisky und seinen Beutel mit dem Gras und verschwand im Treppenhaus, um das Fahrzeug direkt vor dem Hinterausgang bereit zu stellen. Nach einigen Minuten, in denen Andres und Manuel das Paket mit der Leiche noch besser verpackten, kehrte er in die Wohnung zurück, kniete sich kurz neben Futura auf den Teppich, flüsterte ihr einige Sätze ins Ohr, die sie mit einem Nicken beantwortete und küsste sie auf ihr schwarzglänzendes Haar. Im Treppenhaus war es ruhig und die schmale Gasse, in die der Hinterausgang führte, war menschenleer. Sie luden sich die Leiche auf die Schultern, verabschiedeten sich von ihren Freunden und verschwanden kurz darauf im Dunkel der Nacht. Mühevoll schleppten sie das Paket die drei Stockwerke hinunter und verstauten es endlich im Laderaum des Busses. Nachdem die erste Etappe heil überstanden war, machten sie eine kurze Pause, liessen die Whiskyflasche und einen Joint im Kreis herumgehen und ihre verschwitzten Körper in der Wärme der Nacht trocknen. Ohne ein Wort zu sagen setzte sich Arturo ans Steuer, die beiden anderen zwängten sich neben ihn auf die Frontsitzbank. Der Motor startete stotternd, sie setzten sich klappernd in Bewegung, hinterliessen eine dichte dunkle Wolke aus Abgasen und bogen schliesslich um die nächste Ecke. Zielsicher schlug Arturo den Weg Richtung Hafen ein, vermied dabei jedoch bewusst alle grösseren und belebteren Strassen und Gassen. Manuel schaltete das Autoradio ein und das Fahrzeug füllte sich auf einen Schlag mit Musik aus dem Kassettendeck.

»Tu me estas dando mala vida
Yo pronto me voy a escapar
Gitana mia por lo menos date cuenta
Gitana mia por favor
Tu no me dejas ni respirar
Tu me estas dando mala vida

Cada dia se la traga mi corazon...«

Leise sang Manuel mit, trommelte den Rhythmus aufs Armaturenbrett, während Andres einen neuen Joint mit etwas Kokain drehte. Sie wirkten entspannt und locker, die Leiche im Laderaum war in weite Ferne gerückt, schien gar nicht mehr zu existieren, auf jeden Fall nicht im Sinne einer klassischen Existenz, welche die drei Freunde in irgendeiner Weise emotional oder kognitiv berührt hätte. Wie drei Männer auf dem Heimweg von einer Party oder von der Arbeit steuerten sie ihren klapprigen VW Bully durch das nächtliche Barcelona und beschallten die meist leergefegten Strassen mit ihrer Musik. Nach einigen Minuten bogen sie in die ›Avinguda del parallel‹ ein, folgten ihr in Richtung ›Montjuïc‹, wandten sich wieder nach links, um schliesslich in der Nähe der ›Piscines Bernat Picornell‹ einen kurzen Stopp einzulegen. Sie stiegen aus, vertraten sich die Beine, liessen Whiskyflasche und Joint herumgehen und blickten auf das Lichtermeer des nächtlichen Barcelonas. Um sie herum war es still, nur vereinzelte Motorroller störten die beinahe sakrale Ruhe, die sich über die drei Freunde gelegt hatte. Die Nacht war klar und wolkenlos und der Mond und die Sterne verliehen dem Himmel etwas Leuchtendes, Gespenstisches.

»Erinnerst du dich daran, als wir das letzte Mal hier waren?«, fragte Manuel zwischen zwei Zügen des Joints.

»Aber klar doch«, antwortete Arturo und nahm den Joint aus Manuels Hand entgegen, »das war vor einigen Jahren an dieser legendären Party.«

»Was für eine Party?«, schaltete sich Andres ein, der es sich auf dem Dach des Busses gemütlich gemacht hatte.

»Es war während des Sonar-Wochenendes«, begann Manuel zu erzählen, »Arturo und ich waren damals Teil eines anarchistischen Künstlerkollektivs, das berühmt war für seine illegalen Partys. In jenem Jahr hatten wir uns etwas besonderes überlegt. Wir besetzten für zwei Tage die kompletten olympischen Pool-Anlagen, stellten eine riesige Musikanlage und zwei kleine Bars auf und feierten bis zum Umfallen, beziehungsweise bis die Polizei kam. Aus Angst vor einer Eskalation drang diese jedoch nicht in die Anlage ein, sondern blieb vor dem Eingang in Bereitschaft und suchte das Gespräch mit den Organisatoren, ergo mit uns. Sie versuchten uns dazu zu bringen, das Gelände zu verlassen, was natürlich unzählige Festnahmen und Anzeigen wegen Landfriedensbruch und illegalem Drogenbesitz nach sich gezogen hätte. Doch da schlug die Stunde, die Arturo zum Helden der gesamten Halbwelt Barcelonas machte. Er stellte sich demonstrativ vor dem Eingang auf und verlangte mit dem verantwortlichen Leiter des Polizeieinsatzes zu sprechen. Diesem stellte er anschliessend ein Ultimatum, welches es in sich hatte. Er verlangte den sofortigen Abzug aller Polizeieinheiten, im Austausch dafür, dass die Party auf der Stelle beendet würde. Er verlangte weiter, dass alle Teilnehmer und Organisatoren der Party unbehelligt das Gebiet verlassen und nach Hause gehen konnten, dass also niemand mit irgendwelchen Konsequenzen zu rechnen hatte. Der verantwortliche Polizist war zuerst verblüfft, reagierte dann jedoch mit einem höhnischen Lachen und fragte Arturo, wie er sich das vorstellen würde und wieso er glaube, dass die Polizei auf diesen Deal eingehen solle. Arturo antwortete ebenfalls mit einem Lächeln, zog demonstrativ an seinem Joint, den er während des gesamten Gespräches im Mundwinkel hatte, blickte dem Polizisten fest in die Augen und erklärte ihm seelenruhig, dass, falls die Polizei den Deal ausschlagen würde, kein Stein der Pool-Anlage auf dem anderen bleiben würde, dass die gesamten ›Piscines Bernat Picornell‹ in Flammen aufgehen würden und dass es kein Problem darstellen würde, diese Unruhen blitzschnell auf die gesamte Stadt auszuweiten.«

Manuel legte eine kurze Pause ein und nahm einen tiefen Zug von der Whiskyflasche.

»Und dann?«, fragte Andres gespannt, während er vorsichtig vom Dach des Busses herunterkletterte und sich zu den beiden anderen auf den Boden setzte.

»Dann ging es vielleicht 15 Minuten und alle Bullen waren abgezogen. Weitere 30 Minuten später hatten wir das Gelände geräumt. Kein Einziger von uns wurde dafür irgendwie belangt.«

Er wandte sich zu Arturo und gab ihm einen freundschaftlichen Klaps auf die Schulter.

»Der wahnsinnige Glanz in deinen Augen hat es ausgemacht. Die Bullen glaubten dir jedes Wort und trauten dir zu, dass du die ganze Stadt eigenhändig in Schutt und Asche legen würdest. Nur deshalb liessen sie uns in Ruhe.«

Arturo sagte nichts. Er nahm den letzten Zug vom Joint, drückte ihn anschliessend mit der Sohle seines Schuhes aus, erhob sich und stieg gemächlich in den Bus. Seine Freunde erhoben sich ebenfalls und folgten ihm.

»Weiter geht's.«

Er startete den Motor und steuerte den Bus vom Gehsteig, bog nach rechts ab und folgte der Strasse den Hügel hinunter Richtung Hafen.

Durch die geöffneten Seitenfenster drang die kühle Meeresluft vom Hafen den Hügel hinauf direkt in ihr Cockpit und legte sich beruhigend über ihre Sinne. Andres hatte seine Augen geschlossen und genoss sein Flash, den Kopf an den Türrahmen gelehnt, während Manuel im Chaos des Handschuhfachs herumwühlte, um eine neue Kassette zu finden. Arturo war vollständig auf die Strasse konzentriert, was ihm aufgrund aller Drogen in seinem Körper immer schwerer fiel. Laternen, Schilder, Häuser und Strassenmarkierungen zogen als blosse Impulse an der Peripherie seiner Wahrnehmung vorbei. Trotzdem lenkte er den Bus in traumwandlerischer Sicherheit die kurvige Strasse entlang und näherte sich entschlossen dem Hafen, dessen rötliche Beleuchtung immer stärker wurde und die Illusion einer aufgehenden (oder untergehenden?) Sonne erzeugte. Manuel schob eine Kassette ins Kassettendeck, worauf sich das Fahrzeug aufs neue mit Musik füllte.

»I feel you, your sun it shines
I feel you, within my mind
You take me there, you take me where
My kingdom comes
You take me to and lead me through
Babylon

This is the morning of our love
It's just the dawning of our love...«

Arturos Wahrnehmung verschmolz immer stärker mit den Bildern und Eindrücken in seinem Kopf. Am Horizont erhob sich ein riesiges Abbild von Futuras Kopf aus der Dunkelheit, die kurvige Strasse, die genau zu ihr hinzuführen schien, verwandelte sich in den überdimensionalen, sich windenden Körper einer Schlange. Ihm trat Schweiss auf die Stirn und seine Hände begannen zu zittern. Er schloss die Augen und zählte langsam bis drei. Vor ihm lag wieder die wohlbekannte Strasse.

»Alles bloss Gespenster«, dachte er sich, während seine Hände sich langsam beruhigten, der Schweiss jedoch unaufhaltsam aus seiner Stirn quoll, sich über seinen Augenbrauen sammelte, um endlich in kleinen Rinnsalen über seine Schläfen in die Stoppeln seines Bartes zu fliessen, welche dort wieder versiegten wie Flüsse in der Wüste.

Der Hafen rückte näher und näher und langsam war es an der Zeit, sich ernsthaft Gedanken darüber zu machen, wie das weitere Vorgehen in etwa aussehen würde. Jedenfalls liess sich diese Frage in den von Minute zu Minute unruhigeren Ausdrücken in Manuels und Andres Gesichtern erkennen. Immer häufiger wanderten irritiert fragende Blicke in Arturos Richtung, welcher den Bus seelenruhig in Richtung Hafen lenkte, den Blick geradeaus auf die Strasse gerichtet, eine Zigarette im äussersten Mundwinkel, damit ihm der Rauch nicht in die

Augen stieg. In seinem Kopf war das weitere Vorgehen bereits klar, seit Andres in Juans Wohnung mit blutigen Händen vor ihm stand. Doch er konnte und wollte seinen Plan nicht mit den anderen teilen, sie würden noch genug erfahren, so viel, dass es für sie und für ihn wirklich gefährlich werden konnte. Gezielt umfuhr er die Gebiete des Hafens, die trotz der späten Stunde belebt waren und in denen eine emsige Geschäftigkeit herrschte und steuerte den VW-Bus immer tiefer hinein in die Hafenanlagen, welche mehr und mehr einen zerfallenen und verlassenen Eindruck hinterliessen und von Minute zu Minute stärker in sich zusammenzufallen schienen. Als sie beinahe am äussersten Ende des Hafens angekommen waren, stoppte Arturo vor einem Dock, dessen schäbiges Gebäude von einem hohen Metallzaun umfasst war, auf dessen Spitze eine Krone aus Stacheldraht thronte. Er öffnete die Wagentüre, wies seine beiden Begleiter an auf keinen Fall den Bus zu verlassen bis er zurückkehrte, zündete sich eine Zigarette an und machte sich langsam auf den Weg zum Tor, an dessen rechter Seite ein schiefes Pförtnerhäuschen lehnte. Das neu glänzende Metall des stabilen Zaunes und die gut sichtbar angebrachten Überwachungskameras standen in einem Widerspruch zum verfallenen Zustand des dadurch gesicherten Gebäudes, welcher nur eine Lösung zuliess. Trotzdem (oder gerade deswegen?) ging Arturo sicheren Schrittes auf das mit blauer und roter Farbe, sowie einem grossen Logo des FC Barcelona verzierten Pförtnerhäuschen zu und klopfte ans Fenster. Es verstrichen einige lange Sekunden, in denen die Anspannung plötzlich auch ihren Weg in Arturos Gesicht fand, daraus jedoch genau so schnell wieder wich, wie sie aufgetaucht war, als der Kopf eines alten Mannes im Fenster erschien, der die Grundvoraussetzung für das Gelingen von Arturos Plan war.

»Ach du bist's Arturito! Schon lange nicht mehr gesehen! Wie läuft's?«

»Guten Abend Pep. Schön dich zu sehen. Bei mir alles beim Alten. Und bei dir?«

»Kann mich nicht beklagen. Kommst du zum Arbeiten?«

»Nicht direkt. Ist Saïd heute hier?«

»Warte einen Moment, ich rufe ihn kurz an.«

Der abgemagerte Geierkopf verschwand in seinem Häuschen, um kurz darauf mit einer furchterregenden Grimasse, die ein Lächeln darstellen sollte, wieder im Fenster zu erscheinen.

»Ist auf dem Weg. Möchtest du einen Kaffee?«, fragte er mit seiner krächzenden Stimme, die das Vogelähnliche seines Aussehens perfekt untermalte.

»Gerne.«

Arturo war erleichtert, bis jetzt schien alles genau so zu klappen, wie er es sich vorgestellt hatte. Das Tor öffnete sich quietschend und er setzte sich auf die schmale Bank neben dem Häuschen, wartete bis der dürre alte Mann mit zwei Bechern dampfenden Kaffees neben ihn trat und ihm eine davon hinstreckte. Arturo nahm seine Packung Zigaretten aus der Tasche, steckte sich eine an und reichte Packung und Feuerzeug weiter an den Alten, der sich seufzend neben ihm auf der Bank niedergelassen hatte. Für eine Weile sassen sie still nebeneinander, rauchten und nippten an ihren Kaffeebechern, ohne ein Wort zu sagen, strahlten Vertrautheit aus, als ob Grossvater und Enkel einen ruhigen Abend zusammen verbringen würden. Plötzlich erschien aus der Dunkelheit eine kleine, drahtige, ganz in schwarz gekleidete Gestalt, deren strahlend weisse Schuhe und Zähne als einziges klar aus dem Dunkel der Nacht hervortraten.

»As-salam ʻaleikum Arturitooo!«
    »Wa ʻaleikum as-salam Saïd.«
    »Schön dich zu sehen Bruder. Wie lange ist's her?«
    »Auf jeden Fall viel zu lange. Gut siehst du aus.«
    »Das kann ich von dir leider nicht wirklich behaupten.«

Saïd, der Arturo sogleich in die Arme geschlossen hatte, trat einen Schritt zurück, seine Hand auf Arturos Schulter ruhen lassend und musterte seinen alten Freund mit besorgtem Blick.

Manuel und Andres, die das Geschehen bisher mit gespanntem Blick und ohne ein Wort zu wechseln durch den dreckigen Filter der Windschutzscheibe beobachtet hatten, sahen wie der drahtige Araber seinen Arm um Arturos Schulter legte und mit ihm in Richtung des zerfallenen Gebäudes in der Dunkelheit verschwand, während der alte Mann seine Zigarette zu Ende rauchte und dann ebenfalls verschwand, seinerseits dorthin, von wo er aufgetaucht war (nämlich dem Pförtnerhäuschen) und zurück blieb nur der schwere Metallzaun in der Leere und Stille der Nacht.

»Verdammte Scheisse.«

Manuel fluchte halblaut ins Nichts, drehte sich eine Zigarette und rauchte, während dem neben ihm langsam ein pochender Schmerz in Andres notdürftig verarztete Schulter zurückkehrte und diesen aus der Dämmerung zurück in den Zustand des Bewussten holte.

»Verdammte Scheisse«, wiederholte Manuel murmelnd sein Mantra und wurde von Minute zu Minute unruhiger, warf den Stummel seiner Zigarette aus dem heruntergekurbelten Seitenfenster und begann endlich im Handschuhfach nach einer neuen Kassette zu suchen. Die Zeit floss zähflüssig dahin, als würde sie von einer unsichtbaren Macht zurückgehalten. Andres änderte seufzend seine Position auf der verschlissenen Sitzbank, nahm einen Schluck aus der Whiskyflasche und begann mit langsamen Bewegungen einen Joint zu drehen, als Manuel plötzlich triumphierend aufschrie, was wiederum Andres dazu veranlasste seinen Blick zu heben, in der Hoffnung, dass Arturo zurückkehren und diese komische Nacht endlich ein Ende finden würde, doch der Platz vor dem zerfallenen Lagergebäude blieb leer und Andres musste sich Manuel's Aufschrei auf eine andere Art erklären. Diese Erklärung liess jedoch nicht lange auf sich warten, da Manuel mit breitem Grinsen eine Kassette vor Andres Gesicht herumwedelte, diese sogleich ins Kassettendeck schob und sich entspannt im Sitz zurücklehnte.

»Die Nacht geht vorbei
ein neuer Tag beginnt
Alles strömt
Stadtkind...«

Für einen Moment löste sich die Anspannung, die sich über die beiden Freunde gelegt hatte in der pumpenden Acid-Bassline, die aus den Lautsprechern strömte, auf und eine friedliche, gelöste Stimmung durchflutete das Fahrzeug. Andres zündete den Joint an und der süssliche Rauch breitete sich im Cockpit aus und legte sich beruhigend über ihre Sinne. Manuel schloss die Augen und genoss das vibrierende Gefühl, das in seinem Kopf entstand und langsam durch seinen ganzen Körper strömte.

»Berlin
du gibst mir die Kraft
bin Teil von dir
Stadtkind...«

Vom Meer wehte eine frische Brise durch das heruntergekurbelte Seitenfenster und vertrieb die aufkommende Müdigkeit, die sich wie ein Schleier über das Bewusstsein der beiden Freunde gelegt hatte und der treibende, trockene Techno-Beat Berliner Prägung tat sein Übriges, stand aber in einem krassen Gegensatz zur Leere und Stille der Nacht und erzeugte ein ambivalentes Gefühl in ihren Köpfen und Körpern. Die Existenz der Leiche im Laderaum rückte in immer weitere Ferne und verlor sich irgendwo im Unbewussten, wie ein Schiff, das hinter dem

Horizont untertauchte. Manuel drehte die Musik etwas leiser und begann von einem Buch zu schwärmen, das er soeben zu Ende gelesen hatte. Andres, der sich nicht allzuviel aus Literatur machte und zudem durch die Schmerzen und die vielen Drogen in seiner Aufnahmefähigkeit stark eingeschränkt war, versuchte Manuels Monolog zu folgen, nahm jedoch nur einzelne Aussagen und Begriffe wahr, die um ein Nichts kreisten und sich nicht zu einem grösseren Ganzen verbinden liessen. Eine Aussage blieb jedoch in seinem Kopf hängen und liess sein Bewusstsein um sich kreisen, nämlich diejenige, dass der Teufel und sein Gefolge durch die Welt ziehen, mit den Menschen Schabernack treiben und eine Spur der Verwirrung, der Zerstörung und des Todes hinter sich zurücklassen. War dies auch hier und jetzt, in dieser Nacht, an diesem Ort der Fall?

Dann ging plötzlich alles sehr schnell. Aus dem Schatten des Gebäudes lösten sich drei Gestalten und überquerten langsam den Vorplatz in Richtung des Zaunes. Arturo und Saïd gingen nebeneinander, während die dritte Person, ein hünenhafter Mann, dessen Gesichtszüge seine Herkunft aus dem Balkan verrieten, mit einigen Schritten Abstand folgte. Neben dem Tor hielten sie inne, der alte Mann aus dem Pförtnerhäuschen gesellte sich zu ihnen und sie schienen eine kurze Lagebesprechung abzuhalten, von der bloss ein rauschendes Gemurmel bis zu den Ohren von Manuel und Andres drang. Dann öffnete sich quietschend das Tor und Arturo und der unbekannte Hüne gingen die wenigen Meter über die Strasse in Richtung des geparkten Busses.

»Also meine Lieben«, sprach Arturo mit gedämpfter Stimme durchs Seitenfenster, »nehmt die Whiskyflasche und das Gras, steigt aus und stellt bitte keine Fragen.«

Er wies mit seinem Daumen auf seinen muskelbepackten Begleiter.

»Das ist Blado. Er wird sich um das Weitere kümmern.«

Schweigend verliessen Manuel und Andres den Bus und gesellten sich zu Arturo, während Blado eine Zigarette anzündete, sich hinter das Lenkrad setzte, den Motor startete und mit dem Bus langsam auf das abgesperrte Gelände fuhr und hinter einer Ecke verschwand, während der alte Mann das Tor hinter dem Bus verschloss und sich in sein Häuschen zurückzog.

»Jetzt heisst es erstmal warten...«

Arturo drehte sich um, ging die wenigen Meter zum Meer und setzte sich auf die Mauer, die Beine knapp über dem Wasser baumeln lassend. Seine Freunde setzten sich neben ihn und Manuel reichte ihm den Rest des angerauchten Jointes. Minutenlang sassen sie still nebeneinander, jeder in seine eigenen Gedanken versunken, Andres immer wieder einnickend und im Halbschlaf einzelne Wörter murmelnd: »Voland, Behemoth, Korojew, Asasello, Meister und Margarita.«

»Da hat er wohl doch mehr aufgenommen, als ich vorhin gedacht hatte.«

Manuel wandte sich mit einem Lächeln an Arturo und reichte ihm die Whiskyflasche, die dieser dankend ablehnte.

»Auch ich fühle mich heute ein bisschen nach Bulgakow, doch das geht wieder vorbei...«

Die Minuten verloren sich im gleichmässigen Rauschen der Brandung, die unter ihnen auf das Harte der Kaimauer traf, gegen sie schlug und sie in sisyphosähnlicher Kleinstarbeit langsam auflöste, im ewigen Kampf Wasser gegen Stein, Flüssiges gegen Hartes, Instabiles gegen Stabiles, Chaos gegen Ordnung. Der Mond verschwand für kurze Zeit hinter der einzigen am Himmel erkennbaren Wolke und liess das Meer in Dunkelheit verschwinden. Andres war inzwischen vollständig eingenickt, Arturo starrte in Gedanken versunken und mit festem Blick auf das Kräuseln der Wellen und Manuel sammelte stumm Kieselsteine auf der Strasse, um sie anschliessend Stück für Stück ins Meer zu werfen. Mit einem samtigen Lichtstrahl, der Arturo genau in die Augen traf, tauchte der Mond hinter der Wolke hervor und breitete sein Licht über den ganzen Hafen aus, während am Horizont die ersten rötlichen Anzeichen der Dämmerung die Entstehung eines neuen Tages ankündigten, eines Tages, der mit seiner unschuldigen Helligkeit die Dämonen dieser Nacht hoffentlich vertreiben würde.

Plötzlich durchbrach ein bekanntes Knattern die Geräuschkulisse, die den drei Freunden in ihren Minuten der Ruhe wie eine undurchdringbare Stille erschienen war. Arturo schreckte hoch, drehte sich um und sah Juans VW-Bus auf die Strasse rollen, am Steuer das bullige Gesicht Blados, aus dem Seitenfenster winkend das breite

Grinsen Saïds. Er erhob sich seufzend, klopfte Manuel auf die Schulter und wies ihn an Andres aufzuwecken und bei der Mauer zu warten, ging dann die wenigen Schritte zum Bus und umarmte den eben ausgestiegenen Saïd herzlich. Als sich Blado zu ihnen gesellte und sich eine Zigarette anzünden wollte, nahm ihn Arturo ebenfalls in die Arme, was einen überraschten Ausdruck in dessen vernarbtem Gesicht erzeugte.

»Ich weiss gar nicht wie ich euch danken soll. Saïd, was schulde ich euch?«

»Ach komm schon, wir haben uns gegenseitig schon so oft geholfen... Ich habe mit Dejan gesprochen. Er lässt dich grüssen und hat gemeint, du schuldest ihm nur das Geld für die Säure. Bezahlen kannst du, indem du einen Job für ihn erledigst, ok?«

»Du bist der beste Saïd, ich weiss echt nicht, was ich ohne dich gemacht hätte und wie ich dir danken soll.«

Arturo schloss Saïd nochmals heftig in die Arme und küsste ihn auf beide Wangen. Dieser liess alles mit einem breiten Grinsen über sich ergehen und wartete bis Arturo sich etwas beruhigt hatte. Dann streckte er ihm einen zusammengefalteten Zettel entgegen, den Arturo ohne ihn anzusehen in die Gesässtasche seiner Jeans steckte.

»Ich muss wieder an die Arbeit, ich denke, wir sehen uns bald.«

»Danke nochmals für alles und richte auch Dejan Grüsse und meine tiefste Dankbarkeit aus. Wir sehen uns bald.«

Die beiden Freunde umarmten sich nochmals innig, dann verschwand Saïd schnellen Schrittes in der Lagerhalle und Blado, wahrscheinlich immer noch unter dem Eindruck der überraschenden Umarmung, hielt Arturo mit einem Handschlag auf Distanz und reichte ihm die Autoschlüssel, konnte sich ein freundliches Grinsen jedoch trotzdem nicht verkneifen, bevor auch er hastig in der Lagerhalle verschwand.

Dann war der Spuk vorbei. Arturo stand alleine neben dem leeren VW-Bus auf der verlassenen Strasse und ausser seinen Freunden, die in einiger Entfernung an der Hafenmauer lehnten, schien sich auf dem ganzen Hafengelände weit und breit keine einzige Menschenseele zu befinden. Arturo gab ihnen ein Handzeichen, öffnete die Fahrertür und setzte sich hinter das Lenkrad, während Manuel sich langsam in Bewegung setzte, seinen Arm um Andres geschlungen und diesen stützend. Aus der geöffneten Wagentüre erklang Musik und der Motor startete stotternd.

»Mi vida
Lucerito sin vela
Mi sangre de la herida
No me hagas sufrir mas

Mi vida
Bala perdida
Por la gran via
Charquito de arrabal...«

Die beiden Freunde quetschten sich neben Arturo auf die Sitzbank und der wieder einigermassen lebendige Andres schloss die Beifahrertüre. Einen Moment sassen sie stumm nebeneinander, ohne sich zu bewegen und lauschten der Musik, dann legte Arturo den ersten Gang ein und setzte den Bus langsam in Bewegung. Noch immer sprach keiner ein Wort, die Stille wurde nur von Andres vereinzeltem Stöhnen und natürlich der Musik unterbrochen. Sie liessen das Hafengelände hinter sich und reihten sich in den langsam anschwellenden Morgenverkehr ein. Manuel gähnte und widmete sich wieder einer seiner Lieblingsbeschäftigungen, dem Drehen eines riesigen Joints. Nach einer Weile räusperte sich Andres neben ihm.

»Ich weiss gar nicht, wie ich dir danken soll Arturi. Zuerst muss ich verarbeiten, was heute Nacht alles passiert ist und erst dann werde ich vielleicht wissen, wie dankbar ich dir eigentlich bin.«

»Sprechen wir nicht mehr davon.«

»No quiero que te vayas
No quiero que te alejes
Cada dia mas y mas...«

Das nächtliche Barcelona zog an ihnen vorbei und wurde immer mehr von der Dämmerung verdrängt. Der süssliche Rauch breitete sich erneut im Bus aus und gelangte durch die geöffneten Seitenfenster nach draussen, wo er sich mit den vereinzelt vom Hafen aufsteigenden Rauchsäulen vermischte.

»Mi vida
Charquita d'agua turbia
Burbuja de jabon
Mi ultimo refugio, mi ultima ilusion
No quiero que te vayas
Cada dia mas y mas
Mi vida...«

Zielsicher doch unendlich langsam steuerte Arturo das Fahrzeug durch langsam erwachende Strassen in Richtung von Juans Appartement, Start und Ziel ihrer nächtlichen Odyssee. Als er den Bus auf demselben Parkplatz abstellte, auf dem er ihn vor einigen Stunden geholt hatte, war die Nacht definitiv der Dämmerung gewichen, welche nun bereits deutliche Anzeichen des Tages mit sich führte. Er liebte diese Zeit des Tages, die Stimmung, das Licht, den Geruch, die Einsamkeit, die Müdigkeit, die Gewissheit, in einer eigenen Welt zu leben. Bevor er den Motor abstellte, blickte er seinen beiden Freunden lange und tief in die Augen.

»Kein Wort über heute Abend. Nie. Zu niemandem. Ich bitte euch.«

Andres und Manuel nickten beide stumm. Sie wollten die Wichtigkeit des Moments nicht mit überflüssigen Worten verwässern.

»Ich will, dass ihr es beide mit Worten sagt.«

Arturos Augen waren plötzlich schmal und kalt und seine Stimme mehr ein Flüstern.

»Kein Wort, zu niemandem!«

Andres und Manuels Stimme bildeten einen kakophonischen Kanon als sie Arturo antworteten.

»Gut. Danke. Jetzt lasst uns noch kurz gemeinsam zu Juan gehen und einen Mezcal trinken.«

»War es zu Beginn unserer kleinen Reise nicht noch ein Absynth?«, fragte Manuel mit einem Lächeln und legte seinen Arm auf Arturos Schulter.

»Die Zeit vergeht und Dinge ändern sich.«

Arturo lächelte ebenfalls, zog den Schlüssel aus dem Zündschloss, öffnete die Wagentüre, stieg aus dem Bus, gähnte und streckte sich. Andres und Manuel folgten seinem Beispiel und gemeinsam gingen sie über die Strasse und verschwanden langsam im Treppenhaus, welches zu Juans Wohnung führte. Diese hatte sich in der Zwischenzeit ein wenig geleert, war ansonsten aber unverändert, bis auf die schweren, dunklen Vorhänge, die zugezogen wurden um die Illusion der Nacht zu erhalten. Nur noch wenige Kerzen brannten und die Augen der drei Zurückgekehrten mussten sich zuerst an die Dunkelheit des Zimmers gewöhnen. Alejandra und Patricia waren verschwunden, Rosa war auf dem Teppich eingeschlafen, David und Josep sassen auf dem Sofa und diskutierten über die philosophischen Ursprünge des Existenzialismus und die Originalität der Ideen Sartres, während Juan immer noch seine Platten spielte.

»...*drifter coming in*
never touching down
never leaving ground

a twilight world in which we roam
still we don't belong
drift on...«

Juan reagierte als erster auf die Veränderung, welche die Rückkehr der drei Freunde in der Aura des Raumes hinterliess. Er blickte auf, sah als erstes Arturo der zielstrebig nach einer Flasche Mezcal suchte, dann auch Manuel und Andres, die sich noch nicht wirklich einig waren, wer von ihnen in die Küche gehen sollte, um die Gläser zu holen.

»Welcome back! Ich hoffe, es ist alles gut gegangen?!«

Erst jetzt bemerkten auch David und Josep die Zurückgekehrten, hielten in ihrer Diskussion kurz inne, murmelten eine kurze Begrüssung, um darauf sofort wieder in ihr Gespräch einzutauchen, als wäre nichts Interessantes passiert, als wäre nie irgendetwas Interessantes passiert, als würde nie etwas Interessantes passieren.

»Alles bestens«, grinste Arturo und füllte die von Manuel vor ihm auf den Tisch gestellten Gläser randvoll mit Mezcal, »bei uns lief alles besser als erwartet und bei euch?«

»Ach ja, wir hatten unseren Teil so schnell erledigt, dass ich es schon beinahe vergessen hatte. Ansonsten alles super...«

Sie lächelten beide.

»Doch jetzt lasst uns alle trinken, auch die zwei weisen Gelehrten auf dem Sofa, kommt jetzt.«

David hörte den Sarkasmus in der Stimme Arturos, fühlte sich jedoch zu betrunken, um darauf zu reagieren. Er nahm Josep beim Arm und sie gesellten sich zu den anderen an den Tisch und ergriffen ihre Gläser.

Arturo hob sein Glas und räusperte sich.

»Auf heute Nacht. Und auf die Zukunft.«

Die anderen erhoben ihre Gläser ebenfalls, wiederholten seine Worte und prosteten sich zu. Dann tranken sie, bis die Flasche leer war.

Es war bereits heller Morgen, als Arturo die kurze Strecke zu seiner Wohnung torkelte. Unterwegs kaufte er italienisches Süssgebäck, Zigaretten, ein Sandwich mit Schinken und Käse, sowie eine grosse Flasche Orangensaft, die er sofort öffnete und zur Hälfte trank, während ihm die Sonne ins Gesicht schien. Er setzte sich kurz auf den Bordstein, ass das Sandwich und genoss die bereits wärmenden, morgendlichen Sonnenstrahlen, dann ging er weiter. Bei seinem Wohnhaus angekommen, dauerte es einige Minuten, bis er den Schlüssel fand, den ihm Futura in der Nacht im Briefkasten hinterlegt hatte und weitere lange Minuten, bis er die Treppen zu seiner Wohnung erklommen hatte. In der Wohnung war es still, bis auf das gleichmässige Atmen Futuras, das durch die geöffnete Schlafzimmertüre in den Korridor drang. Er versuchte keine lauten Geräusche zu verursachen, zog sich Schuhe, Jacke und Hose aus, verstaute die Tüte mit den Esswaren im Kühlschrank und setzte sich schliesslich mit seinem Orangensaft in einen der schweren Ledersessel neben das Bett, drehte einen Joint und betrachtete Futura, die in eine Decke gerollt schlief, bedeckt von ihrem langen schwarzen Haar. Er lächelte. Das Klicken des Feuerzeugs war dann allerdings das berühmte eine Gcräusch zu viel und Futura erwachte, drehte sich langsam zur Seite und blickte schlaftrunken in Arturos Augen.

»Endlich amore mio. Komm zu mir.«

Arturo erhob sich schwerfällig, küsste Futura aufs Haar, reichte ihr den Joint und ging schwankend zu den Plattenspielern. Dann ging wieder einmal alles ganz schnell und noch bevor der erste Ton, der von ihm aufgelegten Platte erklungen war, lag er schon in Futuras Armen. Er lächelte noch immer.

»...one inch of love is one inch of shadow*
Love is the shadow that ripens the wine.
*Set the controls for the heart of the sun...«

Das laute Dröhnen eines Schiffshorns riss ihn auf einen Schlag aus seinen Erinnerungen und er öffnete seine weit aufgerissenen Augen, blickte auf den Strand und das Meer, als würde er beides zum ersten Mal sehen, als wäre er gerade erst hier angekommen nach einer endlos langen Reise. Er atmete die Nachtluft ein, liess sich in den Sand fallen und streckte sich aus, verschränkte die Arme hinter dem Kopf und liess seinen Blick über den Nachthimmel schweifen. Zwischen all den unbeweglichen Sternen zog ein Satellit einsam seine Kreise dem Horizont entgegen, wo in wenigen Stunden die Sonne wieder aus dem Meer auftauchen würde.

»Set the controls for the heart of the sun, the heart of the sun«, murmelte Arturo in die Stille der Nacht und ein

Grinsen legte sich auf seine Lippen, während sein Blick noch immer dem Satelliten folgte.

»Ich hoffe, wenigstens du schaffst es!«

Er richtete sich etwas auf, suchte in den Taschen seines Mantels die Utensilien zusammen, um schliesslich, im Schneidersitz dasitzend, einen Joint zu drehen.

»Es ist so einfach in Gewohnheiten und Abhängigkeiten zu verfallen und diese als Gefühle und Liebe für eine Person, eine Sache oder eine Tätigkeit misszuverstehen. Es passiert meistens, ohne dass wir es bemerken und plötzlich ist es so, als wäre es schon immer so gewesen und würde (oder müsste) immer so bleiben, als wäre es unendlich. Doch nichts ist unendlich. Alles hat einen Anfang und ein Ende, das ist die einzige Konstante in diesem Universum. Alles andere ist Chaos.«

Er räusperte sich und zündete seinen Joint an, bevor er seinen Gedankengang weiterspannte, den Blick auf die endlose Weite des Meeres gerichtet.

»Dieses Chaos, das Unberechenbare führt zu einer metaphysischen Angst in uns Menschen, der wir mit Struktur und Ordnung entgegenwirken. Doch je mehr Ordnung und Struktur wir ins kosmische Chaos zu bringen versuchen, desto stärker wird diese metaphysische Angst (sie steigt exponentiell) und holt uns unverhofft doch wieder das Chaos ein und lässt unsere Mauern aus Struktur zerbersten, dann wächst diese Angst in eine nackte Panik, der wir uns mit unseren rationalen Mitteln auf keine Art und Weise entziehen können, der wir erliegen, unfähig jeglichen Widerstands.«

Der Satellit war inzwischen hinter dem Horizont im Nichts verschwunden und am Himmel blieb nur die Bewegungslosigkeit der Sterne zurück, deren Leuchten einziger Zeuge ihrer Existenz ist, beziehungsweise die Illusion ihres Existierens aufrechterhält, ehe sie im Dunkel des Nichts verschwinden, in der Vergessenheit, ohne Erinnerung. Arturo bemerkte ein Rascheln im Sand und entdeckte eine kleine schwarze Katze, die sich vorsichtig an ihn heranpirschte, feine Spuren im Sand hinterlassend. Er verharrte regungslos bis die Katze Zutrauen gewann, um seine angewinkelten Beine strich und sich an ihn schmiegte. Er lächelte und die Katze antwortete ihm mit einem lauten Miauen, setzte sich neben ihn, liess sich ihr zerzaustes, verfilztes Fell kraulen und schnurrte entspannt. Als er die Katze genauer betrachtete, stellte er fest, dass ihr linkes Ohr zerfetzt war und sich eine lange Narbe vom Ohr, über das linke Auge, bis zur Schnauze zog. Eine Weile sassen sie ruhig nebeneinander im kühlen Sand, dann warf Arturo den fertiggerauchten Joint in die Brandung, zog den Flachmann aus der Manteltasche und nahm einen grossen Schluck. Der Alkohol verband sich sofort mit der Wirkung des Marihuanas und hinterliess ein Taumeln in seinem Kopf.

»Arturo...«

Er hörte seinen Namen und drehte sich in alle Richtungen um, doch der Strand und das Meer waren menschenleer.

»Wahrscheinlich spielt mir meine Phantasie einen Streich...«

Er grinste und widmete sich erneut der schwarzen Katze, die es sich inzwischen auf seinem Schoss gemütlich gemacht hatte.

»Arturo...«

Wieder erklang sein Name aus dem dunklen Nichts der Nacht, diesmal lauter, deutlicher und in seiner unmittelbaren Umgebung.

»Ja? Wer zum Teufel ist da?«

»Auf jeden Fall nicht der Teufel. Alles andere ist unwichtig.«

»Wo versteckst du dich? Ich kann dich nicht sehen.«

»Öffne deine Augen und deinen Geist, Arturito. Dann wirst du mich sehen.«

Die Katze erhob sich in seinem Schoss, drehte sich einige Male um sich selber und richtete ihren gelbleuchtenden Blick direkt in seine Augen. Arturo zuckte zusammen. Für einen kurzen Moment dachte er, dass er nun endgültig den Verstand verloren hätte, doch dann fasste er sich wieder, nahm sich zusammen, setzte ein schiefes Lächeln auf seine Lippen und zündete sich eine Zigarette an.

»Das ist ja alles schön und gut, doch ich glaube nun mal nicht an sprechende Katzen.«

»Was du glaubst, spielt überhaupt keine Rolle, nicht einmal was du weisst, hat irgendeine Relevanz ausserhalb deines eigenen Koordinatensystems, da du es im Endeffekt auch nur zu wissen glaubst. Das einzig Gültige ist deine Existenz, alles andere ist reine Spekulation, eine Projektion deiner Wahrnehmung in deinem Geist. Kannst du mir folgen Arturito?«

Die Katze fixierte noch immer Arturos Blick mit ihren schmalen Augen und dieser nickte stumm.

»Und überhaupt: wer sagt, ich sei eine Katze? Ist nicht auch diese Feststellung eine blosse Projektion deiner Sinne in deinem Geist?«

»Okay, okay, ich verstehe was du meinst, oder besser gesagt, ich glaube, ich kann dir folgen. Doch wer oder was bist du dann? Wie ist dein Name?«

»Ich habe unendlich viele Namen, einige mehr, andere weniger bekannt. Doch all das ist unwichtig, genau so wie es unwichtig ist, wer oder was ich bin. Wichtig ist bloss, dass ich bin. Und nun hör mit deinem kindischen Hinterfragen auf, öffne deinen Geist und hör mir zu.«

Die Katze räkelte sich auf seinem Schoss, bis sie eine bequeme Stellung gefunden hatte, hob ihren Kopf und blickte Arturo erneut in die Augen, durch ihn hindurch, hinter seine Hülle, direkt in seinen Geist.

»Du willst wissen, wer ich bin, doch du weisst nicht einmal wer du selber bist. Du glaubst andere Menschen zu kennen, dabei kennst du nicht einmal dich selbst. Du meinst eine Frau zu lieben, ohne dich selber zu lieben. Du denkst die Welt zu verstehen, doch du verstehst dich selber nicht. Die Welt liegt in dir, alles liegt in dir. Verstehst du die Welt in dir drin, dann verstehst du die Welt um dich herum. Liebst du dich selbst, kannst du eine Frau richtig lieben. Kennst du dich selbst, wirst du andere Menschen wirklich kennen. Und wenn du weisst, wer du bist, wirst du wissen, wer ich bin. Suche nicht ausserhalb von dir selbst, denn die Suche beginnt und endet in dir. Aus deiner Perspektive existiert alles nur durch dich, also liegt der Schlüssel zu allem in dir selbst. Du hast geglaubt, diesen Schlüssel in einer anderen Person, in einer Frau oder vielleicht auch in der Liebe zu ihr oder in der Lust, zu finden. Doch diese Annahme war und ist falsch und ihr seid daran zugrunde gegangen. Denn Liebe und Hass liegen genau so nahe beieinander wie Lust und Leiden. Und statt einem Schlüssel finden wir bloss Ketten aus konstruierten Abhängigkeiten, die verhindern, dass wir wachsen, die uns zurückhalten und langsam verdorren lassen. Denn in diesen Abhängigkeiten liegen keine Antworten, sie bringen nur neue Fragen und Schwierigkeiten mit sich. Und diese Fragen und Schwierigkeiten, die eigentlich zwischen den beiden Personen anzuordnen wären, werden plötzlich auf die andere Person (den Partner) projiziert, da es aufgrund der konstruierten Abhängigkeiten kein ›zwischen uns‹ mehr gibt. Es gibt nur noch ein ›Wir‹ und ein ›Uns‹. Und genau hier beginnt sich Liebe in Hass zu verwandeln und Lust in Leiden; denn der Mensch ist kein ›Wir‹, der Mensch ist ein ›Ich‹.«

Das Rauschen des Meeres füllte die durch die Pause entstandene Stille und Arturo räusperte sich. Er wollte dem Monolog des Unbekannten etwas entgegensetzen, doch er brachte ausser dem Räuspern keinen Laut über die Lippen, seine Gedanken rasten, liessen sich jedoch weder fassen noch verbalisieren. Die schwarze Katze änderte ihre

Position auf Arturos Schoss und begann sich zu putzen, liess dabei Arturos Augen nie zu lange aus ihrem Blick, so dass die Hypnose, die ihre gelben Augen über ihn gelegt hatten, bestehen blieb. Nach einigen stillen Minuten setzte sich die Katze wieder ruhig in seinen Schoss, fixierte seinen Blick und öffnete ihre Schnauze.

»Die Grenzen deiner Sprache sind die Grenzen deiner Welt, Arturito. Was du nicht verbalisieren kannst, liegt ausserhalb der Kategorien deines Gehirns, die deine Welt konstituieren. Was du nicht in Worte fassen kannst, sprengt die Grenzen deiner eigenen Existenz und lässt dich deshalb an ihr zweifeln, obwohl es doch eigentlich Beweis dafür wäre. Und genau hier treffen wir wieder auf das Problem von vorhin. Denn Gefühle allgemein, aber speziell Gefühle für eine Person, sind nur schwer in Worte zu fassen, Liebe ist verbal kaum erklärbar. Es fehlt ein griffiges Vokabular, um diese Zustände treffend zu beschreiben, weshalb wir uns mit Umschreibungen helfen müssen, die uns die Grenzen unserer Sprache und dadurch unserer Welt brutal aufzeigen und uns an unserer Existenz zweifeln lassen. Und genau aus diesem Zweifel an der eigenen Existenz entsteht die Abhängigkeit von einer anderen Person, die Konstruktion eines ›Wirs‹, die wiederum das Ungleichgewicht zwischen ›Wir‹ und ›Ich‹ mit sich bringt. Folgst du mir noch, Arturito?«

»Ich gebe mir Mühe.«

»Die ganze Menschheit lebt in einer panischen Angst davor, sich selber zu sein. Man versucht krampfhaft so zu sein, wie die anderen, passt sich an, gleicht sich an (im Innern und im Äussern), um unterzugehen in einer Masse, damit man nicht über sich selbst nachdenken muss, darüber wer man eigentlich ist. Man wird zu einer Kopie von Tausenden, von Millionen und definiert sich genau darüber, eine Kopie von etwas Bestimmtem zu sein. Und kommt irgendwann der Punkt, an dem man spürt, dass da doch eigentlich noch mehr sein sollte, als diese graue, stumpfe Gleichschaltung, konzentriert man sich auf eine andere Person (die grosse Liebe), statt für einmal in sich selber zu gehen, in sich zu horchen und herauszufinden, wer oder was man eigentlich ist. Man will sich über diese eine Person oder vielleicht auch über die Liebe zu ihr definieren. Statt sich selbst zu suchen, sucht man nach dieser einen bestimmten Person, von der man sich in einer unbestimmten Form Erlösung von der Suche nach sich selbst verspricht, da man nichts mehr fürchtet auf dieser Welt, als diese Suche. Doch diese eine Person (den Erlöser oder die Erlöserin) gibt es nicht, niemand kann einen anderen Menschen vor sich selbst retten. Indem man andere kopiert oder sich über andere definiert, gibt man sein eigenes Ich auf, man verschenkt sich gewissermassen selbst, was zu einem Gefühl der Leere, des Verlustes und der Unzufriedenheit führt und die Gefühle und die einst positiv konnotierte Abhängigkeit, die man gegenüber dem, den man kopiert oder über den man sich definiert hat, umdreht. Und wieder treffen wir auf das grundlegende Problem der heutigen Welt: das Ungleichgewicht zwischen ›Wir‹ und ›Ich‹, das Liebe in Leiden und in Hass verwandelt.«

Die Katze erhob sich, streckte ihre Glieder, hüpfte von Arturos Schoss in den Sand und schnurrte zum Abschied laut und vergnügt. Bevor sie langsam im Dunkel der Nacht verschwand, drehte sie sich nochmal um und richtete ihre gelben Augen auf Arturos Gesicht.

»Die Antwort auf das eben genannte Problem sollte nun eigentlich auf der Hand liegen: repossess yourself! Nimm wieder vollständig Besitz von dir selber, besinne dich auf dein Ich. Alle Antworten liegen in dir und nirgendwo sonst.«

»Doch dafür ist es nun zu spät.«

»Es ist niemals zu spät, Arturito, vergiss das nie.«

Dann war es wieder still. Arturo stand auf und räusperte sich. Aus der Ferne drang das Miauen einer Katze an sein Ohr. Er lächelte und ging einige Schritte dem Meer entlang, die Füsse in der Brandung. Nach kurzer Zeit hielt er inne, setzte seinen Kopfhörer auf und suchte das Lied, das für ihn untrennbar mit seiner Beziehung zu Futura verbunden war und sich seit dem Verschwinden der Katze in seinem Kopf drehte und wiederholte.

»In your room
Where time stands still
Or moves at your will
Will you let the morning come soon
Or will you leave me lying here...«

Es war eine dieser Nächte, die zuerst völlig gleichförmig erschien (eine Nacht wie jede andere Nacht), die ihre spezielle Magie gerade aus dieser Normalität zu ziehen schien und erst nach und nach vollständig entfaltete, eine

Nacht, deren samtiges Mondlicht die scharfen Kanten der Stadt weich zeichnete, eine Nacht, die in ihrem kühlenden Lüftchen den Duft von Lavendel, Thymian und anderen Blüten mit sich führte, eine Nacht, die zum näher Zusammenrücken und zum Träumen einlud. Durch das geöffnete Fenster drangen die Geräusche der Stadt wie durch einen schweren Vorhang bloss gedämpft an ihre Ohren. Sie lagen nebeneinander auf dem Bett im halbdunklen, nur durch wenige Kerzen beleuchteten Zimmer, das jetzt nicht mehr nur Arturos Zimmer, sondern ihr gemeinsames Zimmer war. Aus den Lautsprecherboxen erklang leise die Stimme Dave Gahans und liess die Zeit im Nichts verschwinden.

Arturos Hand strich sanft über Futuras Gesicht, seine Finger zeichneten ihre Stirn, ihre Augenbrauen, ihre Augenhöhlen, ihre Wangenknochen, ihre Nase, die Umrisse ihrer Lippen, den Mund und ihr Kinn, als würde er ihr gesamtes Gesicht in diesem Moment erschaffen und er wusste, dass er nur die Augen zu schliessen brauchte, um das soeben Gezeichnete zu löschen und wieder von vorne beginnen zu können, dass er jedoch auch beim hunderttausendsten neuen Versuch jede Erhebung und Vertiefung, jede Falte und Linie genau gleich zeichnen würde. Ihr Mund öffnete sich wie zum ersten Mal und er skizzierte ein Lächeln auf ihre Lippen, das wie durch Zufall ihrem wirklichen Lächeln entsprach. Sein Finger blieb auf ihrem Mundwinkel ruhen, welcher auf seine Berührung mit einem leichten Zucken reagierte. Sie öffnete ihren Mund ein zweites Mal und die Spitze ihrer Zunge suchte die Spitze seines Fingers, berührte sie kurz, was sich wie eine Unendlichkeit anfühlte. Ihre Augen, die soeben durch Arturos Finger erschaffen wurden, öffneten sich und sie schaute ihn an, näher und immer näher, bis ihre Augen zu einem einzigen wurden. Ihr Atem wurde schwerer und wärmer, ihre Münder suchten und berührten sich in sanftem, warmem Kampf. Ihre Lippen verbissen sich ineinander, ihre Zungen ertasteten ihre Zähne, hielten inne und tanzten engumschlungen Tango, gingen vorsichtig weiter, bis sie den letzten versteckten Winkel des Mundes erkundet hatten, aus dem ein schwerer Atem strömte, der den Duft von Mohnblüten, von altertümlichem, blumigem Öl und eine wattige Stille mit sich führte. Seine Hand streifte durch ihr Haar, versank in der dichten Tiefe ihres glänzenden schwarzen Haares, um hinter ihrem Ohr wieder daraus aufzutauchen, während sie sich küssten, als wären ihre Münder gefüllt mit den lebendigen Bewegungen von Bienen und dem dunklen Duft sich öffnender Blüten, immer intensiver. Ihr sanftes Beissen erzeugte einen süssen Schmerz und wenn sie vergessen würden zu atmen in einer ewigen Spirale des Kusses und ihnen nur noch der Atem des anderen blieb, ihr Atem sich zu einem vereinigen würde, dann wäre dieser momentane Tod ein süsser Tod. Und es gab nur noch einen Schweiss, einen Speichel, einen Körper und dieser eine Körper zitterte wie die Sonnenstrahlen auf der Oberfläche des Meeres.

*»In your favourite darkness
Your favourite half-light
Your favourite consciousness
Your favourite slave...«*

Arturos Hände wanderten langsam Richtung Süden, erkundeten die Landschaft ihres Körpers, hielten an gewissen Stellen inne und verweilten für kurze Zeit, zuerst sanft, dann immer kräftiger und bestimmter. Und während dieser Wanderung seiner Hände nahm er langsam aber bestimmt Besitz von ihr, ihrem Körper, ihrem Geist und ihrer Seele; die Reise seiner Hände wandelte sich in einen Kreuzzug, eine Eroberung, welcher auf der einen Seite den Sieg, auf der anderen Seite die Unterwerfung mit sich führte.

Futuras Körper gab in seinen Armen nach, alles gab nach in ihr, in ihnen beiden und ihre Hände fuhren langsam seinen Rücken hoch, ihr Haar fiel in sein Gesicht, in die Augen und überdeckte ihn mit ihrem Geruch, einem Geruch ohne Worte, unter ihnen das Schwarz des Bettlakens, neben ihnen die farbigen Tupfer ihrer verstreuten Kleider, welcher sie sich mit unbewussten, doch geübten Handgriffen entledigt hatten, die Finger gehorchten stummen Befehlen, auf der Haut, den Bäuchen, den Hüften, zwischen den Schenkeln, ein Druck und ein Gegendruck, eine kaum wahrnehmbare Bewegung vom Mund auf die Finger und von den Fingern auf das Geschlecht, warmer, feuchter Schaum, der ihre Bewegungen und ihre Körper vereinte, ein gleichmässiger Rhythmus, dann plötzlich eine Veränderung, welche die Bewegung schneller und härter werden liess, ein unterdrücktes Stöhnen, ein sanftes, leises Nein, welches Arturo (bewusst oder unbewusst) überhörte, dann Alles und Nichts.

»Get weak all the time, may just pass the time
Me in my own world, and you there beside

The gaps are enormous, we stare from each side
We were strangers for way too long...«

Sie lagen nebeneinander auf dem schwarz bezogenen Bett. Futura hatte sich zur Seite gedreht und lag auf dem Bauch in ein weisses Leintuch gehüllt. Ihre Augen waren halb geschlossen und starrten ins Leere, den Blick von Arturo abgewandt. Sie war still, nicht einmal ihre sanften Atemzüge waren zu hören. Arturo war, nachdem er sich auf seinem weichen Ledersessel einen Joint gedreht und dazu einen Whisky getrunken hatte, über die regungslose Futura zurück ins Bett geklettert und lag jetzt auf dem Rücken, den Kopf an die Wand gelehnt, den Blick auf die weisse Zimmerdecke gerichtet. Er rauchte in langsamen Zügen, so dass er den Joint für jeden weiteren Zug neu anzünden musste. Das flackernde Kerzenlicht liess die Schatten vor seinen Augen tanzen, doch sein Blick schien durch sie hindurch zu gehen.

»Siehst du es, das Meer?«

Nach einigen Sekunden wandte sich Futura leicht in seine Richtung, so dass das Laken leicht verrutschte und die schwarzen Raben auf ihren schmalen Schultern entblösste. Sie räusperte sich.

»Wo?«

Arturo nahm einen tiefen Zug vom Joint und bot ihn ihr mit ausgestrecktem Arm an.

»Oben, an der Decke.«

Futura öffnete ihre Augen, der verwischte Mascara liess die Schatten unter ihnen unendlich gross erscheinen. Sie drehte sich auf den Rücken, ganz nahe zu Arturo, nahm den Joint aus seiner Hand entgegen, richtete ihren Blick auf den Punkt an der weissen Decke, in dem Arturos Blick zu verschwinden schien und nahm selber einen tiefen Zug vom Joint.

»Ja, ich kann das Meer sehen.«

Dann wieder Stille, endlose Stille, das Rauschen des Meeres in ihren Köpfen. Futura drehte sich auf die Seite und richtete ihren Blick aus dem Fenster.

»Kannst du die Sterne funkeln sehen?«

»Wo?«

»Draussen, am Himmel.«

Arturo drehte seinen Kopf und blickte aus dem Fernster in die undurchdringbare Dunkelheit der Nacht. Weder der Mond noch die Sterne waren sichtbar.

»Ja, ich sehe sie. Sie sind wunderschön.«

Das Rauschen des Meeres in seinem Kopf schwoll an zu einem Orkan. Er schloss seine Augen. Sein Nervensystem zauberte blinkende Sterne in seinen Kopf.

»Violent, more violent, his hand cracks the chair
moves on reaction, then slumps in despair
trapped in a cage and surrendered to soon
me in my own world, the one that you knew
for way too long...«

Arturo wartete bis Futura neben ihm gleichmässig atmete und langsam aber sicher ins Land des Unbewussten entschlummerte. Er drehte sich vorsichtig zur Seite und stand auf, ohne dass Futura es bemerkt hätte, deckte sie mit einem grossen Leintuch zu, ging in die Küche und trank ein grosses Glas Wasser. Neben dem Spülbecken stehend, schloss er erneut die Augen und blieb bewegungslos stehen. Das Rauschen des Meeres kehrte zurück in seinen Kopf, schwoll abwechslungsweise an und wurde wieder leiser. Er zündete sich eine Zigarette an und rauchte immer noch stehend mit geschlossenen Augen, jeden Zug tief inhalierend. Der Drang in seinem Kopf wurde immer stärker, weitete sich aus, bis er, von seinen Haaren bis zu seinen Zehen, seinen gesamten Körper erfasst hatte und ein starkes Vibrieren hinterliess. Er brauchte Bewegung, musste weitergehen, weiterwandern, sich selber und alles, das er kannte, hinter sich zurücklassen, Unabhängigkeit, totale Freiheit, Nichts. Entschlossen schlich er zurück ins Schlafzimmer, packte seine kleine Ledertasche mit Drogen und seinem iPod, zog sich eine schwarze Hose und ein Leinenhemd an, schlüpfte in seine abgelatschten Espadrilles und wollte gerade aufbrechen, als sich Futura auf dem Bett drehte und räusperte.

»Wohin gehst du?«

»Nirgendwohin.«

»Weshalb gehst du dann?«

»Weil ich muss. Nicht wegen dir.«

»Wann kommst du zurück?«

»Ich weiss nicht.«

»Doch du kommst zurück?«

»Ich denke schon.«

Er gab Futura einen flüchtigen Kuss auf ihr Haar und verliess das Zimmer, Futura verstört auf dem Bett zurücklassend.

»Liebst du mich?«

Die geflüsterte Frage drang bereits nicht mehr in Arturos Bewusstsein, so dass die einzige Antwort, die Futura erhielt, die schwere Wohnungstüre war, die mit einem Knall ins Schloss fiel.

»I've been out searching for the dolphins in the sea,
but sometimes I wonder, do you ever think of me...«

Arturo blieb drei Tage und drei Nächte weg. Er streifte durch die Stadt, stieg in einen Zug und fuhr in die Dunkelheit, überquerte die Pyrenäen und fand sich schliesslich in einem kleinen Dorf im Süden Frankreichs wieder, wo er sich einen einsamen, ruhigen Platz am Meer suchte und erstmal in einen tiefen, langen Schlaf verfiel. Weit und breit war keine Menschenseele zu sehen, das Rauschen der Wellen und des Windes in den Baumkronen waren die einzigen Geräusche, die an sein Ohr drangen, während er einfach nur dasass, rauchte und nachdachte. Nur einmal ging er kurz ins Dorf, um Lebensmittel, Wasser und Tabak zu kaufen, kehrte danach aber sofort wieder zurück an seinen einsamen Platz am Meer. Am Morgen des dritten Tages hatte er einen Entschluss gefasst. Er räumte auf, steckte alle Abfälle und Zigarettenstummel in eine Plastiktüte und baute schliesslich einen kleinen Steinhaufen aus 23 Steinen, mit einem glänzenden Stein als Spitze. Dann machte er sich auf den Weg Richtung Barcelona, um sich seinen Dämonen zu stellen, genauso, wie er es beschlossen hatte.

Als er endlich wieder die Türe zu seiner Wohnung öffnete, fiel ihm Futura sogleich um den Hals. Nachdem sie sich gegenseitig beieinander entschuldigt hatten (für was wussten beide nicht genau), nahm Arturo Futura in seine Arme, hob sie hoch, trug sie ins Schlafzimmer und legte sie sanft aufs Bett.

»Wieso bist du weggegangen?«

»Aus Angst.«

»Angst? Angst wovor?«

»Angst davor, dich zu verlieren, mich selbst zu verlieren.«

»Wie meinst du das?«

»Ich habe keine Lust zu erklären. Doch ich werde dir eine Geschichte erzählen, damit du vielleicht verstehst.«

Er reichte ihr den Joint und räusperte sich.

»Es war vor vielen Jahren. Damals lebte ich noch in Argentinien, genauer gesagt in Fuerte Apache. Meine Arbeit als Strassenmusiker (ich spielte Bandoneon über selbst produzierte Techno-Beats) hielt mich mehr schlecht als recht über Wasser, so dass ich, um mir ein Stück vom Glück zu erhaschen, schon bald eine etwas lukrativere Nebenbeschäftigung als Drogendealer suchte. Wie das so ist in dieser Branche, musste ich zuunterst auf der Leiter anfangen. So verkaufte ich zuerst kleine Portionen Gras auf der Strasse, zu Beginn nur an einer bestimmten Ecke in Fuerte Apache, dann auch auf meinen Touren als Musiker in der Innenstadt von Buenos Aires. Ich war etwa neunzehn und der geborene Verkäufer. Erstens entdeckte ich potentielle Kunden, aber auch Polizisten in Zivil oder Uniform, schon von Weitem, zweitens wusste ich, an welchen Plätzen Studenten und Touristen auf der Suche nach Entspannung waren und drittens sah ich jeder Person auf den ersten Blick den genauen Preis an, den ich für ein Gramm Gras verlangen konnte. Mein Aufstieg im Clan war rasant. Schon bald hatte ich meine eigenen Verkäufer, die für mich arbeiteten und nach einigen Monaten nahm mich der lokale Capo beiseite und teilte mir mit, dass der oberste Boss ein Auge auf mich geworfen habe und mich gerne kennen lernen würde. Don Marco war ein ziemlich dicker, behäbiger Mittvierziger, der sich trotz fehlender Schulbildung einredete, ein grosser Experte für (südamerikanische) Literatur zu sein, genoss aber sonst den Ruf ein kaltblütiger Hurensohn zu sein, was insofern richtig war, da seine Mutter wirklich die Obernutte eines bekannten Bordells in Buenos Aires war. Sein Vater jedoch war Don Vittorio Amalfitano, der, obwohl offiziell im Ruhestand, noch immer im Hintergrund die Fäden zog. Ich wurde also ins Hinterzimmer einer schäbigen Pizzeria geführt, das den Luxus eines toskanischen Palazzos ausströmte und in dem mich Don Marco in einem schweren Ledersessel und scheinbar in ein Buch vertieft, erwartete.

›Buonasera Don Marco, è un onore.‹

Nach einigen Sekunden des Zögerns begrüsste ich Don Marco in Italienisch, das, obwohl meist nur in rudimentärer Form vorhanden, die Alltagssprache unter den Clan-mitgliedern war, die alle auf irgendeine Art italienische Wurzeln hatten. Don Marco ignorierte mich, tat so, als ob er unbedingt noch einen Gedanken, eine Seite, ein Kapitel zu Ende lesen musste, obwohl jeder, der nicht vollständig blind war, sehen konnte, dass seine Augen weder der geraden Linie einer Buchzeile folgten, noch sich überhaupt bewegten. Mein Blick wandte sich zum riesigen Bücherregal, welches die gesamte Wand hinter Don Marco einnahm, und wanderte gelangweilt über die Bücherrücken zum massiven Schreibtisch, auf dem zwei Sig Sauer 9 mm Pistolen mit dazugehörenden Magazinen, ein riesiges Messer und eine grosse, geöffnete, silberne Schatulle, die einen riesigen Berg Kokain enthielt, fein säuberlich aufgereiht waren. Die ganze Inszenierung grenzte hart an übelsten Mafiakitsch, weshalb ich mich, um ein aufkommendes Lachen zu unterdrücken, wieder dem Studium der Bücherrücken widmete.

›Kennst du die Geschichte von Pontius Pilatus?‹, holte mich die tiefe Stimme Don Marcos aus der Schwere meiner Gedanken.

›Nicht im Detail Don Marco‹, antwortete ich zögernd, ›ich kenne bloss die Version, die uns Bulgakov in Master und Margarita erzählt.‹

›Du hast also Bulgakov gelesen‹, murmelte Don Marco Gedanken verloren. ›Das ist gut, denn genau darauf wollte ich hinaus‹, fuhr er nach kurzem Zögern fort und nippte an seinem Cognac, ›was glaubst du, will uns Bulgakov mit dieser Geschichte sagen?‹

Einen Augenblick fühlte ich mich überrumpelt, denn obwohl ich von Don Marcos Interesse an Literatur wusste, hatte ich nicht damit gerechnet, an diesem Abend in eine literarische Diskussion verwickelt zu werden.

›Ich glaube am Beispiel von Pontius Pilatus stellt Bulgakov die existenzialistische Frage nach der moralischen Verantwortung des Menschen gegenüber seinen Taten. Was ist der Mensch? Ist er verantwortlich für seine Taten, da diese immer ein Resultat der Wahl seiner inneren moralischen Instanzen sind? Oder sind seine Taten durch äussere Umstände zu rechtfertigen, die Verantwortung dafür beispielsweise auf andere Personen abzuschieben?‹

›Und wie beantwortet er diese Frage?‹, unterbrach mich die schneidende Stimme Don Marcos.

›Meiner bescheidenen Meinung nach ist Bulgakov in seiner Antwort den Existenzialisten näher als man denkt.‹

›Wie meinst du das?‹

›Als physische Existenz kann der Mensch gegen seine moralischen Pflichten ankämpfen und sich innerhalb oder ausserhalb seiner eigenen Existenz Alliierte suchen, auf die er (mindestens) einen Teil seiner Verantwortung abwälzen kann. Doch der Mensch ist auch immer eine spirituelle Existenz mit einem moralischen Bewusstsein, demgegenüber er immer alleine verantwortlich ist. Das spirituelle Wesen des Menschen ist immer allein, es hat keine Verbündeten, auf welche es auch nur einen Teil seiner Verantwortung übertragen kann, noch gibt es äussere Umstände oder Zustände, die diese Verantwortung auf irgendeine Weise relativieren. Insofern liegt jedem Menschen das moralische Konstrukt zugrunde, welches ihm die komplette Verantwortung für alle seine Taten überträgt, was sich im spirituellen Zustand von Pontius Pilatus in Bulgakovs Erzählung widerspiegelt.‹

Don Marco erhob sich, trat zur kleinen Bar, welche rechts vom Schreibtisch auf einem kleinen Tischchen aufgebaut war, goss zwei Gläser Vecchia Romagna ein und trat hinter den massiven Schreibtisch.

›Du gefällst mir Roberto, nun lass uns über das Geschäft sprechen.‹

In den nächsten zwanzig Minuten stieg ich vom Chef einer Handvoll halbwüchsiger Dealer zum Hauptverteiler des Clans für Kokain und Marihuana im Nordosten von Buenos Aires auf. Nachdem Aufgaben und Verantwortung meines neuen Jobs besprochen waren, schaute mir Don Marco intensiv in meine Augen, sein Blick bohrte sich direkt in mein Hirn.

›Jetzt brauchst du nur noch eine richtige Waffe.‹

Sein Blick wanderte auf die Tischplatte, genauer gesagt auf die schweren dunklen Pistolen, die griffbereit dort lagen.

›Ich mag keine Schusswaffen. Ich bevorzuge mein Messer, das reicht.‹

Auf Don Marcos Stirn schwoll innert Bruchteilen einer Sekunde eine Ader an. In einer Geschwindigkeit, die ich ihm aufgrund seines Äußeren niemals zugetraut hätte, griff er mit einer Hand zu einer der Pistolen, schob mit der anderen ein sichtbar geladenes Magazin in die Waffe, lud sie durch und richtete sie mit einem wahnsinnigen Glitzern in seinen Augen direkt auf meinen Kopf.

›Mach den Mund auf!‹, herrschte er mich an.

Widerwillig gehorchte ich, öffnete die Lippen und das kalte Stück Metall bohrte sich mir brutal in den Mund, ein kleines Stück eines Schneidezahnes herausbrechend.

›Wenn du mit meinem Kokain arbeitest und dafür die alleinige Verantwortung trägst, dann befolgst du meine Befehle. Wenn ich will, dass mein Kokain mit einer richtigen Waffe verteidigt wird, dann tust du das verdammt noch mal. Das ist kein Spiel mein Junge.‹

Seine Augen blitzten. Ich spürte den säuerlichen kalten Metallgeschmack auf meiner Zunge, Blut lief über meine Lippen. Die Spitze meiner Zunge ertastete die Mündung der Pistole und verschwand in der Öffnung. Meine Hand zuckte in Richtung meines Messers, doch ich war wie paralysiert.

›Hai capito bastardo di merda?!‹

Mein Kopf antwortete mit einem Nicken. Ich war wie in Trance. Ein Tropfen Blut fiel auf die Tischplatte. Aus den Augenwinkeln sah ich die zwei Leibwächter Don Marcos ebenfalls mit gezogenen Pistolen. Plötzlich brach Don Marco in ein schallendes beinahe hysterisches Gelächter aus. Er nahm die Pistole aus meinem Mund, zog das Magazin heraus, entfernte die Patrone aus dem Lauf und liess sie auf die Tischplatte fallen, dann reichte er mir Pistole und Magazin mit einem hässlichen Grinsen auf den Lippen.

›Das ist jetzt deine Verlobte.‹

Auch ich lächelte und steckte Pistole und Magazin in meine Tasche, zog die riesige Line Koks, die mir Don Marco auf seinem überdimensionalen Messer hinstreckte, in einem Zug in meine Nase und beschloss in diesem Moment, dass ich ihm früher oder später die Kehle aufschlitzen würde.

Etwa zur gleichen Zeit, genauer gesagt einige Wochen (oder Monate?) später, traf ich zum ersten Mal Maria. Es war an einer Studentenparty in der geisteswissenschaftlichen Fakultät der Universität. Ich hatte einen Anruf von einem der Pusher, die für mich an der Party arbeiteten, gekriegt, dass sie unbedingt dringend Nachschub benötigten. Da ich mir ziemlich genau ausrechnen konnte, wie viel sie schon verkauft hatten und ich grössere Geldbeträge am Liebsten bei mir selber aufbewahrte, machte ich mich persönlich auf den Weg, das heisst ich begleitete den Jungen, der einen prall gefüllten Rucksack mit Gras und Kokain auf dem Rücken trug. Ich erinnere mich genau. Ich kam gerade die Treppe hoch, zurück in den Vorraum der Vorlesungszimmer, die Taschen meiner Lederjacke prall gefüllt mit Banknoten, die mir meine Pusher keine fünf Minuten vorher auf dem Klo im Untergeschoss übergeben hatten, und dann sah ich sie, genauer gesagt sah ich zuerst nur ihre Augen, dann erst, indem ich näher ging, sah ich sie als Ganzes. Sie lehnte an der Wand direkt neben der gläsernen Lifttüre und obwohl sie einen überaus gelangweilten Eindruck hinterliess, nahm mich ihre Ausstrahlung sofort gefangen (und liess mich nicht mehr los). Ich ging zu ihr hin, begann auf dilettantische Art und Weise ein Gespräch und irgendwie machte es zwischen uns beiden sofort Klick. Wir verbrachten eine wunderschöne Nacht zwischen Phantasie und Realität und verliebten uns unsterblich ineinander. Sie war etwa in meinem Alter, wunderschön, klein, zierlich und mit langem schwarzem Haar, Studentin der Literatur und in einer Art unschuldig, die mir trotz meines damals jugendlichen Alters völlig unbekannt war, die Maria in meinen Augen auf spezielle Weise fragil erscheinen liess und in mir zum ersten Mal in meinem Leben einen Beschützerinstinkt weckte, etwas dass ich nicht einmal meinem eigenen Leben gegenüber kannte. Wir waren unzertrennlich und unsere Liebe und die Leidenschaft, die wir für einander empfanden, wuchs von Tag zu Tag. Maria verbrachte den grössten Teil ihrer Tage in der Universität, was mir ermöglichte meiner Arbeit nachzugehen, ohne dass sie eine Idee entwickeln konnte, wie ich mein Geld verdiente, was mir wiederum sehr wichtig war, da ich sie keinesfalls in die dunkle Seite meiner Welt hineinziehen wollte. Ich behielt meine kleine Wohnung in Fuerte Apache, verbrachte aber die meiste Zeit im Studentenwohnheim, wo Maria ein kleines Zimmer bewohnte, das bis auf ein Bett, einen Tisch und einen Stuhl unmöbliert war, dadurch aber Platz bot für stapelweise Bücher, welche wir uns gegenseitig stundenlang vorlasen. Die Zeit, in der wir uns nicht in der Welt unserer Bücher befanden, verbrachten wir im Bett und liessen uns von unserer Leidenschaft treiben. Wir lebten nur im Moment, Zukunft und Vergangenheit waren inexistent. Es war eine wunderschöne Zeit ohne Sorgen und Nöte, eine Zeit, in der die Arroganz unserer Jugend uns nicht an ein

Morgen denken liess. Das Doppelleben, zu dem ich mich gezwungen sah, wurde an den Rand meines Bewusstseins verdrängt, da eine Überschneidung der zwei Welten von Tag zu Tag unwahrscheinlicher erschien, obwohl natürlich das Gegenteil der Fall war. Ich hielt Maria fern von meiner Vergangenheit und von einem Teil meiner Gegenwart. In ihren Augen war ich ein Künstler, ein Strassenmusiker, der von Zeit zu Zeit Marihuana rauchte und Whisky trank, ansonsten aber mit Drogen und der Unterwelt nichts am Hut hatte. Manchmal rauchten wir einen Joint zusammen, doch die meiste Zeit war Maria clean, sie trank nicht, rauchte nicht und nahm (bis auf die wenigen Züge von einem Joint) keine Drogen. Die Welt schien in perfekter Ordnung und nach einigen Monaten begann ich zum ersten (und wahrscheinlich einzigen) Mal in meinem Leben an die Zukunft zu denken.

Doch dann kam alles komplett anders. Wir befanden uns auf einem unserer langen Spaziergänge, die uns ziellos durch das unendliche Labyrinth der Stadt führten, als plötzlich wie aus heiterem Himmel Don Marco mit seinen zwei Leibwächtern vor uns stand. Trotz meiner Überraschung reagierte ich gut, stellte Don Marco als Chef einer kleinen Plattenfirma vor, für die ich einige Lieder aufgenommen hätte und Don Marco unterstützte meine Geschichte, in dem er alle meine Lügen bestätigte und sogar noch geschickt ausbaute. Maria schien uns die Geschichte abzukaufen, blieb aber skeptisch, was natürlich auch ihrem Naturell entsprach. Es war auch nicht ihre Skepsis, die mich misstrauisch werden liess, es war viel mehr der Ausdruck in Don Marcos Augen, der Blick mit dem er Maria musterte und ihre Schönheit und Jugend in sich aufsog. Doch in den Armen Marias verschwand dieses Misstrauen so schnell wie es gekommen war. Als ich einige Tage später zu einem Termin in Don Marcos Büro erschien, hatte ich die ganze Geschichte beinahe schon vergessen. Wir regelten das Geschäftliche und als ich bereits wieder aufstehen und mich verabschieden wollte, hob Don Marco seine Hand und gab mir ein Zeichen, mich wieder hinzusetzen.

›Erzähl mir von dem Mädchen, mit dem ich dich gesehen habe.‹

›Sie heisst Maria, ist Studentin und meine Verlobte. Von unseren Geschäften weiss sie überhaupt nichts.‹

›Das ist es nicht, was mich interessiert. Mich interessiert in erster Linie ihr Körper.‹

Don Marcos lüsterner Blick und sein schäbiges Grinsen liessen in mir eine Wut und einen Ekel entstehen, die ich nicht kontrollieren konnte, die mich übermannten und meine Emotionen ohne Kontrolle in meinem von Kokain vernebelten Hirn drehen liess. Meine Augen wurden schmale Schlitze und meine Stimme bebte.

›Ich wiederhole es noch einmal Don Marco. Maria ist mein Mädchen, meine Verlobte und nicht irgendeine Hure, auf die jeder seinen Anspruch erheben kann. Sie gehört zu mir, genau wie deine Frau zu dir gehört. Sie ist keines dieser Mädchen, die man teilt. Maria ist »untouchable«, capisce?!‹

Die Ader auf Don Marcos Stirn schien zu platzen. Mit einer kaum sichtbaren Handbewegung signalisierte er seinen Leibwächtern sich auf mich zu stürzen und mich festzuhalten. Ich versuchte mich zu wehren, nach meinem Messer zu greifen, doch alles ging viel zu schnell. An Don Marcos Fäusten blitzten die Schlagringe, welche einen Bruchteil einer Sekunde später an meinem Kopf und in meiner Magengrube explodierten. Nach einer weiteren Salve von Schlägen ging ich zu Boden, wo mich die Fusstritte der Leibwächter weiter malträtierten. Als ich mich kaum noch bewegte, gebot Don Marco seinen Schlägern Einhalt und hiess sie, mich wieder auf den Stuhl zu setzen. Blut rann über mein Gesicht und tropfte auf den edlen Perserteppich. Don Marco packte mein Kinn mit einer Hand und zog meinen Kopf brutal in seine Nähe, sein stinkender Atem brannte in meinem zerschundenen Gesicht.

›Was glaubst du, wer du bist? Du willst mir Befehle erteilen? Für mich ist nichts und niemand auf dieser Welt »untouchable«. Ich nehme mir, was ich will und der Einzige, der darüber entscheiden kann, bin ich selbst. Du bist ein Nichts. Dein Leben liegt in meinen Händen. Du kannst von Glück reden, wenn du morgen wieder aufwachst.‹

Ich sah von links und rechts die schwarzen Totschläger auf mich niedersausen und bevor ich den Schmerz richtig spüren konnte, legte sich das Schwarz ihrer Waffen über mein Bewusstsein.

Trotz Don Marcos Warnung erwachte ich am nächsten Morgen tatsächlich. Vor Schmerzen konnte ich mich kaum bewegen, spürte aber, dass ich auf einer weichen Unterlage lag. Nach einigen Sekunden der totalen Irritation wurde mir auf ein Mal klar, dass ich mich auf meinem Bett, in meinem Schlafzimmer, in meiner Wohnung in Fuerte Apache befand.

›Das nennt man wohl Rund-um-Service‹, dachte ich ironisch, war aber insgeheim unbeschreiblich dankbar, am Leben zu sein, ein Gefühl, das ich in dieser Form nicht kannte.

Maria, der ich erzählte, ich sei auf dem Heimweg aus der Innenstadt von einer Jugendbande überfallen und ausgeraubt worden, pflegte mich liebevoll gesund, ein Umstand, der uns noch näher zusammenkommen liess, was mich wiederum umso besorgter machte, da ich seit jenem Zusammentreffen mit Don Marcos Schlagringen in ständiger Angst um mein Leben und vor allem um Maria war. Ich liess sie kaum noch aus den Augen, wurde zu ihrem ständigen Begleiter, was sie in erster Linie auf die zweifellos vorhandene Liebe, die ich für sie empfand, schob. Da mir aber bewusst war, dass es mir unmöglich war Maria ständig zu beschützen, lebte ich in einer immer stärker werdenden Paranoia, die ich mit einem ansteigenden Konsum von Kokain, Heroin und Morphium zu kontrollieren versuchte, was mich im Gegenzug die Kontrolle über viele andere Dinge verlieren und viele Dinge ausserhalb meiner Wahrnehmung geschehen liess, so auch die Veränderung, die Maria einige Wochen nach jenem verhängnisvollen Abend bei Don Marco durchmachte.

Doch wie das Leben so ist, holte mich alles auf einen Schlag ein, als ich (und hier sieht man wieder einmal die tragische Ironie des Lebens) beim Aufräumen von Marias Studentenbude zwischen einem Stapel Papieren die

Unterlagen einer vor wenigen Tagen durchgeführten Abtreibung fand. Ich fiel aus allen Wolken, konnte mir die Situation auf keine Weise erklären, reagierte mit Wut, Enttäuschung, Trauer, Aggression, in erster Linie jedoch mit einer Ungläubigkeit, die glücklicherweise stärker war als alle anderen Emotionen und mich einigermassen überlegt handeln liess. So schaffte ich es, Maria, als sie von der Universität nach Hause kam, mit der ganzen Situation zu konfrontieren, ohne dass Wut und Aggression das Gesprächsklima vergifteten. Maria brach sofort in Tränen aus, welche erst versiegten, nachdem sie mir die gesamte Geschichte erzählt hatte, eine Geschichte, die meine schlimmsten Befürchtungen bestätigte.

Es geschah etwa sechs Wochen nachdem wir Don Marco auf der Strasse getroffen hatten. Maria war auf dem Weg von der Bibliothek zurück in ihre Wohnung, als plötzlich Don Marco mit seinen Leibwächtern vor ihr auftauchte. Er wollte sie einladen (zu was konnte sie nicht mehr genau sagen), was sie brüsk ablehnte. Doch Don Marco liess nicht locker, versperrte ihr den Weg und wurde in seinen Avancen immer direkter und heftiger. Als er ihren Arsch begrapschte, riss sie sich los, verpasste ihm eine heftige Ohrfeige und rannte davon. Nach drei Blocks war sie sich sicher, dass sie nicht verfolgt wurde und verlangsamte ihren Schritt. Sie bog in die nächste Querstrasse ein und lief den beiden Bodyguards direkt in die Arme, welche sie ohne grosse Mühe überwältigten, in den Fond der grossen schwarzen Limousine stiessen und sie dort fesselten. Den weiteren Verlauf will und kann ich nicht im Detail wiedergeben. Maria wurde in eine kleine Hütte gebracht, sie wurde festgebunden, mit Drogen vollgepumpt, geschlagen, misshandelt und brutal vergewaltigt. Als sie dann später feststellte, dass sie schwanger war, wusste sie nicht mehr weiter. Sie suchte Rat bei ihrer besten Freundin, welche auch nichts anderes wusste, als ihr zu raten, das Kind abzutreiben, da sie nicht sicher sein konnte, ob der Vater des Kindes ich oder ihr Vergewaltiger war.

Nachdem Maria zu Ende erzählt hatte, war ich tief betroffen, denn im Gegensatz zu ihr wusste ich, dass ich auf eine sehr direkte Weise mitschuldig war. Ohne viel zu sprechen nahm ich sie in den Arm, küsste sie und hielt sie fest in meinen Armen, bis sie eingeschlafen war. Sobald ich überzeugt war, dass sie in einen tiefen Schlaf versunken war, verliess ich die Wohnung, klaute einen klapprigen Toyota Pick-Up vor ihrem Haus und fuhr zu meiner Wohnung in Fuerte Apache. Nach wenigen Minuten sass ich bereits wieder hinter dem Steuer des Pick-Ups, überprüfte das Magazin meiner Sig, die Schärfe der Klinge meines Messers, bereitete mir auf dem Armaturenbrett eine grosse Line Koks vor und zog sie gierig in meine Nase. Dann fuhr ich zur Pizzeria, in der sich Don Marcos Büro befand. Bis auf seine beiden Leibwächter war er normalerweise alleine, denn um diese Uhrzeit war auch die Pizzeria schon seit mehreren Stunden geschlossen. Ich schlich mich durch den Hintereingang, schraubte den von einem guten Freund selbst konstruierten Schalldämpfer auf den Lauf meiner Pistole und steckte meine Nase ein weiteres Mal tief in mein kleines Tütchen Kokain. Mit einem Fusstritt öffnete ich die Türe zum Büro, zwei Schüsse aus meiner Sig und der erste Leibwächter fiel zu Boden, eine Drehung um die eigene Achse, wieder zwei Schüsse und auch der zweite Leibwächter lag am Boden, regte sich im Gegensatz zu seinem Kollegen aber noch, weshalb ich ihm eine dritte Kugel in seinen Kopf jagte. Das alles ging so schnell, dass Don Marco noch immer regungslos hinter seinem Schreibtisch sass, als die Mündung meiner Pistole bereits auf seinen Kopf gerichtet war. Er versteckte seine Überraschung hinter einem überlegenen Lachen, welches ihm aber sofort im Hals stecken blieb, als ihn eine meiner Kugeln in der rechten Schulter traf.

›Erinnerst du dich an unser erstes Gespräch? An Pontius Pilatus?‹, fragte ich ihn, während ich langsam in seine Nähe ging.

Don Marco stiess eine Reihe von Flüchen und Verwünschungen aus, antwortete aber nicht auf meine Frage, weshalb ich eine weitere Kugel in seine linke Schulter jagte.

›Du allein bist verantwortlich für alle deine Taten. Du kannst dich weder hinter deiner Position verstecken, noch hinter deinen Bodyguards.‹

Mit wenigen Schritten befand ich mich hinter ihm, steckte die Pistole in meine Hose und zog das Messer aus dem Gürtel.

›In einem Punkt hattest du recht: auf dieser Welt ist nichts und niemand »untouchable«. Das ist für Maria‹, flüsterte ich in sein Ohr.

Dann zog ich das Messer langsam über seine Kehle. Das Blut floss auf seinen Schreibtisch, auf dem eine geöffnete Ausgabe von »Master und Margarita« lag und mischte sich mit Kokain bevor es auf denselben Teppich tropfte, auf dem sich auch mein Blut befand. Ich säuberte die Klinge meines Messers an den immer noch strahlend weissen Manschetten von Don Marcos Hemd, um mir damit anschliessend zwei grosse Haufen Kokain in meine Nasenlöcher zu schaufeln. Alles um mich herum vibrierte. Geistesgegenwärtig sammelte ich die herumliegenden Patronenhülsen zusammen (alle sieben!), öffnete den kleinen Tresor mit dem Schlüssel, den Don Marco an einer silbernen Kette um seinen Hals trug, packte zwei Kilo Kokain, einige grosse Platten Haschisch und einige Bündel Banknoten in eine Tasche und verschwand so unauffällig, wie ich aufgetaucht war.

Zwei Stunden später parkte ich den Pick-Up an derselben Stelle vor dem Studentenwohnheim, wo ich ihn früher in der Nacht geklaut hatte. Die Tasche mit dem Geld und den Drogen hatte ich in der Wohnung eines guten Freundes in Fuerte Apache deponiert, meine Pistole in ihre Einzelteile zerlegt und in verschiedenen Mülltonne in der ganzen Stadt verteilt. Ich war völlig ruhig und entspannt, das Vibrieren des Kokains war zweifellos noch da, wurde jedoch an den Rand meiner Wahrnehmung gedrängt, weshalb ich mir nochmals eine grosse Dosis in die Nase zog, bevor ich den Wagen verliess und die Strasse überquerte. Maria lag noch immer an derselben Stelle auf dem Teppich, wo ich sie verlassen hatte. Ihr Atem ging gleichmässig und ruhig. Ich drehte einen Joint, legte mich neben sie, nahm sie in den Arm und küsste sie sanft auf die Stirn. Sie erwachte, drehte sich in meine Richtung, erwiderte meine Küsse, zuerst sanft, dann immer rasender. Wir liebten uns und als ich mich schon zur Seite gedreht hatte, im Glauben sie hätte genug, biss sie mich in die Schulter, schlug ihre Zähne in mein Fleisch, bis das Blut floss, genau wie du es getan hast. Ihre Augen waren irre, sie wirkte wie eine rasende Bestie, die von mir gezähmt werden wollte. Das alles sollte dir ja eigentlich sehr bekannt vorkommen. Ich reagierte darauf, genau so wie ich auch bei dir reagiert habe. Ich unterwarf sie, spielte Spiele mit ihr, zu welchen man sonst nur die elendsten Nutten zwingt und verlor mich selber in ihrer Raserei, die zu meiner, zu unserer Raserei wurde. Danach hielt ich sie fest im Geruch ihres Blutes, unseres Blutes, bis zum Morgengrauen. Dann verliess ich Buenos Aires für immer.«

Als Arturo seine Geschichte beendet hatte, entstand eine lange Pause. Sie lagen nebeneinander auf dem Bett ohne ein Wort zu sagen, ohne sich anzufassen, ohne sich anzusehen. Die Zeit strömte an ihnen vorbei ohne sie zu berühren. Dann legte Futura ihre Arme um Arturo und drückte ihn fest an sich (oder ihren Körper fest an ihn).

»Ich werde dich nie mehr einfach so fortgehen lassen«, flüsterte Futura in sein Ohr.

Arturo schloss seine Augen und sagte nichts. Seine Gedanken verschwanden im Rauschen des Meeres.

Die folgenden Tage und Wochen (oder Monate?) waren die beiden unzertrennlich. 24 Stunden, sieben Tage die Woche waren sie entweder zusammen in ihrer Wohnung oder gemeinsam in der Stadt unterwegs. Erst als Futura beinahe ihre Job verlor, änderten sie ihre Verhaltensweisen insofern, dass Futura zwei Tage die Woche für jeweils sechs

Stunden zur Arbeit ging, während Arturo in derselben Zeit kleinere Aufträge unterschiedlichster Art erledigte, so dass sie einigermassen über die Runden kamen. Doch die meiste Zeit verbrachten sie weiterhin zusammen, denn keiner von beiden wollte (oder konnte?) länger vom Anderen getrennt sein. Sie waren wie losgelöst von dieser Welt, in der sie sich trotz allem noch befanden, doch ihre Anwesenheit war bloss von physischer Natur. Sie erschufen sich ihre eigene kleine Welt, füllten ihre Tage und Nächte mit Drogen, seltsamen Aktivitäten und Spielen. Ihr liebstes Spiel ging folgendermassen: sie trafen sich in einer Bar, in einer im Voraus festgelegten Strasse, kamen getrennt und mussten sich zuerst finden. Dann verhielten sie sich so, als ob sie sich nicht kennen würden, als ob sie sich zum ersten Mal sehen würden. Im Verlaufe des Abends lernten sie sich dann kennen, wobei sie jeweils einen anderen Aspekt ihrer Persönlichkeit betonten, so dass sie sich jedes Mal vollkommen neu kennen lernten und neu ineinander verliebten.

»Ciao, ich bin Arturo, darf ich mich zu dir setzen?«

»Aber sicher doch. Mein Name ist Futura, schön dich kennen zu lernen...«

Und das immer wieder von vorn, in allen überhaupt denkbaren Facetten, ohne dass den beiden dabei auch nur eine Sekunde langweilig gewesen wäre. Sie brauchten nur sich selber zu ihrer Unterhaltung, alles andere war ihnen egal, schien sie weder zu berühren, noch zu beeinflussen.

»Like a moth on love's bright light
I will get burned each and every night
I'm dying to...«

Arturo warf die fertig gerauchte Zigarette in die Brandung, erhob sich und streckte seine Glieder bis sie knackten. Noch immer lag der Strand verlassen da, eingeklemmt
zwischen von Menschen erschaffenen Gebäuden, die ihre
Schatten über ihn warfen und gespenstische Figuren auf
den Sand zeichneten. Er lächelte, während eine Träne seine linke Wange hinunterrollte.

»...the sun will shine
the bottom line
I follow you.«

Die Bilder seiner Erinnerungen liessen sich nur schwer
aus seinem Kopf verdrängen, sie klebten an ihm, wie die
Nesselzellen einer Qualle am Körper ihres Opfers. Er öffnete seinen Flachmann und nahm einen langen Zug. Das
Brennen der Flüssigkeit in seinem Hals holte ihn zurück
in Raum und Zeit, liess ihn den kühlen, feuchten Wind,
der vom Meer Richtung Stadt wehte, in seinem Gesicht
spüren und der salzige Geruch des Meeres verdrängte für
einen Augenblick den Duft Futuras, der noch immer auf
seinen Sinnen (oder seinen Kleidern oder seiner Haut?)
lag. War er jetzt glücklich? War er damals glücklich? Er
wusste es nicht.

Irgendwo kreischte eine Möwe, die Wellen schlugen
gleichmässig ans Holz eines verlassenen Fischerbootes

und prallten glucksend zurück. Aus der Ferne erklang das Knattern eines Motorrollers. Arturo ging einige Schritte hin und her, um sich seine Beine zu vertreten. Obwohl sein Mund und seine Kehle ausgetrocknet waren, verspürte er keinen Durst. Er folgte seinen eigenen Fussspuren im Sand, peinlich genau darauf achtend exakt in die bereits daliegenden Abdrücke zu treten. Ein Spiel, um seine Gedanken zu beruhigen, den Fokus wieder zu finden; so viele Erinnerungen und Gedanken, doch welche davon lohnen sich wirklich erinnert oder gedacht zu werden? Er dachte an die Katze von vorhin, an ihre Stimme, die ihm doch irgendwie bekannt gewesen war, die er aber doch keinem Namen und keinem Gesicht zuordnen konnte, an die Narbe in ihrem Gesicht und an das was sie erzählte. Und plötzlich machte es Klick: Santiago, Marokko, El Gato, der Mann, der nicht existiert.

Es war vor nicht allzu langer Zeit (er wusste es nicht mehr genau). Arturo lag auf einer Dachterrasse in Marrakesch und betrachtete die Sterne, oder all das, was sich hinter diesen Sternen befand. Neben ihm lagen einige andere Menschen, beziehungsweise ihre dunklen Umrisse, denn mehr als ihre Silhouetten kannte er nicht. Arturo schwitzte. Trotz der Dunkelheit lag noch immer eine drückende Hitze über den Dächern der Stadt. Das Funkeln der ersten Sterne wurde sichtbar und der Mond tauchte den Himmel und die Atmosphäre in ein diffuses Licht. Es war still. Von Zeit zu Zeit durchbrach das Geheul eines Hundes oder eines Menschen, das Knattern eines Motors, das Klirren von Glas oder das Klicken ei-

nes Feuerzeuges die Stille. Er war beinahe schon wegge-
döst, als sein Handy klingelte und ihn wieder mit der
Realität verband. Es war Futura.

»Wo bist du?«, fragte sie ihn.

»Hier, unter den Sternen«, antwortete er und legte auf,
denn er wollte allein sein.

Er rückte seine Kissen zurecht, schloss die Augen und
murmelte vor sich hin.

»Ich bin hier, doch der Unterschied ist kaum spürbar.«

Er stand auf, ging zur Stereoanlage, die sich in der Mitte
der Terrasse befand, legte einen Song auf und sich wieder
auf seine Kissen.

»I feel the grass below slowly grow
I feel my body far, so far from me…«

»Bist du dir denn wirklich sicher, dass du hier bist?«

Die halblaut in den nicht existenten Raum gestellte Frage kam wie aus dem Nichts und trotzdem musste sie einen Ursprung haben. Arturo erschrak, denn trotz (oder
gerade wegen) der dunklen Silhouetten neben ihm, hatte
er sich komplett alleine gefühlt. Seine Augen suchten an-
gestrengt jeden sichtbaren Winkel seines Blickfeldes ab,
doch der Ursprung der Stimme blieb ihm verborgen, was
ihm, aufgrund der Menge des zuvor gerauchten Opiums,
im nächsten Moment bereits wieder egal war. Er lehnte
sich zurück in die Kissen und lächelte.

»Dass ich hier bin, weiss ich ziemlich sicher, doch an deiner Existenz zweifle ich schon eher.«

»Dann machst du wenigstens etwas richtig.«

Arturo wollte die Stimme bereits ins Reich seiner Phantasie einordnen, als sich auf der gegenüberliegenden Seite der Terrasse plötzlich ein Schatten regte. Er zuckte zusammen, dachte für einen Moment, dass er nun endgültig verrückt geworden sei und irgendwie gefiel ihm dieser Gedanke, der damit einhergehende Verlust jeglicher Verantwortung; Freiheit. Mit jedem Meter, den der Schatten in seine Richtung ging, umarmte er die Idee seiner Geisteskrankheit stärker und stärker, bis plötzlich ein Feuerzeug klickte und der mystische Schatten sich auf einen Schlag in die Umrisse eines Menschen und dessen hell erleuchtetes Gesicht verwandelte, das von einem breiten Grinsen und einer ebenso langen Narbe dominiert wurde. Das metaphysische Grauen, das sich über Arturo gelegt hatte, löste sich nun ebenso schnell wie es gekommen war in einem lauten Lachen auf.

»Einen Augenblick dachte ich, ich hätte mich verloren, doch nun habe ich mich wiedergefunden.«

»Bist du dir sicher, dass du es wirklich bist? Oder bist du nur eine Erfindung deiner Gedanken, eine Projektion deines Geistes, eine Konstruktion deines Bewusstseins?«

»Ich glaube eher, du bist eine Erfindung meines Geistes.«

»Zu einem gewissen Grad bin ich das auch. Doch hauptsächlich bin ich eine Konstruktion der physiologischen Prozesse meines Körpers, die zu jenem Zustand führen, den wir Bewusstsein nennen.«

Der Fremde kramte sein Feuerzeug aus der Tasche und entzündete mit einem Klicken den Joint, den er sich zwischen die Lippen gesteckt hatte. Der intensiv würzige Duft des klebrigen Haschischs breitete sich aus und legte sich über Arturos Sinne, noch bevor er überhaupt davon geraucht hatte. Er schloss seine Augen und zählte langsam bis drei, dann nochmals, doch als er seine Augen wieder öffnete, stand der Fremde noch immer vor ihm, starrte ihn aus der unendlichen Tiefe seiner braun-grünen Augen an und reichte ihm grinsend den Joint, den Arturo dankend annahm.

»Danke, ich bin Arturo. Wer bist du?«

»Es ist nicht wichtig, wer ich bin. Ich existiere nicht. Ich bin wie der Schatten: ich bin, doch gleichzeitig bin ich nicht.«

In diesem Moment tauchte der Mond in ihrem Blickfeld auf und liess ihre Umgebung in einem gleissenden Licht erscheinen, dessen enorme Helligkeit Arturo dermassen blendete, dass er instinktiv die Augen schloss. Der Boden unter seinen Füssen zitterte, schien langsam nachzugeben, zusammenzustürzen und er spürte, wie sich eine Wirklichkeit über eine Andere schob.

»Doch davon später. Ich muss versuchen dem zeitlichen Ablauf meiner Erlebnisse zu folgen und mich chronologisch zu erinnern. Keine Sprünge und keine Rückblenden. Und keine Kompromisse.«

Arturo war stehengeblieben, sein Blick hatte sich Richtung Stadt gewandt.

»Barcelona«, sagte er laut vor sich hin, »ich dachte, hier könnte ich untertauchen, verschwinden, neu anfangen, als jemand Anderes, als jemand Neues. Ich wollte fliehen vor der Vergangenheit, die nie nur deine eigene ist, die immer geteilt wird und erst durch dieses Teilen überhaupt existieren kann. Eigentlich wollte ich vor mir selbst fliehen, mich neu erfinden, alles ablegen, was mich als Person ausmachte.«

Er hielt inne und zündete sich eine Zigarette an.

»Doch du kannst nie vor dir selbst wegrennen. Egal ob Arturo, Roberto, Santiago oder was weiss ich, tief in dir drin bleibst du immer du selber.«

Er bückte sich, um einige Steinchen aus dem Sand zu sammeln, warf sie ins Meer, betrachtete die Kreise, die sie auf der Wasseroberfläche bildeten, welche sich konzentrisch ausbreiteten und gegenseitig brachen. Er dachte an einen Traum (oder war es bloss wie in einem Traum?), den er damals hatte, damals, als die Welt, die er zusammen mit Futura erschaffen hatte, ihre ersten Risse bekam.

Arturos Leben war ein Aufstand und er zog umher, auf der Suche nach etwas Unbestimmten, einem Begriff. Er kletterte nachts auf Barrikaden in leeren Strassen, welche ein Nichts von einem anderen Nichts trennten, blieb auf ihnen stehen und schrie lautlos in die gleissende Dunkelheit, sein Schrei an den nackten Wänden, der die Strasse säumenden Häusern abprallend, welche das Echo der ohrenbetäubenden Stille in die Leere des Nichts zurückwarfen, alle Barrikaden auflösend, Arturo auf die Strasse zurückwerfend, die nicht mehr länger Strasse war, die sich in einen Fluss verwandelt hatte, in welchem unzählige Leichen schwammen, mitten durch die Stadt, und diese Leichen schauten alle auf ihn mit ihren leeren, toten Augen und ihre Lippen bewegten sich stoisch, murmelten ein Mantra, dessen Wortlaut immer stärker anschwoll und die Wände der Häuser und Gebäude, die sich in riesige Berge verwandelt hatten, zum Erzittern brachten:

»Futura – Futura – FUTURA!«

Und Arturo schrie die Leichen an:

»Warum flüstert ihr, während die Bomben fallen?«

Und die Leiche eines kleinen Mädchens drehte ihren Kopf in seine Richtung, blickte ihm mit starrem Blick direkt in seine Augen und sagte mit einer hellen, klaren Stimme:

»Liebe ist wie Schnee. Brennt das Feuer der Leidenschaft zu heiss, schmilzt sie dahin.«

Worauf die Berge und mit ihnen die ganze Welt einzustürzen begannen.

Danach, erinnerte er sich, nahm er zum ersten Mal eine leichte Veränderung wahr, zuerst nur bei Futura, dann erst bei ihm selber, der ja der eigentliche Grund für diese Veränderung war. Natürlich fing es damit an, dass Arturo sich durch die Gleichförmigkeit des Alltags und die ständige Anwesenheit Futuras eingeengt fühlte, doch dieses Mal besiegte er seinen Drang wegzugehen, was ihn einige Mühe kostete, ihm jedoch gleichzeitig ermöglichte, die angesprochene Veränderung Futuras (oder die Verände-

rung seiner Wahrnehmung Futuras) überhaupt wahrzunehmen. Die ungeteilte Zuneigung und Aufmerksamkeit,
die ihm Futura entgegenbrachte, war für ihn nicht länger
bloss Liebe (ein Zeichen der Stärke). Langsam aber sicher
interpretierte er dies viel mehr als Zeichen der Unselbst-
ständigkeit, der Abhängigkeit und damit der Schwäche.
Die starke, selbstbewusste, selbstständige und unabhän-
gige Frau, die er in Futura zu sehen gewohnt war und die
er nur im Bett unterwerfen und zähmen konnte, wandelte
sich und wurde zu einer schwachen, abhängigen und unsicheren Frau, die eher einem schüchternen, unerfahrenen,
jungen Mädchen glich, als der erfahrenen, selbstsicheren,
starken Frau, die Arturo zu lieben glaubte.

Gleichzeitig mit dem Reifen dieser Erkenntnis begann-
nen sich Arturos Tage und Nächte zu verwandeln. Zuerst
hatte er Mühe diese Veränderung an etwas Bestimmtem
festzumachen, er spürte bloss, dass etwas anders war als
zuvor, etwas hatte sich geändert. Er unternahm lange
Spaziergänge, alleine, um die Veränderung einzuordnen
und auf etwas beziehen zu können, doch er war ständig
geblendet, überall Licht, eine gleissende Helligkeit, die
sich über alles legte. Seine Tage und Nächte waren gefüllt mit einem übertriebenen, unnatürlichen Licht und
nach einer gewissen Zeit stellte er fest, dass genau diese
alles durchdringende Helligkeit die eigentliche Veränd-
rung war. Er erwachte jeden Morgen in einem, trotz der
geschlossenen Jalousien und den zugezogenen schweren
Vorhänge, lichtdurchfluteten Zimmer, welches ihm aufgrund des Lichts fremd erschien, und noch bevor er die
Augen öffnete, hatte er das Gefühl, dass er so stark geblendet wurde, dass er sich instinktiv die Decke über den

Kopf zog. Waren also die Tage so übertrieben hell, dass Arturo das Gefühl hatte, das Licht brenne sich durch seine Augen direkt in sein Hirn, so waren die Nächte noch viel extremer und unerträglicher. Die wohltuende Dunkelheit mit ihrem undurchdringbaren Schwarz und den diffusen Lichtpunkten, die Arturo genau so zum Leben brauchte, wie die Sonne, wollte sich nicht mehr einstellen. Arturos Nächte waren plötzlich heller, als es früher seine Tage waren. Er wanderte nachts durch lichtdurchflutete Gassen auf der Suche nach der für ihn lebenswichtigen Dunkelheit, doch überall nur Licht. Und tauchte unerhofft der Mond oder ein Stern am Himmel auf, wurde Arturo so stark geblendet, dass er seine Augen schliessen und einige Minuten stehen bleiben musste. Dieses Übermass an Helligkeit und das damit einhergehende Schlafmanko hatte einen grossen Einfluss auf Arturos Stimmung und seine Gemütslage, dies ging sogar soweit, dass sich wesentliche Charakterzüge veränderten. Arturo zog sich immer mehr zurück, wurde noch schweigsamer und abweisender, war extrem leicht gereizt und wirkte die meiste Zeit abwesend. Und versuchte man ihn aus dieser Abwesenheit zurückzuholen, reagierte er mit Wut und Ablehnung. Jedes noch so kleine störende Detail einer Unterhaltung oder allgemein einer Situation verschlechterte seine Stimmung nachhaltig und es schien nichts zu geben, das in der Lage gewesen wäre, diese wieder aufzuheitern. Futura reagierte darauf mit ihrer eigenen, etwas kindlichen Vorstellung von Liebe, welche in ihr genau dieses Verhalten förderte, welches Arturo immer weiter von ihr entfernte. Sie wurde zu einer Art Schatten Arturos (und gleichzeitig ihrer selbst), ein Schatten, der aufgrund der immer währenden Helligkeit selbst nachts nicht von seiner Seite wich und Arturo, der bereits mit seinen eigenen Schatten zu kämpfen hatte, zunehmend erdrückte.

Dann wurde Futura schwanger. Eigentlich wusste Arturo von nichts, doch er fand den positiven Schwangerschaftstest im Müll und nun wusste er es trotzdem. Futura jedoch glaubte, er wisse von nichts und Arturo tat auch nichts, um diesen Fehlglauben zu korrigieren. Doch komischerweise veränderte dieses Wissen Arturos Stimmung und ganz langsam wich seine abweisende, gereizte Haltung wieder der etwas ausgeglicheneren, entspannteren Natur, die man von ihm kannte. Darauf schien Futura gewartet zu haben, denn plötzlich begann sie (zuerst bloss subtil, dann immer konkreter und bestimmter) eine gewisse Unzufriedenheit auszudrücken und Forderungen nach Veränderungen zu stellen. Arturo erinnerte sich an ein bestimmtes Gespräch, welches (in seinen Augen) eine Art Wendepunkt für beide gewesen ist. Es war an einem Sonntagnachmittag, Arturo kehrte gerade von einer After-Hour-Party am Strand zurück, an der er sechs Stunden Platten aufgelegt hatte. Er war todmüde, doch gleichzeitig extrem aufgekratzt, so dass sein einziger Wunsch ein möglichst grosser Joint, verbunden mit einigen Stunden Ruhe war. Doch schon mit dem ersten Schritt, den er in die Wohnung setzte, spürte er, dass diese von einer seltsamen Stimmung erfüllt war. Futura erwartete ihn schweigend in einem der schweren Ledersessel und starrte ins Leere, wich sogar seinem Begrüssungskuss spürbar aus. Arturo versuchte der Konfrontation aus dem Weg zu gehen, holte sich ein grosses Glas Orangensaft aus der Küche, setzte sich neben Futura auf den Boden und drehte einen Joint. So sassen sie schweigend nebeneinander, bis Arturo Futura den Joint hinstreckte.

»Das ist deine Antwort auf alles.«

Futura zögerte lange bevor sie den Joint entgegennahm und tief inhalierte. Arturo legte sich seufzend auf den Rücken.

»Manchmal ist es das Beste, die Perspektive zu ändern.«

»Das ist es ja gerade. Perspektiven... Welche Perspektiven haben wir denn? Du spielst stundenlang Musik an irgendwelchen Parties und verdienst dabei weniger als ein Hafenarbeiter, den Rest der Zeit hängst du rum und produzierst Musik, ohne erkennbare Fortschritte in Richtung eines Plattenvertrages zu machen. Wir verwenden all unsere Energie darauf, genug Geld zusammenzukratzen, damit wir uns dieses kleine Loch, das wir Wohnung nennen, leisten können. Doch das reicht mir nicht. Ich will nicht ewig auf der selben Stelle treten und Angst haben, dass das kleine bisschen Sicherheit, das uns diese Wohnung bietet, auch noch verloren geht. Ich muss vorwärts gehen und die Welt kennenlernen, doch ich kann das nicht mehr länger auf deine Weise. Ich brauche mehr Sicherheit und eine Perspektive, einen Plan für die Zukunft. Eine grössere Wohnung, ein Auto, schönere Möbel, Kleider, Ferien, Reisen, alles Sachen, für die man in unserer Welt mehr Geld, also einen besser bezahlten Job braucht. Ich sorge mich um unsere Zukunft, denke voraus und plane. Doch langsam aber sicher bekomme ich das Gefühl, dass dich das alles nicht interessiert. Denkst du nie an deine Zukunft?«

Arturo schwieg einen Augenblick, musste seine Gedanken ordnen. Bevor er antwortete, nahm er einen tiefen Zug vom Joint.

»Wenn ich ehrlich bin, dann beginne ich langsam zu glauben, dass meine Gedanken nie in die Zukunft gerichtet sind.«

»Wohin gehen sie dann?«

»Nirgendwohin.«

Futura stand wortlos auf, verliess das Zimmer, die Wohnung. Hinter ihr knallte die Wohnungstüre ins Schloss. Da war sie wieder, die selbstbewusste, starke Futura, die Frau, die Arturo liebte. Er versuchte sich aufzurichten, ihr hinterher zu rennen. Doch eine unendlich schwere Müdigkeit übermannte ihn, liess seinen Körper bleischwer erscheinen und ihn im Teppich versinken.

Als Futura spät am Abend zurückkehrte, lag er noch immer ausgestreckt auf dem Teppich, inzwischen in einen tiefen Schlaf verfallen. Futura legte sich neben ihn, ihren Kopf auf seine Schulter. Arturo erwachte und drückte einen sanften Kuss auf ihr Haar.

»Ti amo. Tu sei la mia futura, anzi il mio futuro.«

Eine einsame Träne lief Futuras Wange hinunter und tropfte auf Arturos Brust.

»Ich liebe dich auch.«

In den folgenden Tagen war Arturo wie verwandelt. Er durchblätterte seitenweise Stellenanzeigen in unterschiedlichsten Zeitungen und Zeitschriften und verschickte zum ersten Mal in seinem Leben Bewerbungsschreiben. Zudem stellte er eine Demo-CD seiner eingängigsten Techno-Produktionen zusammen, welche er an verschiedene, von ihm als passend eingeschätzte, kleine Plattenlabels versendete. Kurz gesagt, er war so aktiv wie seit Jahren nicht mehr. Futura, die gewohnheitsmässig zur Arbeit ging, schien diese Veränderung mit Wohlwollen (oder Gleichgültigkeit?) aufzunehmen, auf jeden Fall hielt sie es nicht mehr länger für nötig, Forderungen an Arturo zu stellen oder ihre Unzufriedenheit auszudrücken. Vielleicht war sie etwas distanzierter, doch das konnte in Arturos Augen auch an ihrer Schwangerschaft liegen. In diesen Tagen suchte Arturo auch wieder stärker den Kontakt zu Manuel, erzählte ihm alles Vorgefallene und liess sich bei seinen gerade erst entstandenen Zukunftsplänen beraten. Als er sich nach einem längeren Gespräch, in dem Manuel auch seine letzten Zweifel beseitigen konnte, auf dem Weg nach Hause befand, stellte er zum ersten Mal seit Jahren fest, dass er glücklich war. Er lächelte und sagte sich, dass jetzt sicher alles gut kommen werde. Zuhause angekommen, begann er sofort aufzuräumen und zu putzen, denn er wollte ein festliches Abendessen vorbereiten, bei dem er plante, Futura über seine neu entwickelten Pläne zu informieren und diese mit ihr zu diskutieren, was natürlich auch bedeutete, ihr zu gestehen, dass er bereits von ihrer Schwangerschaft wusste. Doch dann, von einem Moment auf den anderen, fiel diese noch ganz fragil konstruierte Welt in seinem Kopf schlagartig zusammen, als er zwischen diversen Papieren die vor einigen Wochen ausgestellte Arztrechnung entdeckte, aus welcher schnell ersichtlich wurde, das Futura eine Fehlgeburt erlitten und das Kind verloren hatte. Das Zimmer drehte sich vor seinen Augen und die Helligkeit, welche noch immer seinen Alltag dominierte, verdichtete sich in einem Augenblick zu einem grellen Blitz, der ihn in den Sessel fallen liess und eine Realität über eine andere schob. Als Futura einige Stunden später in die Wohnung zurückkehrte, hatte Arturo seine Instrumente, die Bücher, Schallplatten und seine anderen wenigen Habseligkeiten mit Hilfe von Juans VW-Bus bereits weggeschafft und erwartete sie schweigend im dunklen halbleeren Zimmer, welches für ihn hell erleuchtet war. Bevor die erstaunte Futura auch nur ein Wort über die Lippen gebracht hatte, warf Arturo ihr die Arztrechnung vor die Füsse und nahm einen tiefen Zug aus der Whiskyflasche. Nach einigen Minuten der absoluten Stille brach Futura in Tränen aus und begann mit einer endlosen Anzahl von Erklärungen und Entschuldigungen, welche ihren Weg in Arturos Bewusstsein jedoch nicht fanden. Zum Abschluss ihres (sinnlosen) Monologs kniete sich Futura vor ihm auf den Boden und legte ihren Kopf in seinen Schoss. Arturo zündete einen Joint an, zögerte einen Moment und strich dann sanft über ihr Haar.

»*Karma police*
I've given all I can, it's not enough...«

»Ich mag es nicht, wenn man mich belügt, betrügt und hintergeht.«

»Und ich habe keine Lust weiterhin mein Leben zu verschwenden und meine Zukunft zu zerstören. Ich gebe zu, es war nicht korrekt von mir, dich zu beeinflussen und zu

manipulieren, doch wenigstens habe ich dich damit endlich dazu gebracht an die Zukunft zu denken, die Zukunft
zu wählen.«

»...this is what you get,
when you mess with love...«

»Ja, da hast du recht, ich habe an die Zukunft gedacht,
doch meine Angst, dass der Schatten, der über unserer
Beziehung lastet früher oder später zu Zerstörung und
Schmerz führt, ist geblieben und wird mich nie verlassen. Die Zukunft, wähle die Zukunft... Wähle die Zukunft, wähle das Leben, wähle Sicherheit, Glück und Zufriedenheit. Wähle eine Frau, zwei Kinder, ein Haus, ein
Auto, eine Hypothek. Wähle einen grauen Anzug, einen
Job, wähle eine monotone Tätigkeit und wiederhole sie
an fünf Tagen pro Woche für die nächsten 40 Jahre deines Lebens. Wähle den Wecker, der dich um sechs Uhr
morgens aus deinen Träumen reisst, wähle die Jogging-
runde nach der Arbeit, um nicht durchzudrehen. Wähle
Kaffee, Unmengen von Kaffee, um zu überleben. Wähle
die Renovation deines Badezimmers, Rasenmähen am
Samstag Morgen, Fussball am Samstag Nachmittag,
wähle einen ruhigen Sonntag mit deiner Familie im Garten. Wähle einen teureren Anzug, ein teureres Auto, ein
grösseres Haus, einen besseren Rasenmäher, wähle die
neuesten elektronischen Geräte, Smartphone, Tablet,
Laptop, für dich und deine Liebsten. Wähle Konsum.
Wähle zwei Wochen Ferien am Strand, leg dich in die
Sonne und denk darüber nach, wieviel glücklicher du

im luxuriöseren Hotel nebenan wärst und arbeite mehr, damit du es dir im nächsten Jahr leisten kannst. Wähle eine Privatschule und einen Ausbildungsplan für deine Kinder, damit sie das ihnen von Gott gegebene Recht bekommen, noch grössere Arschlöcher als du selber zu werden. Wähle eine Frau für den Rest deines Lebens und träum den Rest deines Lebens von allen anderen Frauen, bis du eines Tages das Interesse an der einen Frau verloren hast. Wähle eine Geliebte und red dir ein, es sei besser dich nicht von deiner Frau zu trennen. Wähle die Linie Kokain zwischen den Meetings, um fit zu bleiben. Wähle Stress, ungesunde Ernährung, einen Herzinfarkt, ein Burn-out, eine Midlife-Crisis. Wähle ein Boot, einen Sportwagen oder eine jüngere Geliebte. Wähle den Hass und die Abneigung im alternden Gesicht deiner Frau, jeden Abend beim gemeinsamen Essen, den einzigen Minuten, die ihr noch miteinander verbringt. Wähle getrennte Schlafzimmer, wähle Alkohol, Unmengen von Alkohol. Wähle Medikamente, Prozac, Zoloft, Bupropion, Diphenhydramin, Tylenol, Ritalin, Ephedrin, Viagra, Paracetamol, Ibuprofen, Valium. Wähle Depressionen, Krankheiten, Psychologen, Ärzte und Behandlungen. Wähle Schönheitsoperationen, Hautstraffung, Haartransplantationen, Fettabsaugen. Wähle die Verlängerung deines Lebens, deiner Zukunft ins Ungewisse. Wähle einen Rentenplan, eine Altersvorsorge, Versicherungen und höre nie damit auf die Zukunft zu planen. Wähle ein Altersheim, die Art deiner Bestattung, deinen Sarg oder deine Urne, damit du sogar den Tod, voller Freude als Teil der Zukunft wählst.«

Arturo hielt inne zog lange am Joint und liess den Rauch zum Meer an der Zimmerdecke steigen. Futura lag still an seiner Seite.

»Doch davor fürchte ich mich nicht, denn ich kenne mich und ich kenne dich. Das ist nicht unsere Zukunft... Wähle die Zukunft, wähle das Leben. Wähle Lust, wähle Leiden, wähle Liebe, wähle Hass. Wähle Vorwürfe, und Schuldgefühle, Streit und Versöhnung. Wähle Schmerz, Zärtlichkeit, Rausch und Ekstase. Wähle Weinen und Lachen und Schreien, Atmen und Ersticken. Wähle Fliegen und Abstürzen, Schwimmen, Tauchen und Versinken. Wähle Schweiss, Tränen, Speichel und Blut. Wähle Heroin, Morphium, Codein, Oxycodon, Fentanyl, Benzodiazepin, Opium, Marihuana, Kokain, Benzedrin, Barbiturate und all die anderen Substanzen. Wähle das Vergessen, den Zerfall, Eintauchen und Untergehen. Wähle langsame Zerstörung und den plötzlichen Tod.«

»For a minute there,
I lost myself, I lost myself.«

Futura sagte noch immer kein Wort. Stumme Tränen liefen über ihre, trotz der Bräune ihrer Haut, leicht geröteten Wangen. Sie machte einen hilflosen Versuch Arturo zu umarmen, doch dieser hielt sie bestimmt auf Distanz. Sie erhob sich, ging zu ihrem Schreibtisch, nahm einen vorgedrehten Joint aus dem Etui, zündete ihn an und rauchte einige tiefe Züge, bevor sie etwas an ihrem Laptop hantierte und schliesslich Arturo den Joint hinstreckte, welchen dieser zögernd annahm, wobei sich ihre Finger zum vorerst letzten Mal berührten. Aus den schäbigen Lautsprechern des alten iBooks ertönten leise Gitarrenklänge, Arturo stand auf und nahm seine Lederjacke vom Sofa. Futura drehte sich um und schaute ihm tief in seine Augen, mit ihren dunklen Augen, in deren Tiefen Arturo zu ertrinken drohte.

»Ich kenne dich gut genug. Ich weiss, es gibt nichts, was ich sagen oder tun könnte, nichts dass dich in diesem Moment aufhalten kann. Doch ich bin sicher, du kommst zurück. Unsere Liebe ist zu stark.«

Arturo drehte sich wortlos um und ging langsam Richtung Türe. Die entstehende Stille wurde von einer sich leicht überschlagenden Männerstimme aus den Lautsprechern gefüllt, welche auch das bald danach einsetzende Weinen Futuras, sowie das leise Schnappen des Türschlosses beinahe übertönte.

»I'm letting go, to see if you'll hold on to me
I'm in doubt of what is thought and what is real...«

Die kühle Nachtluft umwehte Arturos Körper. Die Augen geschlossen sass er im Sand, seine Lippen formten lautlos Worte, Worte, die seit jenem Abend mit Futura nicht mehr aus seinem Kopf verschwanden.

»Go easy on me
I can't help what I'm doing...«

Mit einem lauten Seufzer erhob er sich und klopfte den Sand aus seinen Kleidern. Noch immer lag der Strand verlassen da, ein Ort der Freiheit, eingepfercht zwischen zwei Gefängnissen.

»Freiheit ist eine Illusion. Unsere Erinnerung, unsere Wahrnehmung und unsere Empfindungen definieren und determinieren uns. Wir sind in unseren Köpfen gefangen wie die Wellen im Meer.«

Am Horizont wurden Positionslichter sichtbar, die ersten Fischer verliessen den Hafen, um ihre Netze zu leeren und beim Morgengrauen mit einer frischen Ladung Fische zurück zu sein. Arturo folgte den Lichtern mit seinen Augen, er versuchte sich zu konzentrieren, die Chronologie in all seinen Erinnerungen zu finden, doch die Zeit seit seiner Trennung von Futura war so chaotisch, dass ihm nur einige Ereignisse und Eindrücke wirklich präsent blieben, der Rest verlief sich in einer zähflüssigen Masse aus Drogen und Psychosen, die zeitliche Abläufe genau so verschwimmen liessen, wie Realität und Fiktion. Und trotzdem war er jetzt wieder hier, zurück in Barcelona, zurück am Ursprung, wieder aufgetaucht aus dieser dunklen Masse.

»A renegade that came back from the labyrinth...«

Er zündete sich eine Zigarette an und nahm einen tiefen Zug, liess den ausgeatmeten Rauch in Richtung Himmel steigen und folgte den Rauchschwaden, bis sie sich im Nichts auflösten. Noch einmal kehrten seine Gedanken zu jenem Abend zurück, an dem er Futura zum ersten Mal verliess und wieder tauchten in seiner Erinnerung Wortfetzen eines Liedes auf, Worte, die seine Erinnerungen perfekt unterstrichen.

»We failed to establish who was hurt most...«

Er schüttelte seinen Kopf, als könnte er die Schwermut, die sich über ihn gelegt hatte einfach so abschütteln. Doch immerhin half es ihm den Fokus wiederzufinden, denn an etwas erinnerte er sich noch ziemlich genau: die Tage zwischen seiner Trennung von Futura und seiner Abreise aus Barcelona.

Nachdem er Futura weinend in ihrer Wohnung (die eigentlich seine Wohnung gewesen ist) zurückgelassen hatte, streifte er einige Stunden ziellos in der Stadt herum, die ihm trotz aller Bekanntheit plötzlich fremd erschien. Er fühlte sich vollkommen leer, verspürte aber nicht die geringste Lust diese Leere mit irgendwelchen Substanzen zu füllen. Den einzigen Drang, den er verspürte, war Musik zu machen und das soeben Geschehene in einem Lied zu verarbeiten. Also kehrte er dorthin zurück, wo er einige Stunden zuvor alle seine Habseligkeiten deponiert hatte, zurück zu Manuel, der ein kleines Häuschen im Innenhof eines grossen Wohnkomplexes bewohnte und dessen Keller nun das halbe Leben Arturos beherbergte. Manuel schloss ihn stumm in seine Arme, er kannte Arturo gut genug um zu wissen, dass dieser, sobald er das Bedürfnis hatte über alles zu sprechen, von selbst damit beginnen würde. Gemeinsam setzten sie sich ins kleine Studio, welches Manuel in seinem Wohnzimmer eingerichtet hatte und Arturo stürzte sich in die Musik, während Manuel danebensass und Joints drehte. Rückblickend liess sich festhalten, dass Arturo das wahrscheinlich schönste Lied seines Lebens schrieb. Über einem trockenen Techno-

Groove liess er zwei verschiedenen Perkussions-Loops kreisen, der Sub-Bass pumpte durchgezogen auf allen Achteln des Beats und die in die Unendlichkeit gefilterten Orgel-Akkorde liessen eine düster-melancholische Latin-Atmosphäre aufkommen. Nach etwa zwei Dritteln des Liedes bastelte er ein langes Break, in dem er bombastische Streicher platzierte, die sich gegenseitig aufbauschten, zum Ende des Breaks aber wieder im Nichts verschwanden. Zu guter Letzt nahm er einige Zeilen eines Gedichtes von Pablo Neruda auf, welche ihren Platz über den Streichern im Break fanden.

»Todo me lleva a ti,
como si todo lo que existe: aromas, luz, metales,
fueran pequeños barcos que navegan
hacia las islas tuyas que me aguardan...«

Als die erste Rohfassung des Tracks aufgenommen und arrangiert war, lehnte sich Arturo zum ersten Mal zurück, seit er im bequemen Sessel vor Computer und Keyboard Platz genommen hatte und nahm mit einem Lächeln den Joint entgegen, den ihm Manuel vorbereitet hatte, zündete ihn an, nahm einen tiefen Zug und drückte auf Play.

»Ahora bien,
si poco a poco dejas de quererme
dejaré de quererte poco a poco

si de pronto
me olvidas

no me busques
que ya te habré olvidado...«

Sie sassen schweigend nebeneinander und teilten sich den Joint. Für den Augenblick fühlte sich Arturo besser. Er hatte all die negative Energie, die er verspürt hatte, in etwas Positivem verarbeitet. Und auch wenn er wusste, dass dies bloss eine Momentaufnahme war, dass alles Negative und Selbstzerstörerische bald zurückkehren würde, so war er doch zufrieden. Manuel erhob sich, ging in die Küche und kehrte bald darauf mit einer Flasche Whisky und zwei Gläsern zurück. Sie tranken und langsam begannen sie ein Gespräch, an das sich Arturo beim besten Willen nicht erinnern konnte. Im Hintergrund lief noch immer Arturos soeben geschriebenes Lied auf Repeat.

»Si cada dia sube
una flor a tus labios a buscarme,
ay amor mio, ay mía,
en mi todo ese fuego se repite,
en mi nada se apaga ni se olvida,
mi amor se nutre de tu amor, amada,
y mientras vivas estará en tus brazos
sin salir de los mios.«

Später an diesem Abend, als der Alkohol, das Gras und die anderen Substanzen Arturos Hirn bereits stark vernebelten, machten sie sich auf den Weg zu Juan, um dessen VW-Bus zurückzubringen. Wie so oft sassen sie also zu zweit in dessen Bus, Arturo hinter dem Steuer, Manuel auf dem Beifahrersitz, und fuhren durch die beinahe verlassenen Strassen des nächtlichen Barcelonas. Trotz dem kühlen Wind drehten sie die Seitenscheiben runter und die Musik auf.

»We'll facing the sun
waiting for these things to come...«

Arturo steuerte den Wagen zielsicher durch den spärlichen Nachtverkehr, doch statt den Weg zu Juans Wohnung einzuschlagen, bog er ab und folgte der Strasse, die zum Strand führte. Manuel nahm den Richtungswechsel zur Kenntnis, sagte aber kein Wort und begann einen Joint vorzubereiten. Die warmen Lichter der Strassenlaternen zogen als Impulse an der Peripherie ihrer Wahrnehmung vorbei und fügten sich in Arturos Hirn zu leuchtenden Linien zusammen.

»...and the roads become uneven
so we don't know where we've been...«

Arturo stoppte den Bus erst als alle vier Räder bereits auf dem Sand standen. Sie stiegen aus, setzten sich in den kühlen Sand und rauchten, während aus den geöffneten Türen die Musik dröhnte. Arturo räusperte sich.

»Wieso machen wir das alles? Warum leben wir so, wie wir leben?«

»Ich weiss es nicht.«

»Ich denke, in erster Linie geht es uns darum, der Banalität des Alltags, der Leere des Daseins, der unerträglichen Langeweile des Seins zu entkommen. Doch langsam aber sicher glaube ich, dass es gar kein Entkommen gibt. There is no escape, we're born into this...«

»Ich glaube, die einzige Möglichkeit, der Leere des Daseins zu entkommen, ist die Liebe. Nur sie kann diese Leere auffüllen und das Missverhältnis des Daseins korrigieren. Nur sie bietet uns Entspannung und Heilung von der Krankheit, die wir Alltag nennen.«

Arturo nahm einen tiefen Zug vom Joint und streckte sich im Sand aus.

»Die Liebe ist kein Sanatorium, kein Strand am Meer. Die Liebe ist der Kampf in den Strassen.«

»...and those who doubt us, will soon believe
we are never supposed to win or even to achieve...«

Als sie einige Zeit später bei Juan und Rosa in der Wohnung ankamen, trafen sie auf eine ihnen wohlbekannte Szenerie. Das Wohnzimmer lag im Halbdunklen und war mit süsslichem Rauch gefüllt. Auf dem Boden sassen im Halbkreis die üblichen Verdächtigen: Alejandra, Josep und David waren (wie immer) in eine angeregte Diskussion vertieft, Andres lehnte mit geschlossenen Augen am Fenstersims, Patricia und Rosa waren beide damit beschäftigt Joints zu drehen, während Juan wie gewohnt hinter seinen Plattenspielern stand, Musik spielte und diese kommentierte. Die Neuigkeit der Trennung von Futura und Arturo hatte sich natürlich schon herumgesprochen, weshalb Arturo von allen in die Arme geschlossen wurde, bevor er überhaupt richtig angekommen war. Rosa füllte die Gläser mit Rum und sie leerten sie in einem Zug, einmal, zweimal, dreimal. Patricia reichte Arturo ihren Joint, den er dankbar entgegennahm. Er streckte sich auf dem Teppich aus und nahm einen tiefen Zug, er spürte, dass ihn alle seine Freunde anders behandelten als normalerweise, eine Tatsache, die ihm bereits nach wenigen Minuten auf die Nerven ging. Die freundschaftliche, familiäre Atmosphäre, die er normalerweise so schätzte, verlor sich in einem dunklen Abgrund. Die Diskussion, welche David, Josep und Alejandra führten, drang bruchstückhaft in seine Wahrnehmung und er begann sich bereits wieder an ihrer wissenschaftlichen Arroganz und Überheblichkeit zu stören, mit welcher sie alles zu erklären glaubten, sich jedoch vom wirklichen Leben immer mehr entfernten. Doch was war schon das wirkliche Leben? Er seufzte. Juan, der an jenem Abend vor allem Blues spielte, legte eine neue Platte auf und nickte Arturo freundschaftlich zu.

»I put a spell on you, because you're mine
you better stop the things that you do...«

Das Zimmer verschwand vor Arturos Augen, er dachte an Futura, an alles Geschehene, doch seine Gedanken rasten in einer horrenden Geschwindigkeit und liessen sich nicht fassen, hinterliessen eine Leere in seinem Kopf, die mit der Fülle seiner Gedanken nicht im Einklang war. Sein ganzes Sein schrie nach Betäubung, nach Zerstörung, nach Flucht und er zögerte es hinaus, im Bewusstsein, dass ihn das gewohnte Chaos bald irgendwann einholen würde. Er versuchte in die weniger abstrakte Unterhaltung, welche Manuel mit Patricia und Rosa angefangen hatte, einzusteigen, doch nicht mal das wollte ihm gelingen.

»Ich bin noch nie an einen Ort gekommen, von dem ich nicht bald wieder weg will«, dachte er sich und tief in seinem Innern ging ein schwaches Licht an. Noch einmal blickte er um sich, studierte jeden einzelnen seiner Freunde genau, erinnerte sich an zusammen Erlebtes, an Diskussionen, an Rauschzustände und er wusste, dass er jeden einzelnen ihres kleinen Kreises, obwohl ihm im Moment mit Ausnahme von Manuel alle nervten (denn sogar der stille Andres ging ihm gerade wegen seinem steten Schweigen auf die Nerven), vermissen würde. Er blieb noch einige Zeit sitzen, genoss das Zusammensein, lauschte der Musik und den Gesprächen, doch driftete mit seinen Gedanken immer weiter weg. Dann stand er plötzlich auf, warf einen Gruss in die Runde und verliess die Wohnung, trat auf die Strasse, wie zuvor bereits tausend Mal und doch war es dieses Mal völlig anders. Er guckte in den Himmel und trotz der Beleuchtung der Stadt und der Wolken waren einige Sterne sichtbar. Zum ersten Mal seit Monaten nahm Arturo die Dunkelheit wahr, die Sterne waren bloss schwache Lichtpunkte und brannten sich nicht länger in seinen Kopf. Er lächelte. Mit jedem Schritt entfernte er sich mehr von seinen Freunden, von seiner Vergangenheit, von sich selbst. Er ging durch Strassen, die ihm wohlbekannt waren, die ihn langweilten und ihm doch immer neue Aspekte aufzeigten. Der Drang wegzugehen, zu verschwinden und alles zurückzulassen wurde wieder stärker und er konnte ihn kaum noch unterdrücken. Vor seinen Augen verwandelte sich die Strasse in eine Wüste. Die Strassenlaternen wurden zu fluoreszierenden Kakteen und die Gebäude, welche die Strasse säumten, zu felsigen Gebirgen in deren schwach beleuchteten Höhlen menschenähnliche Kreaturen hausten. Alle auf der Suche nach demselben, doch gleichzeitig alle verloren. Jugendliche zogen wie Rudel von Hyänen an ihm vorbei, hohläugig und mit gierigem Blick. Seine Füsse berührten den Boden nicht mehr, er schwebte unsichtbar durch die Wüste Barcelonas, ein Beobachter, ein wilder Detektiv. Obdachlose, die sich auf das Aas der Abfälle stürzten wie Geier, Strassendealer und Prostituierte, die in dunklen Ecken auf ihre Opfer warteten wie Schlangen.

»Die Welt ist kein Dschungel sondern eine Wüste«, dachte er sich und zündete eine Zigarette an. Er rauchte im Stehen und sog die verstörenden Eindrücke in sich auf, zusammen mit dem bläulichen Dunst seiner Zigarette. Plötzlich ging ein Ruck durch ihn. Er schnippte den Zigarettenstummel in eine Ecke und schlug den direkten Weg zu Manuels Wohnung ein.

Am nächsten Morgen hatte er seine wichtigsten Habseligkeiten (Laptop, USB-Controller, Audio-Interface, Audio-Recorder usw.) in seinem verbeulten Aluminiumkoffer und einige Kleider in dem alten Seesack verpackt. Den Rest seiner Sachen liess er bei Manuel im Keller. Er trank einen Kaffee mit Manuels Familie und verabschiedete sich anschliessend von der Frau und den beiden kleinen Töchtern. Manuel begleitete ihn nach draussen und zündete sich eine Zigarette an.

»Vielen Dank für alles mein Bruder, ich wüsste nicht, was ich ohne dich gemacht hätte.«

»Pass auf dich auf Arturito. Die Hauptsache ist, dass du irgendwann wieder zurückkommst.«

Sie schlossen sich in die Arme und blieben lange Zeit in gegenseitiger Umarmung stehen. Dann löste sich Arturo, packte seine Taschen und setzte sich in Bewegung.

»Wir werden uns sicher wieder sehen Manu.«

»Das hoffe ich sehr.«

Dann fiel die Türe hinter Arturo ins Schloss und Manuel blieb alleine im Innenhof zurück.

Die Kälte des Sandes hatte sich inzwischen in Arturos Körper ausgebreitet. Er fröstelte. Der Whisky aus seinem Flachmann kämpfte erfolglos gegen die Kälte in seinem Körper. Er stand auf, bewegte seine Glieder, streckte und schüttelte sich, bis die Gelenke nicht mehr länger steif waren. Nachdem er einige Schritte gegangen war, hielt er inne und drehte im Stehen einen kleinen Joint. Er war erstaunt, wie einfach es ihm bis jetzt gefallen war, die Ereignisse in eine (sinnvolle?) Chronologie zu bringen. Doch jetzt wurde es schwieriger. Er wusste, dass er Barcelona an jenem Morgen verlassen hatte. Doch wohin ging er? Seine darauf folgenden Reisen liessen in seiner Erinnerung jegliche Kohärenz vermissen. Unzählige Bilder rasten durch seinen Kopf, liessen ihn taumeln und in den Sand zurücksinken. Wo war bloss der Anfang, der Anfang vom Ende?

Das in warme rötlich-orange Farbe getauchte Kolosseum zog rechts an ihm vorbei. Er befand sich in einem Taxi, zusammen mit einigen anderen Personen, deren Namen und Aussehen ihm nicht mehr präsent waren. Das kleine Taxi schwankte und mit ihm die ganze Welt. Das nächtliche Rom mit seinen wild durchmischten Einflüssen aus über 2000 Jahren Menschheitsgeschichte wirkte durch die warme Beleuchtung wie ein Ort aus einem Märchen, was durch Arturos verschwommene Wahrnehmung zusätzlich unterstützt wurde. Er verspürte einen ungeheuren Druck auf der Blase und gab dem Fahrer ein Zeichen anzuhalten. Er stieg aus dem Auto und erleichterte sich an der nächstgelegenen Hauswand. Dann ging die Fahrt weiter. Eines der Mädchen, die mit ihm im Taxi sassen, liess ihre kleine silberne Koksdose im Kreis herum gehen und Arturos Welt drehte und vibrierte immer schneller. Die Gesichter der Passanten, welche die Strasse füllten, verwandelten sich in ausdruckslose weisse Masken, in denen keine Emotionen erkennbar waren. Die Gebäude verbogen sich, als wären sie aus Gummi. Dann plötzlich hielten sie an und Arturo wurde von seiner Reisegruppe in ein altes halbverfallenes Fabrikgebäude geführt, aus dessen ersten Stock laute Musik dröhnte. Arturo torkelte, konnte sich kaum auf den Beinen halten, doch erstaunlicherweise bewegten sich diese von selbst, so dass er sich bald darauf im Dunkel des Treppenhauses wiederfand. Wieder zogen Menschen mit verstörenden Masken an ihm vorbei, das Treppenhaus drehte sich in eine Spirale und Arturo musste sich am Geländer festhalten. Dann war er auf einmal auf der Tanzfläche inmitten von Hunderten Menschen, in seiner linken Hand ein Glas Wodka-Lemon, seine rechte Hand auf dem Arsch irgendeiner Frau. Er tanzte ohne zu merken, ob er sich im Rhythmus der Musik bewegte. Der aus den Boxen dröhnende Italo-House bekam durch seinen Drogenkonsum eine dezent psychedelische Note, die ziemlich sicher nur in seinem Kopf existierte.

»Le sue paure di quel momento
le fai scoppiare soltanto tu
aahh aahh, aah aah
a far l'amore comincia tu...«

Er fand sich auf der Toilette wieder, auf der Kloschüssel sitzend, die langen schwarzen Haare einer Frau bewegten sich rhythmisch zwischen seinen Beinen. Nach wenigen Minuten kam er in den unbekannten Mund. Danach eine Line Heroin in sein linkes, eine Line Koks in sein rechtes Nasenloch und zurück auf die Tanzfläche, eintauchen in ein Meer aus ausgelassenen Menschen, tanzen, schwimmen. Die Menschen drangen nur noch als Impulse in sein Bewusstsein, das beinahe aufgelöst war in einem Fluss verschiedenster Substanzen. Er kämpfte sich zur Bar, bestellte zwei Wodkashots, trank den ersten, übergab sich anschliessend in den Mülleimer und stürzte den zweiten hinterher. Dann wieder auf die Tanzfläche, das Stroboskop brannte sich in sein Gehirn und liess die Welt um ihn herum explodieren wie ein Feuerwerk.

Plötzlich war er draussen, die Morgenröte tauchte die Hügel Roms in ein diffuses Licht. Er schlenderte durch die Gassen von Trastevere in Begleitung eines dunklen Anzugs, in dem ein Mann mit kurz geschorenen Haaren steckte, der ihm einen Joint anbot. Sie rauchten. Auf der Isola tiberina hielten sie inne, setzten sich auf die Pflastersteine ganz in der Nähe des Flusses und der Fremde drehte einen weiteren Joint. Erst jetzt tauchte Arturo aus seinem Flash auf und reagierte etwas verstört auf die Anwesenheit des Fremden, der ihn mit liebenswürdigem Blick musterte. Arturo räusperte sich.

»Wer bist du?«

»Kümmer dich nicht darum, wer ich bin. Ich weiss wer ich bin. Doch weißt du, wer du selbst bist?«

Der Fremde grinste und reichte Arturo den Joint. Arturo nahm einen tiefen Zug und lächelte ebenfalls.

»Ich bin Arturo.«

»Man nennt mich Santiago.«

Der würzige Haschisch belebte Arturo. Er lehnte sich zurück und musterte den Mann, den man Santiago nannte. Der schwarze Anzug war perfekt geschnitten, das faltenfreie Hemd strahlendweiss, das Blumenmuster von Schal und Einstecktuch identisch und die Manschettenknöpfe silbrig blitzend. Doch trotz seines gepflegten Äusseren hinterliess er bei Arturo nicht den Eindruck, den solche Menschen normalerweise hinterliessen (und das lag nicht bloss an den schmutzigen schwarzen Espadrilles, in denen seine Füsse steckten). Irgendetwas in seinen Augen liess Arturo aufhorchen.

»Du hast meine Frage noch nicht beantwortet«, sagte der Fremde nach kurzem Schweigen.

»Welche Frage?«

»Weißt du, wer du bist?«

Arturo zögerte, nahm einen tiefen Zug vom Joint und reichte ihn anschliessend dem gutgekleideten Fremden.

»Mehr oder weniger. Ich kenne meinen Namen und meine Vergangenheit. Ich weiss, woher ich komme und ich weiss, was ich erlebt habe. Dies alles zusammen konstituiert ziemlich genau wer ich bin.«

»Bist du dir sicher? Ist dieses Wissen, von dem du sprichst, nicht viel mehr abhängig von deiner Wahrnehmung und von den Prozessen in deinem Gehirn, welche alles Wahrgenommene verarbeiten? Ist dieses Wissen folglich bloss relatives Wissen und nicht absolutes Wissen (das es gar nicht gibt), wie kannst du davon auf die Wirklichkeit schliessen? Das Wissen, das du von dir selber hast, ist genau so ein blosses Bild, wie das Wissen, das ich (oder jede andere Person) von dir habe; eine Konstruktion des jeweiligen Gehirns. Man glaubt, die Eigenwahrnehmung sei wertvoller und richtiger als die Fremdwahrnehmung, dabei ist sie genau so konstruiert und determiniert, genau so lücken- und fehlerhaft. Das Ich existiert folglich nicht, es ist keine Existenz, weder in dieser Welt noch in der Nächsten.«

»Wie meinst du das?«

»Dein Ich ist immer eine Konstruktion, ob von deiner eigenen Wahrnehmung oder von der anderer Menschen. Folglich gibt es genau so viele unterschiedliche Konstruktionen deines Ichs, wie es Wahrnehmungen von dir gibt. Und keine davon ist richtiger als die andere, da sie stets in einer Abhängigkeit entstehen und niemals absolut sein können. Das Ich als fixierte unveränderliche Einheit existiert also nicht. Viel mehr gibt es tausende verschiedene

Versionen eines jeden Ichs, die alle gleichzeitig wahr und falsch sind und alle diese inneren und äusseren Versionen zusammen sind ebenso nur eine Annäherung an die Wirklichkeit, wie jede Version für sich.«

»Und was willst du mir damit sagen?«

»Die Fixierung auf das Ich, die Überbewertung des Egos in unserer heutigen Zeit führt zu einem Ungleichgewicht in den Menschen. Man erhebt etwas zum Wichtigsten auf der Welt, das strenggenommen gar nicht existiert. Ein viel zitiertes Credo unserer Zeit lautet: ›Finde dich selbst und verwirkliche dich selbst‹. Doch man kann dieses ›selbst‹ nicht finden, da es keine absolute Existenz besitzt. Deshalb flüchten sich die meisten Menschen ins Kopieren oder Nachahmen. Sie versuchen ihr Ich nach Vorstellungen und Ideen zu gestalten, die mit blossen Äusserlichkeiten zu tun haben, da sich das Ich in der äusseren Hülle materialisiert und damit eine absolute Existenz vortäuscht, die es gar nicht besitzen kann. Und die innere Leere wird grösser und grösser.«

Santiago sprach weiter, doch Arturo konnte seinen Ausführungen nicht länger folgen. Alles verschwamm in seinem Gehirn, das genau so unaufhörlich zu fliessen schien wie das Wasser des Tibers, welches in der Morgensonne glitzerte. Einige Zeit später, die Sonne stand inzwischen hoch am Himmel, fand er sich vor dem Eingang eines baufälligen Palazzos wieder, dessen Fassade mit Teufeln, Dämonen und heidnischen Symbolen verziert war. Der Mann, den man Santiago nannte, ging zielstrebig durch den Eingang ins Treppenhaus und bedeutete Arturo ihm zu folgen. Sie erklommen die baufällige Treppe, stiegen über Bauschutt und Müll, bis sie vor einer gut erhaltenen Türe standen. Santiago klopfte in einem bestimmten Muster an die Türe, während Arturo seinen Kopf an die kühle Gipswand lehnte. Nach einigen Minuten öffnete sich die Türe. Ein grelles Licht mit daran klebenden Opiumschwaden strömte durch die Öffnung, legte sich lähmend über Arturos Bewusstsein und liess ihn im Nichts der vorbeifliessenden Zeit untergehen.

Hier riss Arturos Erinnerung ab und er fand erst unbestimmte Zeit später einen Anknüpfungspunkt: eine sonnenüberflutete Terrasse mit Blick auf das azurblaue Meer. Er befand sich in Gesellschaft dreier Männer in dunklen Anzügen, auf dem Tisch vor ihm stand ein Glas Campari-Orange. Er biss in einen Orangenschnitz, saugte die bittersüsse Flüssigkeit aus und legte die Schale zurück auf den Tisch. Sein Blick schweifte umher auf der Suche nach Santiago, doch dieser war nirgends zu sehen. Also öffnete er seinen Seesack, holte drei in braunes Papier eingewickelte Pakete hervor und legte sie fein säuberlich nebeneinander auf den Tisch. Die drei Männer grinsten. Der älteste von ihnen streckte seine Hand aus und der Mann links von ihm reichte ihm ein Messer. Er liess die Klinge aufschnappen, bohrte sie in eines der Pakete, zog sie wieder hinaus und probierte das daran haftende weisse Pulver mit der Spitze seiner Zunge. Sein Grinsen wurde breiter. Er schnippte mit den Fingern, worauf der Mann zu seiner Rechten eine kleine digitale Waage aus seinem Sakko zog und die drei Pakete vorsichtig wiegte. Ein Nicken, ein weiteres Schnippen und auf dem Tisch lag ein dicker weisser Umschlag. Arturo kippte den Campari in einem Zug hinunter, nahm den Umschlag, steckte ihn in die Innentasche seiner Lederjacke und erhob sich. Die drei Anzüge erhoben sich ebenfalls. Sechs Küsse auf sechs Wangen und Arturo war wieder unterwegs, ging durch schmale Gassen, die ihm völlig unbekannt waren und trotzdem etwas Vertrautes verströmten (die Farben des Mittelmeeres). Der intensive Kaffeegeruch aus einer kleinen Bar zog ihn magisch an. Er gönnte sich einen kurzen Halt mit zwei Caffè, er musste ja nirgendwohin. Er blätterte in der bekannten rosafarbenen Sportzeitung und verschwand kurz auf der Toilette, bevor er sich von neuem auf den Weg machte. Doch wohin eigentlich? Die Gassen schienen immer enger zu werden. Arturos Wahrnehmung beschränkte sich immer stärker auf Farbeindrücke. Er ging auf dunkelblauen Pflastersteinen, die Häuser ragten grün, orange, rot und violett in die Höhe und verschmolzen mit dem tiefblauen Himmel, der hinunterzustürzen drohte während seine Farbe langsam ins Rötliche wechselte. Farbige Flächen flossen vor seinen Augen ineinander und drehten sich in Kaleidoskope, deren wirre, doch regelmässige Formen bis in die Unendlichkeit reichten (oder darüber hinaus?). Nur die Sonne erwies sich einmal mehr als mächtiger, wachte als ewige gelbe Kugel in grosser Höhe unbeeinflusst über alles. Arturo stolperte, fiel hin, richtete sich mühsam wieder auf und erbrach seinen Mageninhalt mitten auf die Gasse. Dann ging er torkelnd weiter. Der Seesack auf seinem Rücken schnürte ihm den Atem weg. Er nahm ihn unter den Arm, atmete tief durch und zündete sich eine Zigarette an. Langsam schälten sich aus den fliessenden Farbflächen wieder klarere Formen. Zuerst Häuser, dann Autos, Motorroller, Menschen,

Hunde, Stühle, Tische, Sonnenschirme, Wäsche an Wäscheleinen, Müllcontainer, Fussball spielende Kinder in Maradona-Trikots und am Ende der Gasse zwischen den Häusern das Meer. Plötzlich glaubte er zu seiner Linken Santiagos Gesicht zu sehen, doch als er sich in diese Richtung drehte, blickte er bloss in sein eigenes Spiegelbild im Schaufenster eines Wettbüros.

Er erwachte auf einer Mauer am Meer, die Sonne war untergegangen und die Stadt war in eine Mischung aus warmem rötlichem Licht und grellem Neonlicht getaucht. Der Lärm der Stadt erreichte ihn erst verzögert und liess ihn zusammenzucken. Er zündete sich eine Zigarette an und erhob sich, schnallte sich den Seesack auf den Rücken und machte sich auf die Suche nach seinem Zimmer, dessen Existenz ihm am Rande seines Bewusstseins trotz all dem Nebel noch bekannt war, denn dort befand sich auch der Koffer mit seinem Laptop, also seinem halben Leben. Er nahm sein iPhone aus der Tasche, klickte sich durch die empfangenen Nachrichten, bis er die SMS mit der Adresse seiner Unterkunft gefunden hatte, dann machte er sich auf den Weg, fragte sich quer durch die dröhnende vibrierende Stadt, welche kurz vor dem Explodieren schien, sprach mit Menschen, deren Sprache er, trotzdem er italienischer Muttersprache war, nicht wirklich verstand, bahnte sich seinen Weg durch feiernde Fussballfans und Strassenverkäufer, vorbei an herumlungernden Jugendlichen und obskuren Anzugträgern und wurde an jeder zweiten Strassenkreuzung verflucht, da er sich weigerte, sich aus der Hand lesen zu lassen. Als er endlich bei der richtigen Adresse an die Türe klopfte, war es bereits dunkle Nacht, doch im ersten Stock des Hauses konnte man den blauen Widerschein eines Fernsehers erkennen. Er klopfte etwas lauter, ein zweites und drittes Mal, bis er endlich Schritte auf der Treppe, das Rascheln eines Schlüsselbundes und schliesslich das Quietschen des Türschlosses hörte. Die junge Frau, die ihm die Türe öffnete, schien ihn wiederzuerkennen, weshalb Arturo davon ausging, dass er sie ebenfalls kannte, obwohl er sich nicht im Geringsten an sie erinnern konnte. Sie lächelte, ohne ihm direkt in die Augen zu sehen, bat ihn herein und schloss die Türe hinter ihm. Sie war klein und zierlich, hatte langes schwarzes Haar und dunkelbraune Mandelaugen. Sie war wunderschön. Verstohlen betrachtete Arturo ihre schmale Figur als sie vor ihm die Treppe hochging. Ihre Hüften und die Rundungen ihres Hinterns kreisten vor seinen Augen. Er lächelte. Sie führte ihn in eine Wohnung im ersten Stock, deren spartanische, doch stilvolle Einrichtung in Verbindung mit unzähligen Madonnen- und Heiligenbildern an den Wänden ihn an die Wohnung seiner Grossmutter erinnerte, ihm aber trotz der Tatsache, dass sich sein Koffer in einem der Zimmer befand, unbekannt war. Er ging ins Badezimmer, zog sich aus, stellte sich unter die Dusche und liess sich das kühle Wasser zehn Minuten über Kopf und Körper fliessen. Als er nur mit einem Handtuch bekleidet über den Korridor zurück in sein Zimmer ging, war die Wohnung mit Essensgeruch gefüllt. Nach einigen Minuten klopfte die junge Frau an den Rahmen seiner geöffneten Türe und informierte ihn, dass das Essen fertig sei, falls er Hunger habe. Noch immer vermied sie es, ihn direkt anzusehen, doch fing er einige verstohlene Blicke auf, mit denen sie ihn und seine Tätowierungen aufmerksam musterte. Er zog sich Hemd und Hose an und ging in die Küche, wo ihn ein bereits gedeckter Tisch erwartete. Er setzte sich und die junge Frau schöpfte ihm einen Teller Linguine alla puttanesca und füllte sein Glas mit Wein. Er wartete höflich, bis sie sich selber auch bedient hatte. Dann sassen sie sich schweigend gegenüber und assen. Nach dem Essen räumte sie ohne ein Wort zu sagen die Küche auf und kochte Kaffee, während Arturo einen Joint drehte. Sie tranken Kaffee und rauchten.

»Danke für alles. Mein Name ist Arturo.«

»Ich weiss.«

»Und wie heisst du?«

»Francesca«, antwortete sie nach einigem Zögern.

»Freut mich dich kennenzulernen Francesca. Und danke nochmals für alles, besonders für das gute Essen.«

»Das ist mein Job«, antwortete sie trocken, zögerte kurz und ergänzte mit einem schüchternen Lächeln, »Gern geschehen.«

Arturo lächelte ebenfalls und bot ihr seinen Joint an, den sie nach einem weiteren kurzen Zögern dankend annahm. Sie rauchte in kurzen Zügen.

»Bist du von hier?«, fragte Arturo nachdem sie ihm den Joint zurückgegeben hatte.

Wieder dauerte es eine Weile bis Francesca antwortete.

»Ursprünglich bin ich aus Caserta, das ist ganz in der Nähe. Doch wir leben schon lange hier.«

»Wir?«

»Meine Familie.«

Arturo bot ihr wieder den Joint an, trat ans Fenster, zog die Gardine zurück und blickte auf die Strasse.

»Du sprichst sehr gutes Italienisch«, brach Francesca zum ersten Mal von sich aus das Schweigen.

»Danke. Wieso meinst du?«

»Entschuldigung. Ich habe gehört, du seist aus Barcelona.«

»Du musst dich nicht entschuldigen«, antwortete Arturo und setzte sich neben sie.

»Ich habe die letzten Jahre in Barcelona gelebt, das stimmt. Doch ursprünglich stamme ich aus Buenos Aires.«

Francesca hielt ihm den Joint entgegen und schien darauf zu warten, dass er weiter erzählte.

»Meine Eltern sind aus Bologna und zogen erst kurz vor meiner Geburt nach Argentinien. Zuhause haben wir immer Italienisch gesprochen.«

»Ach so«, antwortete Francesca, der man die Wirkung des Jointes nun deutlich ansehen konnte.

»Was macht ein so schönes Mädchen wie du, wenn es nicht gerade zu später Stunde einem Fremden wie mir ausgezeichnete Pasta kocht?«

Francesca errötete leicht, verschluckte sich am Rauch und hustete.

»Ich studiere an der Universität.«

»Und was, wenn ich fragen darf?«

»Eigentlich italienische und spanische Literatur, aber ich interessiere mich vor allem für lateinamerikanische Literatur.«

Vor Arturos Augen bildete sich ein feiner Nebel, der sich über seine Sinne legte.

»Und was machst du so, wenn du nicht gerade dubiose Geschäfte mit meinem Onkel in Neapel erledigst?«

»Ich bin Musiker. So komisch es klingen mag, aber ich spiele vor allem Techno und Tango.«

»Ich liebe Tango.«

Zum ersten Mal schaute ihm Francesca tief in seine Augen und alles um ihn herum hörte auf der Stelle auf zu existieren.

Er hatte nicht vorgehabt, die junge Frau zu verführen, doch nun lag sie neben ihm und ihre kleinen Brüste hoben und senkten sich gleichmässig, während sie einen Joint drehte. Er küsste ihre rechte gepiercte Brustwarze, die nach salzigem Schweiss schmeckte, stand auf, zog sich das Kondom von seinem noch immer leicht erigierten Penis und ging ins Badezimmer. Das Licht blendete ihn, weshalb er die Augen zusammenkniff, während er mit dem Zahnglas zwei Codeintabletten zerdrückte und sich das Pulver anschliessend in die Nase zog. Er pisste lange und ging zurück ins Zimmer, wo ihn die nackte Francesca rauchend und lächelnd auf dem Bett erwartete.

Irgendwann in dieser Nacht, Arturo war schon beinahe in den wattigen Tiefen des Codeins versunken, tauchte am Rande seines Bewusstseins etwas auf. Etwas, das Francesca im Verlaufe des Abends gesagt hatte. Doch er konnte es in jenem Moment nicht fassen. Aus seinen tragbaren Lautsprechern klang die raue Stimme Gianmaria Testas.

»E poi viene un giorno
che a guardarlo passare
sembra il giorno di un altro
e di un altro le cose da fare…«

Francesca drehte sich zu ihm und setzte sich auf seinen Bauch.

»Ich liebe Gianmaria Testa. Das erinnert mich immer an meinen Vater.«

Plötzlich schlug es in Arturos Hirn ein wie ein Blitz, er konnte beinahe die sprichwörtliche Glühbirne über seinem Kopf aufleuchten sehen. Es hatte etwas mit ihrer Familie zu tun. Aber nicht mit ihrem Vater. Wie war es nochmals? Ihr Onkel… Als ihn die Erinnerung einholte, verschlug es ihm die Sprache.

»E di un altro la voce
e anche l'ombra sui muri…«

Er richtete sich auf, hob Francesca hoch, drehte sie auf den Rücken und sich über sie.

»Was hast du vorhin gesagt? Dass ich mit deinem Onkel dubiose Geschäfte machen würde?«

»Das war doch nicht böse gemeint«, antwortete Francesca, etwas überrumpelt und verängstigt von der Heftigkeit der Frage.

»Nein, so meinte ich das nicht.«

Arturos Stimme war beinahe schrill.

»Wer ist dein Onkel?«

»Das weisst du nicht?«

»Ich würde dich kaum fragen, falls ich es wüsste.«

»Mein Onkel ist Don Giuseppe, der ältere Herr, den du heute Nachmittag getroffen hast.«

»Scheisse!«

Arturo stand auf, stürzte ins Badezimmer, bückte sich, kotzte seinen kompletten Mageninhalt in die Toilette, richtete sich wieder auf, wusch sich das Gesicht mit kaltem Wasser und zog sich schliesslich zwei grosse Linien Koks in die Nase. Aus dem Toilettenspiegel beobachtete ihn ein schwarzumrahmtes Paar blutunterlaufener Augen.

»Perché viene un giorno
che a guardarlo passare
sembra il giorno di un altro
e di un altro la vita da fare...«

In wenigen Minuten war er komplett angezogen, hatte seine Sachen gepackt, sich ohne lange Erklärungen von der völlig überforderten Francesca verabschiedet und stand auf der Strasse. Er wusste, dass er so schnell wie möglich aus dieser Stadt verschwinden musste, wollte er nicht mit aufgeschnittener Kehle auf einer Müllhalde enden, weil er die Nichte eines ranghohen Mafioso gefickt und mit ihr Drogen genommen hatte. Das Kokain kämpfte mit den Opiumschwaden, die durch seinen Körper schwebten und liess ihn einigermassen schnell und gezielt handeln. Er ging um die nächste Strassenecke, klaute den ersten Motorroller, den er zu Gesicht bekam und fuhr langsam Richtung Hafen.

Pünktlich mit dem Signal zum Gangway einholen betrat er die Rolltreppe, die ihn vorbei an überdimensionierten Disneyfiguren ins Innere der Fähre führte. Zielstrebig bahnte er sich den Weg durch die in ihrer Orientierungslosigkeit hilflose Touristenmasse in Richtung seiner Kabine. Er stieg über Koffer, drückte sich zwischen fetten amerikanischen Paaren hindurch und erntete mehrmals Missfallen, wenn er andere Menschen einfach grob zur Seite schob. Er war völlig aufgekratzt, da er inzwischen mindestens ein halbes Dutzend Espressi und vier weitere Lines Kokain zu sich genommen hatte, um die Müdigkeit zu vertreiben und einigermassen klar denken zu können. Nachdem er die Türe zu seiner Einzelkabine hinter sich abgeschlossen hatte, atmete er tief durch, stellte seinen Koffer vorsichtig auf den Tisch und warf den Seesack aufs Bett. Er setzte sich an den Tisch und drehte einen Joint. Dann nahm er sein iPhone, setzte seine Kopfhörer auf und rauchte unter der Lüftung in der kombinierten WC-/ Duschkabine (jetzt bloss keine Aufmerksamkeit auf sich ziehen). Er liess die Lüftung laufen, während er sein Bett vorbereitete und eine Flasche Whisky aus seinem Koffer nahm, den Zahnbecher aus Plastik füllte und damit vier Codeintabletten hinunterspülte. Seine Gedanken wanderten kurz zu Santiago, von dem er sich nicht mehr hatte verabschieden können, dann spürte er langsam die wattige Tiefe unter seinen Füssen und legte sich mit den Kopfhörern auf den Ohren in sein Bett.

»...e di un altro la voce
e anche l'ombra sui muri
e questi fiori d'inverno
che ho preso
per te.«

Arturo lag unter einem Olivenbaum und döste. Zu seiner Rechten konnte er die Akropolis sehen. Was genau zwischen seiner überstürzten Abreise aus Neapel und diesem Moment unter dem Olivenbaum geschehen war, wusste er nicht mehr und wenn er sich genau zurückerinnerte, hatte er es bereits in jenem Moment nicht mehr gewusst. Er fühlte sich schläfrig. Durch seine halbgeschlossenen Augenlider musterte er das Blätterdach, welches sich langsam im Wind bewegte und ihn immer stärker von der Wirklichkeit entfernte. Er schwebte durch eine Welt aus Blättern, die in allen denkbaren Farben leuchteten, sich in Kaleidoskope drehten und Fraktale auf seine Netzhaut brannten. Die Quaaludes, die er irgendwann gegen ein bisschen Kokain getauscht hatte, fuhren sein System langsam herunter und liessen vor seinen Augen Bilder entstehen, die ihn hypnotisierten. Er genoss das Flash für unbestimmte Zeit, dann richtete er sich etwas auf, lehnte seinen Rücken an seinen Seesack und zündete sich eine Zigarette an. Sein Blick folgte den Rauchschwaden und verlor sich in deren wilden Formen. Wie so oft schien das Nikotin die Wirkung der anderen Drogen in seinem

Körper für einen Augenblick zu verstärken. Von links näherte sich eine Gruppe Jugendlicher, die sich lautstark unterhielten. Er beachtete sie nicht weiter, schnippte den Zigarettenstummel auf den Kiesweg und schloss seine Augen. Wahrscheinlich war er kurz eingeschlummert, denn als er seine Augen wieder öffnete, hatten die Jugendlichen einen Kreis um ihn gebildet. Er streckte sich und gähnte. Einer der Jugendlichen sprach ihn an, doch er verstand kein Griechisch, was er in Englisch erklärte und nachfragte, was sie von ihm wollten. Nach kurzer Beratung wandte sich ein zweiter Jugendlicher in gebrochenem Englisch an ihn und fragte, ob er etwas Gras für sie hätte. Arturo dachte kurz nach. Sie waren zu fünft. Wahrscheinlich war es einfacher ihnen etwas abzugeben, da es sonst nur zu Problemen führen könnte. Also stand er freundlich nickend auf, nahm seinen Beutel mit Gras aus der Tasche seiner Lederjacke, kramte kurz darin herum und drückte dem offensichtlichen Anführer Gras für zwei oder drei Joints in die Hand. Die Jugendlichen grinsten, ihr Anführer lächelte schief und trat näher an Arturo heran.

»We want all.«

Plötzlich lächelte er nicht mehr. Auch seine vier Freunde grinsten nicht länger. Sie versuchten nun gefährlich auszusehen. Einer von ihnen zog einen Schlagring. Arturo handelte blitzschnell. Er rammte dem Anführer sein Knie zuerst in die Hoden, dann ins Gesicht, packte mit der rechten Hand seinen Metallkoffer und schwang ihn dem am nächsten Stehenden mit voller Wucht ins Gesicht. Dann liess er den Koffer fallen, zog sein Messer und liess die Klinge aufschnappen.

Arturo seufzte und nahm einen grossen Schluck Whisky aus dem Flachmann. Noch immer war die Dämmerung nicht aus dem Schwarz des Meeres aufgetaucht und der Strand lag im Dunkeln. Rom, Neapel, Athen. Soweit war er gekommen und soweit glaubte er, schien die Chronologie der Ereignisse zu stimmen. Es war anstrengend eine einigermassen stringente Geschichte aus all den wirren Bildern in seiner Erinnerung zu formen, doch war er nach wie vor von der Wichtigkeit seines Unterfangens überzeugt. Es fehlte nicht mehr viel, er war schon so weit gekommen in dieser Nacht am Strand. Er zündete sich eine Zigarette an, inhalierte tief und schloss dabei die Augen. Sofort tauchten Bilder aus seiner Erinnerung auf. Die Mauern von Jaffa, der Strand und die Bauhausgebäude von Tel Aviv, Sara, die Wüste, eine schwarze Katze. Doch davor war noch etwas anderes. Eine Fahrt in einem klapprigen Auto der Küste entlang, Tripoli, Beirut, Haifa, Militärs mit Maschinenpistolen, endlose Kontrollen. Und davor? Zwischen dem Nachmittag am Fusse der Akropolis und der Suche nach seiner Mitfahrgelegenheit in den schmalen Gassen von Tripoli klaffte eine grosse schwarze Lücke. Er seufzte und stand auf, nahm seinen Geldbeutel aus der Hosentasche und suchte nach einem passenden Stück Papier, um einen Filter zu basteln. Er blätterte sich durch den dicken Stapel Visitenkarten, die er stets in seinem Geldbeutel mit sich herumtrug. Plötzlich hielt er inne und zog eine Karte heraus. Mikonos. Langsam nahm eine weitere Erinnerung Gestalt an.

Er lernte Niko in einer Bar auf Mikonos kennen, nachdem er mehrere Tage und Nächte durchgefeiert hatte. Irgendwie kamen sie ins Gespräch und schnell stellte sich heraus, dass Niko Partys organisierte und ein Faible für schöne Frauen und gutes Kokain hatte. Trotz ihrer Unterschiedlichkeit waren sie sich sofort sympathisch und schon am nächsten Abend legte Arturo an einer kleinen, von Niko organisierten Party auf, die in einer grossen Villa an der Spitze einer Steilküste stattfand. Er spielte ein langes Set auf der Terrasse, von wo man das Meer überblicken konnte. In der Dunkelheit begann er mit deepem hypnotischem Techno, um bei Sonnenaufgang zu etwas melodiöserem Tech-House Berliner Ursprungs zu wechseln.

»Who loves the sun
who cares that it makes plants grow
who cares what it does
since you broke my heart...«

Die Sonne tauchte den Himmel in ein intensives rotes Licht. Die Tanzenden hoben ihre Hände in die Höhe und schrien ihr Glück hinaus in die Morgenluft, waren in Arturos Wahrnehmung jedoch bloss eine pulsierende farbige Masse. Er konnte sich kaum auf den Beinen halten. Er dachte an Futura, bückte sich hinter das DJ-Pult und schaufelte sich ein Löffelchen Koks in die Nase während ihm eine Träne die Wange hinunterrollte. Dann richtete er sich wieder auf und pumpte zwei Stunden weiter Musik. Niko war ausser sich vor Begeisterung. Sie feierten bis tief in den Nachmittag und als Arturo das Anwesen schliesslich in einem Taxi verliess, hatte er Bookings für zehn weitere Partys in der Tasche. Eine kleine Tour über verschiedene griechische Inseln, die Nikos Verbindungen und sein Motorboot möglich machten. Mehr wusste er nicht. Wieder kreisten seine Gedanken um Futura. Er schluckte ein weiteres Quaalude und schloss seine Augen. Von der darauffolgenden Tour sind ihm nur wenige Erinnerungen geblieben. Er sah das tiefblaue Meer und das weisse Motorboot, das sich den Weg durch die Wellen bahnte. Bilder von braunen Felsen und weissen Gebäuden drehten vor seinen Augen. Er erinnerte sich an Nikos Lachen, an schöne Frauen, Champagner und Kokain in der Kajüte des Bootes, an Neonfarben, Stroboskope, ausgelassene Menschen und laute Musik an den Partys, wo er auflegte. Doch eine kohärente Geschichte liess sich aus all diesen Eindrücken nicht bilden, so sehr er sich auch anstrengte. Nur eine Episode hatte sich stärker in seine Erinnerung gebrannt. Es war eine der letzten Partys, an der er für Niko arbeitete. Vielleicht war es in einer abgelegenen Bucht auf Kos, vielleicht auch auf Rhodos. Der Strand war mit Feuern und Neonlichtern beleuchtet und das DJ-Pult befand sich auf einem kleinen überdachten Holzpodest. Als Arturo kurz vor Sonnenaufgang sein Set beginnen wollte, war er bereits so stark mit Drogen vollgepumpt, dass er beim Versuch das Holzpodest zu erklimmen zweimal rückwärts in den kühlen Sand fiel. Mit grösster Anstrengung schaffte er es seinen Platz hinter den CD-Spielern einzunehmen und sich auf den Beinen zu halten. Ein wirres Lächeln verzerrte sein Gesicht, als er seinen USB-Stick in den CD-Spieler schob und den ersten Track auswählte. Die Menge, die zuvor die ganze Nacht zu eher softem House getanzt hatte, schien auf ihn und seinen etwas härteren Techno gewartet zu haben und liess sich von seinem Sound zur Ekstase treiben. Arturo lud den nächsten Track in den zweiten CD-Spieler, passte die Geschwindigkeit an, steckte sich zwei Ecstasy-Tabletten in den Mund und liess sie langsam auf der Zunge zergehen. Dann mixte er den neuen Track behutsam über den ersten, liess beide lange zusammenlaufen, um im Moment des Breaks auf den neuen Track zu reduzieren, den einige Leute erkannten und deswegen ihrer Freude freien Lauf liessen.

»Life teeming in the darkness, I am alien here
my vision is murky, nothing is clear
oh captain my captain
oh captain my captain
let me see...«

Der darauffolgende Drop liess die Menge beben. Arturos Kapitänsmütze flog in hohem Bogen von seinem Kopf in die Menge, während er wie ein Derwisch über die kleine Bühne fegte. Sein Körper zuckte unkontrolliert im Rhythmus der Musik, vollführte Bewegungen, die er in nüchternem Zustand niemals fertig brächte. Doch sobald er sich über die CD-Spieler und das Mischpult beugte, setzte sein Muskelgedächtnis ein und liess ihn die nötigen Handgriffe spielend und präzise ausführen. Nach wenigen Minuten riss er sich sein T-Shirt vom Körper, da die ekstatisch tanzende Menge eine enorme Wärme und Energie erzeugte. Irgendwann bückte er sich hinter das DJ-Pult und schaufelte zwei Löffelchen Koks in die Nase. Dabei betrachtete er das kleine silberne Löffelchen, das er an einem Lederband um den Hals trug. Wie ein Schleier legte sich eine Erinnerung über sein Bewusstsein.

Er sass mit Santiago in einem noblen Restaurant am Rande des Campo dei fiori. Soeben hatten sie ein üppiges Mahl beendet, welches Arturo nach den unzähligen durchfeierten Nächten auch dringend nötig hatte und warteten auf ihren Kaffee. Arturo fühlte sich unendlich müde, erschlagen und melancholisch, da sich sein Serotoninspiegel aufgrund des Drogenkonsums tief im Keller befand. Seine Gedanken kreisten um Futura, steckten in der Vergangenheit fest und liessen sich nicht ohne weiteres in die Gegenwart zurückführen. Santiago sprach von einer neuen Möglichkeit Geld zu verdienen, doch Arturo konnte seinen Ausführungen ein weiteres Mal nicht richtig folgen. Seine Finger spielten unbewusst mit dem kleinen silbernen Löffelchen aus dem Salzspender. Plötzlich packte Santiago Arturos Hände und blickte ihm fest in die Augen.

»Wo bist du?«

»Ich weiss es nicht.«

»Merk dir eines Arturi: Nichts liegt hinter dir. Alles liegt vor dir.«

Santiago trank seinen Caffè in einem Zug aus, stand auf und verliess das Restaurant ohne zu bezahlen. Arturo blieb noch einen Moment wie versteinert sitzen, drehte das Löffelchen zwischen seinen Fingern, nahm die kleine Metalldose mit dem eingearbeiteten Gesicht des Papstes aus seiner Tasche und schaufelte sich mit Hilfe des silbernen Löffelchens zwei kleine Portionen Kokain in die Nase. Dann stand er auf und verliess das Restaurant ebenfalls ohne zu bezahlen, doch mit einem höflichen Abschiedsgruss auf den Lippen und dem kleinen silbernen Löffel in der Tasche.

In seiner Erinnerung trat Arturo vom Restaurant direkt in die Kajüte von Nikos Motoryacht. Auf dem Bett räkelten sich zwei wunderschöne, halbnackte junge Frauen mit brauner Haut und schwarzen Haaren. Arturo torkelte durch die Kajüte und liess sich aufs Bett fallen. Eine der beiden Frauen nahm die Kapitänsmütze von seinem Kopf, setzte sie sich auf den Kopf und sich selbst auf Arturos Bauch. Er spielte mit ihren kleinen Brüsten, während sich die andere Frau mit seinen Hosen beschäftigte. Dann lagen beide Frauen plötzlich nackt nebeneinander auf dem Bett und Arturo stand, ebenfalls nackt, vor dem Bett und beugte sich über sie. Er füllte den Bauchnabel der einen Frau mit Kokain, den der anderen Frau mit Heroin, richtete sich wieder auf und betrachtete sein Werk mit einem zufriedenen Grinsen. Das silberne Löffelchen baumelte an einem Lederband um seinen Hals. Er zog es über seinen Kopf und löffelte abwechslungsweise Pulver aus den beiden Bauchnabeln.

Plötzlich befand er sich nicht mehr auf Nikos Yacht. Er stand in dem ihm wohlbekannten Zimmer in Barcelona. Vor ihm auf dem Bett räkelte sich Futura und streute vorsichtig etwas Heroin in ihren Bauchnabel. Sie blickte ihm tief in seine Augen und lächelte. Dann wurde alles schwarz.

Arturo fand sich gebückt hinter dem DJ-Pult wieder. Tränen liefen unkontrolliert über sein Gesicht. Er steckte sich eine weitere Ecstasy-Tablette in den Mund, richtete sich auf, spürte die kühle Nachtluft auf seinem nackten Oberkörper und legte den nächsten Track auf, während die Sonne langsam über dem Meer aufging. Für einen kurzen Moment schien er seinen Körper zu verlassen, schwebte über der pulsierenden Menge mit Neonfarben bemalter Tänzer, um schliesslich den Blick auf sich selbst zu richten, wie er verloren auf der Bühne stand und das Meer betrachtete, so als wollte er so schnell wie möglich darin verschwinden.

»You leave with the tide
and I can't stop you leaving
I can see it in your eyes
some things have lost their meaning...«

Danach Tripoli. Arturo stand an der Hafenmauer und blickte aufs Meer, in die Richtung der Inseln, von denen er vermutlich hergekommen war. Die Sonne stand hoch am Himmel und brannte heiß. Der Wind wehte ihm Staub in die Augen, weshalb er ständig blinzelte und seine Augen zu schmalen Schlitzen zusammenkniff. Er zündete sich einen Joint an und setzte sich seine schwarze Sonnenbrille auf die Nase. Nach einigen Zügen drehte er sich weg vom Meer und setzte sich auf die Hafenmauer. Erst jetzt schien er zu bemerken, wo er sich befand und musterte aufmerksam die ihm fremde Stadt. Dann nahm er die Kopfhörer von seinen Ohren. Der Lärm der Stadt liess ihn zusammenzucken. Nun war er auch akustisch angekommen. Er rauchte den Joint zu Ende, schnippte den Filter ins Meer, packte sein Gepäck und machte sich auf den Weg Richtung Stadt. Eigentlich war er nur auf der Durchreise. Er wusste, dass er in Beirut erwartet wurde. Ein Freund von Niko hatte ihm Auftritte in Beirut und Tel Aviv organisiert und wollte sich persönlich um ihn und die Weiterreise nach Israel kümmern. Doch zuerst musste er es überhaupt nach Beirut schaffen. Wieso er in Tripoli an Land gegangen war und ihn Niko nicht bis Beirut gebracht hatte, wusste er nicht mehr. Es war ihm aber auch egal. Wie ein Tourist schlenderte er durch die Gassen, ziellos und trotzdem angetrieben von etwas Unbestimmtem, fremd und unerkannt. Nach einer Weile setzte er sich in den Schatten einer Bar, bestellte Pfefferminztee, beobachtete das bunte Treiben in der Gasse vor ihm und dachte über seine nächsten Schritte nach. Plötzlich riss ihn eine bekannte Stimme aus dem verdrogten Nebel seiner Gedanken.

»Arturi, che cazzo fai quà?«

Santiago stand in der Türe, die ins Hinterzimmer der Bar führte, in einem hellen Leinenanzug, seinen abgelatschten schwarzen Espadrilles und einem breiten Grinsen im Gesicht. Zuerst glaubte Arturo seine Phantasie spiele ihm einen Streich, doch nachdem ihn Santiago in die Arme geschlossen hatte, verflogen diese Zweifel innert Sekunden. Sie setzten sich an einen Tisch und Santiago fuhr Arturo freundschaftlich mit der Hand durch dessen wilde Locken. Sie bestellten zwei grosse Gläser Arrak und tranken auf ihr Wiedersehen. Santiago schien geschäftlich in der Stadt zu sein, wollte noch einige Tage bleiben und Arturo eine Mitfahrgelegenheit nach Beirut besorgen, da er scheinbar gute Bekannte in Tripoli hatte. Wie immer war Arturo eher schweigsam, während Santiago ununterbrochen sprach und erzählte. Nach der zweiten Runde Arrak begann er eine Geschichte zu erzählen, welche Arturo (warum auch immer) im Gedächtnis blieb.

»Ich bin in einem Dorf oder vielmehr einer Hochhaussiedlung aufgewachsen, die von einer berüchtigten Mafiafamilie kontrolliert wurde. Mein Vater starb als ich noch ein kleiner Junge war, so dass mich meine Mutter alleine aufziehen musste, was sie mit dem für italienische Mütter typischen Enthusiasmus anging. Vor seinem frühen Tod schien mein Vater auf irgendeine Weise mit dem Clan verbunden gewesen zu sein; auf jeden Fall kriegten wir (meine Mutter und ich) einmal in der Woche Besuch von einem drahtigen älteren Herrn, der meistens von einem oder zwei grobschlächtigen Muskelpaketen mit Bulldoggengesichtern begleitet wurde, sich nach unserem Befinden erkundigte und einen Umschlag auf den Tisch legte, der einen Geldbetrag enthielt, welcher unsere wöchentlichen Ausgaben mehr schlecht als recht deckte. Von klein auf war ich die Besuche von Zio Gigi gewohnt, verlor nach und nach die Angst und den übertriebenen Respekt vor ihm, der mein Heranwachsen mit Wohlwollen zu beobachten schien. Als ich etwa zwölf Jahre alt war, begann er mich nach der Schule in seinem grossen dunklen Alfa Romeo abzuholen, der stets von einem Muskelpaket gesteuert wurde. So verbrachte ich also die Zeit bis zum Abendessen auf seinem Rücksitz, während er mir das Geschäft erklärte. Bald darauf begann ich kleinere Aufträge für ihn zu erledigen, die mir neue Markenklamotten, Schuhe, Schmuck und ein grosszügiges Taschengeld einbrachten, Dinge, die mir meine Mutter unmöglich bieten konnte und die das kurze Transportieren eines Rucksacks mit portionierten Kokaintütchen auf alle Fälle aufwogen. Eines Tages, ich war gerade mit einem ›Cousin‹ zusammen auf einer Schutzgeldtour, machten wir eine kurze Pause beim Park, um mit den schönen Mädchen zu flirten, als unverhofft meine Mutter auftauchte, mich aus dem Auto zerrte und unter lautstarken Vorwürfen und Verwünschungen nach Hause schaffte. Sie verbot mir weiterhin für die Familie zu arbeiten und nachdem Zio Gigi am nächsten Tag ungeplant zu Besuch erschien, war klar, dass meine Karriere als Mafioso vorerst auf Eis gelegt war. Dies hinderte mich natürlich keineswegs daran weiterhin kriminell tätig zu sein, denn irgendwoher musste das Geld ja fliessen, das ich brauchte, um meinen angewöhnten Lifestyle weiterführen zu können. Also klaute ich alles was nicht niet- und nagelfest war. Was ich davon nicht gebrauchen konnte, verkaufte ich an meine Schulkameraden. In der Schule lernte ich schliesslich auch Paolo kennen, der ein ebenso grosser Fan von Scarface war und eine ähnliche kriminelle Energie besass wie ich. Von nun an klauten wir zusammen und begannen die Beute an die Afrikaner zu verkaufen, die in den Rohbauten niemals fertiggebauter Hotelanlagen in der Nähe des Meeres hausten. Von ihnen bekamen wir auch die Drogen, die wir in der Schule und am Wochenende in den Diskotheken am Lungomare verkauften. Zuerst Gras, dann Kokain, welches uns sehr schnell in den Kopf stieg. Aus einem Versteck, das mir von meinen Fahrten in Zio Gigis Alfa bekannt war, erbeuteten wir diverse Waffen und Munition, Pistolen und Maschinenpistolen, fuhren auf Paolos klappriger Vespa an den Strand und feierten indem wir die Magazine der eben erbeuteten Waffen in die Luft und ins Meer leerten. Zum ersten Mal fühlten wir uns wie richtige Männer, wir, die wir beide noch nie die Brüste einer Frau angefasst hatten. Nach einigen Linien Kokain fassten wir schnell neue grosse Pläne, stiegen auf die Vespa, fuhren zu unseren afrikanischen Freunden, hielten ihnen unsere 9 mm-Pistolen unter die Nasen und fuhren wieder davon mit zwei Kilo Kokain und 10'000 Euro in Bar. Wir waren die Grössten, uns gehörte die Welt. Auch nachdem Zio Gigi uns einige Tage später in unserer Lieblingsbar aufsuchte und uns ans Herz legte, die Waffen, das Geld und die Drogen zurückzugeben, kamen wir nicht zur Vernunft und dachten, wir könnten einfach so weitermachen wie bisher. Wir waren unantastbar. Doch wie immer kam das Ende schneller als wir dachten. Einige Tage später, als wir wie jeden Nachmittag im Park herumlungerten und versuchten die schönen Mädchen zu beeindrucken, fuhr ein dunkler Lieferwagen vor und noch bevor ich meine Hand zum Griff meiner Pistole bewegen konnte, lag ich bereits gefesselt und mit einer dunklen Kapuze über dem Kopf im Laderaum, der nach Eisen und Asche roch. Wir lagen im Sand als sie uns die Kapuzen vom Kopf rissen und die Fesseln durchschnitten. Die Sonne war im Begriff im Meer zu versinken und tauchte den Strand in ein weiches, beinahe liebliches, oranges Licht. Weit und breit war keine Menschenseele zu sehen, die Brandung war das einzige hörbare Geräusch. Paolo begann zu weinen. Seine Tränen rannen ihm übers Gesicht und tropften in den Sand. Die drei Männer, die über uns standen, zogen ihre Pistolen und richteten sie auf unsere Köpfe. Paolo kniete sich hin, umklammerte schluchzend die Beine des am nächsten stehenden Killers und flehte um sein Leben, während er sich vor Angst in die Hose pisste.

›Was für ein widerlicher Feigling!‹

Mit einem lauten Knall jagte er Paolo eine Kugel in den Kopf, dann drei weitere in den Oberkörper. Er spuckte verächtlich auf die blutende Leiche. Dann wandten sich alle drei mir zu. Ich weinte noch immer nicht, was die drei Killer für einen kurzen aber entscheidenden Moment aus dem Konzept brachte. Ich warf dem Nächsten eine Hand- voll Sand in die Augen und mich auf ihn, riss ihn zu Bo- den, drehte ihn über mich und benutzte ihn als Schutz- schild. Ich spürte die Kugeln in seinen schweren Körper einschlagen und ertastete mit meiner linken Hand die Pis- tole, die dem inzwischen getöteten Killer während des Ge- rangels aus der Hand gefallen war. Blitzschnell rollte ich die Leiche von mir und leerte das Magazin der Pistole in die Richtung, in der ich die beiden übriggebliebenen Killer vermutete. Als es nur noch klickte, lagen beide im Sand. Dem Einen hatten zwei Kugeln den Schädel zertrümmert, den Anderen hatte ich mehrmals in die Brust getroffen. Er lag röchelnd vor mir im Sand und blickte mich mit un- gläubigem, doch hasserfülltem Blick an. Um seine Mund- winkel bildete sich blutroter Schaum. Ein Grinsen legte sich auf meine Lippen während ich Tony Montana zitierte.

›You wanna fuck with me? Nobody can fuck with me!‹

Dann zog ich mein Messer, liess die Klinge aufschnap- pen und bückte mich über ihn.

Als sie schliesslich aufbrachen, um Santiagos Freunde zu treffen, waren aus den zwei Gläsern Arrak zwölf geworden, die Sonne hatte ein gutes Stück in Richtung Horizont zurückgelegt und würde bald im Meer versinken. Arturo trug seinen Metallkoffer, Santiago hatte sich Arturos Seesack über die Schulter geworfen. Sie torkelten Arm in Arm durch die Gassen, alle Blicke auf sich ziehend, da sie sich lautstark unterhielten, lachten und grölten. Sie waren beinahe schon in der Strasse angekommen, wo sich die Bar befand, in der Santiagos Freunde warteten, als dessen Handy klingelte. Sein Gesichtsausdruck änderte sich schlagartig und während des kurzen Gesprächs schien seine Betrunkenheit verflogen. Nachdem er das Gespräch beendet hatte, wandte er sich Arturo zu und entschuldigte sich dafür, dass er jetzt sofort weg müsse, um einen geschäftlichen Termin wahrzunehmen. Er werde Arturos Ankunft bei seinen Freunden ankündigen und versuche ihn in Beirut wieder zu treffen. Dann drückte er Arturo eine Visitenkarte der Bar in die Hand, auf die er den Namen der Kontaktperson schrieb, umarmte Arturo und war innert Sekunden im Labyrinth der Stadt verschwunden.

»Na dann«, dachte Arturo, schwang seinen Seesack auf die Schulter und ging weiter in die Richtung, die ihm Santiago gewiesen hatte. Auch seine Betrunkenheit war auf einen Schlag verschwunden, doch begann er nun für den exzessiven Drogenmischkonsum der letzten Wochen Tribut zu zahlen. Plötzlich hatte er Mühe seine innere und äussere Wahrnehmung zu unterscheiden, wusste nicht mehr was Realität war und was Halluzination.

»Ich brauche dringend Ruhe, ein Bett und viel Schlaf«, dachte er sich, während er eine Zigarette anzündete,

»oder ich konsumiere einfach weiter.« Er beschloss diese Entscheidung bis nach dem Treffen mit Santiagos Freund hinauszuzögern und setzte sich wieder in Bewegung.

Als er nach längerer Suche die Bar betrat, hatte er keine Ahnung wo er sich befand. Die ganze Welt schien sich in eine abstrakte Skizze ihrer selbst verwandelt zu haben, die willkürlich ihre Gestalt veränderte. Das Einzige, das er wusste, war, dass das Stück Papier in seiner Tasche von grosser Wirklichkeit war. Er stolperte an den Tresen und hielt dem Mann dahinter eben dieses Papier unter die Nase. Dieser musterte es kurz ohne es selbst in die Hand zu nehmen, rief etwas Unverständliches in Richtung einer dunklen Ecke und nickte dann Arturo freundlich zu, während er auf einen Barhocker zeigte. Arturo setzte sich. Aus der dunklen Ecke löste sich eine schemenhafte Gestalt.

»As-salam ʻaleikum. Du musst Arturo sein. Ich bin Mohamad. Wir haben vorhin miteinander telefoniert.«
»Wa ʻalaikum as-salam Mohamad«, lallte Arturo beinahe unverständlich. »Ich bin Arturo, doch du irrst dich. Wir haben noch nie miteinander gesprochen. Du meinst unseren gemeinsamen Freund.«
»Ach so. Wie du meinst. Ist ja eigentlich auch egal. Ich glaube, du könntest einige Tassen Kaffee gebrauchen.«
»Da könntest du recht haben.«

Mohamad wechselte einige Worte mit dem Mann hinter dem Tresen und bald darauf stand eine grosse Kanne Kaffee mit zwei Tassen und einer Zuckerdose vor ihnen. Nach der dritten Tasse des starken Gebräus war Arturo endlich mehr oder weniger in der Situation angekommen. Mohamad stellte oberflächliche Fragen, auf die Arturo oberflächliche Antworten gab. Nach einer Weile entschuldigte sich Mohamad und verliess die Bar, um seinen Rucksack und das Auto zu holen. Die Reise sollte also voraussichtlich in dieser Nacht weitergehen. Arturo drehte sich auf seinem Barhocker und musterte das Lokal. Der grösste Teil der Tische war leer, nur in der dunklen Ecke, aus der Mohamad aufgetaucht war, sassen drei junge Männer an einem Tisch, tranken Tee, diskutierten und rauchten eine Wasserpfeife, die stark nach Haschisch roch. Arturo bestellte eine weitere Kanne Kaffee, packte, während er auf den Kaffee wartete, seinen Beutel mit Gras auf den Tresen, um den Barkeeper mit Gesten zu fragen, ob es in Ordnung sei zu rauchen. Der Barkeeper nickte mit einem verschwörerischen Grinsen. Etwas später, genau in jenem Moment in dem Arturo seinen eben gedrehten Joint anzündete, öffnete sich die Türe der Bar. Arturo drehte sich um und erblickte an Stelle des von ihm erwarteten Mohamad ein wunderschönes junges Mädchen. Sie trug ein hochgeschlossenes helles Sommerkleid aus grobem Tuch und ein Kopftuch aus demselben Material. Trotz des unvorteilhaft geschnittenen Kleides konnte Arturo im Ansatz Rundungen erkennen, die auf eine perfekte Figur schliessen liessen. Als sich ihre Blicke kurz trafen, wandte sie den ihren sofort ab, durchquerte die kleine Bar und verschwand hinter dem Tresen. Arturo rauchte und blätterte in einer arabischen Zeitung, in der er kein Wort lesen konnte. Das Mädchen (sie konnte höchstens siebzehn gewesen sein) und der Barkeeper tuschelten, doch Arturo fiel ihr unterwürfiger und angsterfüllter Blick auf, als sie sich bückte und hinter der Bar aus seinem Blickfeld verschwand. Er achtete nicht weiter auf sie, schrieb stattdessen eine SMS an Manuel, um mitzuteilen, dass er noch lebte. Als er wieder aufblickte, erhob sich im selben Moment das Mädchen, wischte sich mit dem Handrücken den Mund ab und rückte ihr verrutschtes Kopftuch zurecht. Ein Blick ins Gesicht des Barkeepers bestätigte ihm seine Vermutung: Das Mädchen hatte dem Barkeeper eben einen geblasen. Arturo achtete nicht weiter darauf, goss sich eine weitere Tasse Kaffee ein, rauchte seinen Joint zu Ende und erhob sich schliesslich, um kurz auf dem Klo zu verschwinden. Als er zurück in die Bar trat, war das Mädchen verschwunden. Er setzte sich wieder auf seinen Barhocker, bestellte Pfefferminztee und zündete eine Zigarette an. Da entdeckte er den kleinen runden Hintern und die zierlichen Füsse des Mädchens unter dem Tisch an dem die drei jungen Männer sassen. Der Barkeeper hatte ein schäbiges Grinsen im Gesicht als er den Tee servierte.

»Everybody need money.«

Er lachte höhnisch und nickte mit dem Kopf in Richtung des Mädchens. Arturo trank den süssen Tee in kleinen Schlucken. Sein Körper und sein Gehirn schrien im Kanon nach Kokain, denn im Down in dem er sich befand, war er zu empfindsam, zu sensibel für eine Szene wie diese. Aus der dunklen Ecke hörte er ein schwach unterdrücktes Stöhnen, dann kroch das Mädchen unter dem Tisch hervor und als er dabei ihren kleinen runden Arsch betrachtete, dachte er sich, dass er dort eigentlich gerne seinen Schwanz reinstecken würde. Das Mädchen stand auf, strich sich Kleid und Kopftuch zurecht und streckte die Hand aus, um ihren Lohn zu erhalten. Doch statt ihr Geld zu geben, packte sie einer der Jungs bei den Händen, während ein anderer von hinten ihre Brüste zu begrapschen begann. Das Mädchen wehrte sich mit angsterfüllten Augen, worauf derjenige, der ihre Hände festhielt, seine Stimme erhob und ihr eine heftige Ohrfeige verpasste. Von nun an beschränkte sich ihr Protest auf einige Worte, die sie mit flehender Stimme ständig wiederholte und die Arturo trotz seiner fehlenden Arabischkenntnisse als ›Nein, bitte nicht!‹ interpretierte, die drei jungen Männer jedoch keineswegs zu beeinflussen schienen. Sie schoben ihr Kleid hoch und das Höschen runter und während einer sie festhielt, griffen die Hände der beiden anderen nach ihren kleinen Brüsten und zwangen sich zwischen ihre Beine.

Arturo stand auf, ging aufs Klo und hielt seinen Kopf unter das kalte Wasser. Dann bereitete er auf dem Rand des Waschbeckens zwei grosse Linien Kokain vor und zog sie nach einem kurzen Blick in den Spiegel gierig in die Nase.

»I think now it's enough!«

Arturos Stimme war ein bedrohliches Zischen, seine Augen schmale Schlitze und in seiner rechten Hand hielt er eine grosse Pistole (von wo er die hatte, wusste er nicht mehr). Die drei Männer stoppten augenblicklich, liessen das Mädchen auf dem Tisch liegen und traten einige Schritte zurück. Nach einigen Sekunden sagte einer der Männer einige Sätze auf Arabisch zum Barkeeper, der offensichtlich als Übersetzer benötigt wurde und sich schliesslich in gebrochenem Englisch an Arturo wandte.

»They no want no trouble. They know you. You friend of Mohamad.«

Arturo schwieg und hielt die Pistole weiterhin auf die drei Jungen gerichtet. Einer von ihnen wandte sich schliesslich direkt an Arturo.

»Please we no trouble.«

Arturo senkte seine Pistole und bedeutete den jungen Männern zu verschwinden. Die drei Jungs schienen ehrlich dankbar, dass Arturo sie einfach so gehen liess und verschwanden unter zahlreichen Verbeugungen. Er schickte den Barkeeper hinter den Tresen, um dem Mädchen ein Glas Wasser zu holen und widmete sich dann dem Mädchen, das sehr eingeschüchtert und verstört, doch unendlich dankbar war. Nachdem er ihr geholfen hatte sich anzuziehen, half er ihr zur Toilette, damit sie sich waschen konnte. Als er sie auf der Toilette alleine lassen wollte, hielt sie ihn zurück und bedeutete ihm mit angsterfülltem Blick, er solle in der Türe warten und aufpassen. Arturo konnte nicht widerstehen und schritt über die Türschwelle, das Mädchen lächelte und winkte ihn näher zu sich. Sie küsste ihn, schob ihre Zunge in seinen Mund und schmiegte ihren kühlen nackten Körper an ihn.

Als sie nach längerer Zeit zurück in die Bar schwankten, erwartete sie Mohamad mit einem breiten Grinsen. Das Mädchen nickte ihm zu, küsste Arturo und verschwand dann grusslos in die Nacht. Arturo setzte sich neben Mohamad an die Bar und dieser legte seinen Arm auf Arturos Schulter.

»Das hast du gut gemacht. Wir mögen es nicht, wenn in unserem Gebiet die Regeln gebrochen werden.«

Mohamad küsste ihn auf beide Wangen. Arturo verstand gar nichts, fragte aber auch nicht weiter nach. Der Barkeeper servierte drei grosse Gläser Arrak, die sie in einem Zug leerten. Dann erhob sich Mohamad.

»Nun fahren wir nach Beirut.«

Mohamads Auto war ein uralter klappriger Peugeot Kombi, der mehr von Klebeband als von Schweissnähten zusammengehalten wurde. Arturo machte es sich auf dem Beifahrersitz bequem und drehte einen Joint. Mohamad schien sich vorerst aufs Fahren zu konzentrieren, nahm dann aber dankbar den Joint an und legte eine Kassette ins Autoradio.

»Whose world is this?
The world is yours!
it's mine, it's mine, it's mine…«

»Du bist Italiener?«, fragte Mohamad zwischen zwei Zügen des Joints.

»Nein.«

»Aber du sprichst Italienisch wie ein Italiener.«

»Meine Eltern sind Italiener.«

»Und du? Was bist du?«

»Nichts.«

»I'm out for dead presidents to represent me…«

»Wo bist du geboren?«

»Buenos Aires.«

»Und nun hab ich gehört, lebst du in Barcelona.«

»Nun bin ich hier, davor lebte ich in Barcelona.«

»Ich glaube so langsam sehe ich ein Pattern.«

»Wie meinst du das?«

»Ach vergiss es. Interessierst du dich für Fussball?«

»Früher sehr.«

»Und jetzt?«

»Immer noch ein bisschen.«

»Welcher ist dein Club?«

»Boca, aber eigentlich war ich schon immer Juventino.«

»Wie meinst du das?«

»Es gibt einen Club, den du selbst wählst und es gibt einen Club, der dich wählt.«

»Schön gesagt. Ich bin auch Juventino, doch ich habe den Club nur gewählt.«

»Das macht doch nichts.«

Beide lachten aus vollem Hals. Der Joint wanderte zwischen ihnen hin und her.

»Erinnerst du dich? 1996 das Finale.«

»Ja klar.«

»Ich war damals frisch in Italien.«

»Deshalb sprichst du also so gut Italienisch.«

»Das hat auch andere Gründe«, grinste Mohamad, »was für Frauen!«

»Dann warst du also deshalb in Italien?«

»Nein, geschäftlich.«

»Geschäftlich?«

»Irgendwie muss unser guter Haschisch ja nach Europa gelangen.«

Arturo grinste und zog lange am Joint. Er kurbelte das Seitenfenster herunter und liess sich die kühle Nachtluft durchs Haar wehen. Inzwischen hatten sie die Häuser von Tripoli hinter sich gelassen. Die Strasse führte dem Meer entlang und verschwand im Dunkel des Horizonts. Weit und breit war kein Anzeichen von Leben zu erkennen. Arturo schnippte den Jointstummel aus dem Fenster und wandte sich an Mohamad.

»Und wie sieht das nun aus mit diesem guten Hasch?«

Mohamad grinste und zeigte auf das Handschuhfach.

»Life's a bitch and the you die
that's why we get high
'cause you never know
when you gonna go...«

Der würzige Geruch des libanesischen Haschischs breitete sich im Innenraum des Autos aus. Arturo schloss seine Augen und liess Bilder in seinem Kopf entstehen. Er musste eingenickt sein, denn als Mohamad das Auto etwas abrupt abbremste, schrak er hoch und wusste für einige Bruchteile einer Sekunde nicht mehr, wo er sich befand. Seine Hand schnellte zum Griff seines Messers, doch Mohamad legte ihm behutsam eine Hand auf den Arm.

»Es ist alles in Ordnung. Ich brauche bloss eine kurze Pause.«

Sie stiegen aus und gingen einige Schritte über den Strand in Richtung des Meeres. Mohamad entleerte seine Blase, während Arturo rauchend im Sand sass. In seinem Kopf spannten sich paranoide Gedankengänge zu einem immer dichteren Netz zusammen.

»Erzähl mir noch etwas von deiner Zeit in Italien.«

Mohamad holte eine Thermosflasche aus dem Auto, setzte sich neben Arturo in den Sand, goss Pfefferminztee in zwei Plastikbecher und zündete sich eine Zigarette an. Arturo schluckte zwei Quaaludes und streckte sich im Sand aus.

»Später. Lass uns zuerst die Stille geniessen.«

Als Mohamad ihm die Hand auf die Schulter legte, hatte Arturo keine Ahnung, wie lange er seine Augen geschlossen hatte, doch es kam ihm vor, als wären Jahre vergangen.

»Lass uns weiterfahren.«

Er stand auf, torkelte zum Wasser und pisste einen Strahl blutroten Urin in die Brandung, dann ging er zurück zum Auto, stieg ein und stellte die Rückenlehne schräg. Mohamad reichte ihm eine Flasche Wasser.

»Du hast im Schlaf gesprochen.«

»Habe ich lange geschlafen?«

»Vielleicht zehn Minuten.«

»Kam mir länger vor.«

Arturo nahm einige Schlucke aus der Wasserflasche, während Mohamad den Wagen zurück auf die Strasse steuerte.

»Wer oder was ist Futura?«

»Wie kommst du darauf?«

»Du hast im Schlaf diesen Namen oder dieses Wort wiederholt.«

»Sie war meine Frau, doch das ist Vergangenheit.«

»Die Zukunft ist Vergangenheit?«

»Was?«

»Ach nichts.«

Einige Zeit sassen sie schweigend nebeneinander. Mohamad konzentrierte sich aufs Fahren, während Arturo gedankenverloren einen Joint drehte und rauchte.

»Nun erzähl mir von deiner Zeit in Italien.«

Er reichte Mohamad grinsend den Joint und lehnte sich gespannt in seinem Sitz zurück. Mohamad rauchte einige Züge und räusperte sich.

»I'm destined to live the dream
for all my peeps that never made it…«

»Also dann. Ich war noch sehr jung als ich zum ersten Mal nach Italien ging. Damals hatte ich noch keine Geschäfte am Laufen, vielmehr war ich einer unter vielen Jugendlichen meines Landes, die vor der Perspektivlosigkeit in ihrer Heimat in ein fremdes Land fliehen und dort ihr Glück versuchen. Ich war vollkommen alleine unterwegs. Mein Vater war schon vor längerer Zeit im Kampf gegen Israel verschwunden oder gefallen (ich erinnere mich nicht mehr, wie es genau war) und meine Mutter war soeben ihrem Krebs erlegen. So packte ich meine Siebensachen in einen grossen Beutel, verkaufte alles, was ich nicht mitnehmen konnte, und schlug mich mit diesem Geld über Griechenland und Albanien nach Italien durch. Ich erinnere mich als wäre es gestern, wie ich in Lecce zum ersten Mal italienischen Boden unter den Füssen hatte, doch ich erinnere mich auch an die strengen Kontrollen der Polizei. Als sie meinen Pass kontrollierten, merkte ich schnell, dass sie mich irgendwohin abführen wollten. Das verstand ich auch ohne ein Wort Italienisch zu kennen. Also rannte ich los. Die ersten Tage versteckte ich mich in verfallenen Hafenanlagen und ernährte mich von dem kleinen bisschen Brot, das ich noch in Albanien geklaut hatte. Ich hatte grosse Angst und keine Ahnung, was ich tun sollte. Dann nahmen langsam die Ausweglosigkeit und der Überlebenstrieb überhand und ich traute mich hervor, erkundete den Hafen und hatte zum ersten Mal in meinem Leben so richtig Glück, als ich nach beinahe einer Woche ziemlich ausgehungert auf Vladimiro traf. Vladimiro war so ein richtiges Original, ein richtiger Typ. Er war lange zur See gefahren und sprach neben Italienisch auch Englisch, Russisch, Französisch, Chinesisch und Arabisch, dann hatte ihm ein Container das linke Knie zertrümmert, weshalb er nun wieder an Land lebte und sein Geld mit Gelegenheitsjobs und etwas Dealen verdiente. Er wohnte direkt am Meer in einem Dorf etwas ausserhalb der Stadt, wohin er mich noch am selben Abend in seinem rostigen Fiat Panda mitnahm. Das kleine Häuschen, welches er zusammen mit seiner serbischen Frau Kristina bewohnte, war mit Büchern und Schallplatten vollgestopft, der Boden mit Teppichen und Kissen ausgelegt und an den Wänden hingen Bilder von Marx, Lenin, Che Guevara, Sartre und Bob Marley. Sie nahmen mich auf wie einen Sohn, den sie nie hatten.

Vladimiro begann mir Italienisch beizubringen, welches ich glücklicherweise schnell lernte. Während der Tage begleitete ich ihn und half ihm bei seiner Arbeit. Die Abende und Nächte verbrachten wir auf dem Teppich, tranken, rauchten Hasch, diskutierten und lasen. Als alternder Marxist führte mich Vladimiro in die Theorien von Marx, Lenin und Trotzki ein, verwandte aber auch Zeit darauf, mir die Lehren Bakunins und anderer Anarchisten näherzubringen. Da die Schmerzen und die damit einhergehende Unbeweglichkeit in Vladimiros Knie immer schlimmer wurden, schickte er mich nach einigen Monaten mit einem Rucksack voller Haschisch alleine zur Arbeit. So wurde ich zu einem gern gesehenen Stammgast an allen legalen und illegalen Partys, die im Raum Lecce praktisch jeden Abend stattfanden. Eines Nachts, ich war gerade bei der zweiten Station meiner nächtlichen Tour angekommen, wurde der Strand plötzlich von der Polizei gestürmt. Blaulicht und Sirenen durchschnitten die Nacht, unzählige Polizisten und Hunde machten sich daran, alle Anwesenden genau zu kontrollieren. Ich hatte keinen gültigen Ausweis, in meinem Rucksack befanden sich 200 Gramm Haschisch in zwei Gramm Portionen und in meinen Hosentaschen steckten ein grosses Bündel 20 Euro Scheine und ein Messer. Also rannte ich wieder los, folgte dem Strand, während hinter mir die Hunde bellten. Sobald ich aus dem Lichtkegel der Scheinwerfer verschwunden war, entfernte ich mich vom Meer, überquerte die Strasse, die dem Strand entlang führte und versteckte mich schliesslich in der Ruine einer verfallenen Hütte. Ich hatte kaum genug Zeit, um Atem zu holen, als ich bereits Schritte hörte, die sich meinem

Versteck näherten. Ich zog mein Messer, presste mich an die Wand und hielt die Luft an. Eine Gestalt zwängte sich durch die schmale Öffnung in mein Versteck. Ich packte sie blitzschnell, riss sie zu Boden und presste meine Hand auf ihren Mund. Sofort merkte ich, dass von meinem Besucher keine Gefahr ausging. Es handelte sich um ein Mädchen in meinem Alter, das genau wie ich vor der Polizei geflohen war. Wir verständigten uns flüsternd und verkrochen uns gemeinsam in die Höhle, welche von einem Teil der umgestürzten Hausmauer gebildet wurde. Dort blieben wir sitzen, eng aneinander gepresst, ohne ein Wort zu sagen, bis die Morgendämmerung anbrach. Das Mädchen war inzwischen eingeschlafen und ich weckte sie behutsam mit einem Kuss auf die Stirn. Sie schrak zusammen, doch als sie in meine Augen blickte, beruhigte sie sich und erwiderte meinen Kuss. Es war das erste Mal in meinem Leben, dass ich mit einem Mädchen herummachte. Danach drehte ich einen Joint und wir rauchten schweigend. Erst als die Sonne bereits hoch am Himmel stand, trauten wir uns, aus unserem Versteck hervorzukriechen. Wir trennten uns auf der Strasse, doch versprachen uns gegenseitig, uns noch am selben Abend wiederzusehen. Die folgenden Wochen verloren sich im Zustand des Verliebtseins. Ich erledigte meine Arbeit schneller als gewohnt, so dass ich jede Nacht Zeit fand, um ans Meer zu fahren und Sabrina zu treffen. Es war die schönste Zeit meines bisherigen Lebens. Bald darauf begannen wir auch härtere Drogen zu nehmen, was aufgrund unserer mangelnden Erfahrung der Anfang vom Ende war. Lass mich die Geschichte etwas abkürzen. Sabrina verlor mehr und mehr den Bezug zur Realität und flüchtete sich in ihre drogeninduzierte Psychose, die ihr eine neue Wirklichkeit vorspielte. Das Ende kam schneller, als ich dachte. Nach einer hohen Dosis LSD an einer Strandparty verlor ich sie aus den Augen und sie sich selbst. Ihre Leiche wurde einige Tage später an den Strand gespült. Ich flüchtete mich in die Arbeit und die Bücher Vladimiros, konzentrierte mich vollständig auf das Verkaufen von Drogen und als mich Vladimiro mit der Sacro Corona Unita in Verbindung brachte, dauerte es nicht mehr lange, bis ich die ersten Kilo Haschisch von Beirut nach Lecce transportierte und damit den Grundstein für meine heutigen Geschäfte legte.«

Mohamad verstummte und zündete sich eine Zigarette an. Arturo folgte seinem Beispiel. Eine Zeitlang sassen sie schweigend nebeneinander, während sie weiter durch die Dunkelheit fuhren. Dann brach Arturo das Schweigen.

»Different life, same story.«
    »Wie meinst du das?«
    »Ich fühle mit dir, denn ich habe Ähnliches erlebt.«
    »Lass uns noch eine Pause machen.«

Mohamad lenkte den Wagen von der Strasse in Richtung Strand. Sie rauchten während sie im Sand sassen und das Meer betrachteten. Bald würde die Sonne aufgehen und die Dunkelheit mit ihren schweren Gedanken vertreiben. Bevor sie wieder ins Auto stiegen, schluckte Arturo nochmals einige Quaaludes. Später, als der Morgen anbrach und die Ausläufer von Beirut sichtbar machte, war Arturo in ein starkes Delirium versunken.

Sein Aufenthalt in Beirut stand von Beginn an unter keinem guten Stern. Mohamad hatte ihn bis zur richtigen Adresse gefahren und sie hatten sich herzlich voneinander verabschiedet. Arturo stieg aus dem Wagen, alles drehte sich und er fiel zu Boden. Mühsam rappelte er sich wieder hoch und erbrach schliesslich seinen spärlichen Mageninhalt an die nächste Hausmauer.

»Willkommen in Beirut«, dachte er sich, als er mit einem Papiertaschentuch seinen Mund abwischte.

Dann traf er Mladen, den Freund Nikos und seine Kontaktperson in Personalunion. Wie genau er in den Raum kam, indem er sich dabei befand, wusste er nicht mehr. Er war einfach da und ihm gegenüber sass Mladen. Sie tranken Kaffee und rauchten. Mladen sagte so etwas wie »wenn ich dich ansehe, dann glaube ich, du brauchst dringend Schlaf, wenn das mit dem Gig heute Nacht klappen soll« und Arturo antwortete etwas Unverständliches, aber Zustimmendes. Also brachte ihn Mladen, ein Schrank von einem Mann, in ein Hotelzimmer und verabschiedete sich mit dem Hinweis, er komme ihn so gegen zehn Uhr abends wieder abholen. Wahrscheinlich hatten sie auch noch andere Dinge besprochen, doch Arturo fehlte jegliche Erinnerung. Er zog sich aus, stand kurz unter die Dusche, liess sich anschliessend nackt aufs Bett fallen und schlief ein. Ein wiederholtes Klopfen an der Türe riss ihn sofort wieder aus dem Schlaf. Es war dunkel im Zimmer und an der Türe stand Mladen.

»Hey Arturo, es wird langsam Zeit. Zieh dich an und mach dich bereit. Ich hole inzwischen Kaffee. Danach gehen wir etwas essen.«

»Allright then.«

Arturo konnte kaum glauben, dass es bereits Abend war. Ungläubig schaltete er den Fernseher ein, dessen Uhr ihm bestätigte, dass er beinahe zwölf Stunden geschlafen hatte. Er ging ins Badezimmer und duschte. Dann zog er sich an und zwei Linien Koks in seine Nase. Als er aus dem Badezimmer kam, wartete Mladen mit einer grossen Moka-Maschine und zwei Tassen und reichte Arturo grinsend einen grossen Joint.

»Das ist meine eigene Version von Coffee and Cigarettes.«

Arturo zog grinsend am Joint und nahm dankbar eine Tasse Kaffee entgegen.

»Ich mag es auch lieber so.«

Sie tranken Kaffee, während Mladen noch einmal das Programm dieses Abends rekapitulierte. Dann zogen sie je eine Linie Koks vom Schreibtisch, Arturo schnappte sich seinen Koffer und sie gingen los. In einem kleinen Restaurant gleich um die Ecke assen sie zwei grosse Teller Meze. Arturo spürte die Energie in seinen Körper zurückkehren, der Bereich seiner Wahrnehmung vergrösserte sich wieder und beschränkte sich nicht länger auf Mladen und den Tisch, an dem sie sassen. Nach dem Essen gönnten sie sich einige Gläser Arrak und als sie gegen Mitternacht das Restaurant verliessen, hatte sich ein neuer Schleier über Arturos Sinne gelegt. Auf der Strasse zündete er einen Joint an, nahm einige Züge und reichte ihn schnell an Mladen weiter, da er spürte, wie sich die Welt um ihn zu drehen begann. Er torkelte zur Hausmauer, stützte sich ab, als eine schwarze Welle ihn beinahe von den Füssen riss. Er spürte, wie zwei verschiedene Realitäten in ihm kämpften, dann erbrach er eine dieser Wirklichkeiten zusammen mit einer kaum verdauten Auswahl traditioneller libanesischer Meze auf den Gehsteig. Die Welt flimmerte und vibrierte, als er endlich den Fokus seiner Augen wiederfand. Mladen grinste ihn an, doch Arturo meinte auch einen grossen Teil Besorgnis in diesem Gesichtsausdruck zu entdecken. Das Nächste, was Arturo wahrnahm, war Mladens riesige Hand, die ihm ein iPhone entgegenstreckte, auf dem er zwei grosse Linien Speed vorbereitet hatte. Arturo zog sich das Pulver gierig in die Nase, dann folgte er Mladen durch die chaotischen Strassen der Stadt zum Club, in dem er bald ein längeres Set spielen sollte. Die Gassen pulsierten, wurden schmaler und wieder breiter, dehnten sich aus und zogen sich wieder zusammen, was bei Arturo ein Gefühl von Schwindel hinterliess. Beim Club angekommen, nahm das Unheil seinen Lauf. Die Türsteher begrüssten die beiden Angekommenen und fingen Arturo eben noch auf, als dieser über die Eingangsstufe stolperte. Sie musterten ihn skeptisch, als Mladen erklärte, dies sei der bekannte DJ aus dem Ausland. Arturo überreichte Mladen seinen Koffer, bat ihn das Setup einzurichten und torkelte zur Bar, auf dem Weg mehrere Menschen anrempelnd, um schliesslich beinahe über den Tresen zu stürzen. Zuerst weigerte sich der Barkeeper ihn zu bedienen, doch nachdem er eine riesige Szene veranstaltet hatte und Mladen, aufgeschreckt durch den grossen Lärm, zu seiner Unterstützung herbeikam, kriegte er endlich eine Flasche Wodka, die er etwas verstört entgegennahm, da er sein Verlangen danach in der Zwischenzeit vergessen hatte. Mladen teilte ihm mit, dass es noch eine Weile dauern würde, bis er sein Set starten sollte, also torkelte er quer durch den Club, mitten über die Tanzfläche, machte es sich im VIP-Bereich auf einem Sofa bequem und hatte in diesem Moment bereits wieder vergessen, dass er später in der Nacht noch auflegen sollte. Er drehte einen Joint und streute etwas Kokain in die Mischung. Von der Decke aus breitete sich ein rötlicher Schleier über den ganzen Club. Für einige Sekunden liess ihn das Kokain scharf denken und den ganzen Raum erfassen und analysieren, bis diese Wirkung wie ein baufälliges Floss im Meer der verschiedenen Substanzen unterging. Sechsundneunzig. Wahrscheinlich war das die Anzahl Personen, die er in diesen wenigen Sekunden wahrgenommen hatte, doch er war sich nicht mehr sicher. Er nahm einen grossen Schluck aus der Wodkaflasche, spülte seinen letzten Gedanken hinunter und schloss seine Augen. Vor seinem inneren Auge tauchte das Gesicht Futuras aus einem undefinierbaren Nebel auf. Er tauchte ein in das glühende Schwarz ihrer Augen, die ihn einsaugten wie ein schwarzes Loch. Dann plötzlich Leere, nichts. Er öffnete seine Augen. Er war noch nicht weit genug weg. Er musste weiter fliehen. Auf der Tanzfläche entdeckte er die Hüften einer Frau, deren kreisende Bewegungen ihn hypnotisierten und in Trance fallen liessen. Ihre langen schwarzen Haare tanzten knapp über der Wölbung ihres Hinterns und als sie sich umdrehte, blickte sie mit ihren grün leuchtenden Mandelaugen direkt durch seine Augen in seine Seele, an deren Existenz er strenggenommen gar nicht glaubte. Eine Linie Koks später stand er auf der Tanzfläche und versuchte sich in die Nähe der schönen Frau zu tanzen, was er in seiner Wahrnehmung auf sehr coole und stilvolle Weise machte, in Wirklichkeit jedoch äusserst unkoordiniert und befremdlich wirkte. In ihrer Nähe angekommen, versuchte er mit ihr zu tanzen, was sie freundlich aber bestimmt ablehnte, eine Reaktion, die angesichts seines von Alkohol und Kokain bestimmten Auftretens zu erwarten war, begrapschte schliesslich ihren Arsch und flüsterte ihr mit schlechtem Atem ins Ohr, dass er der berühmte DJ aus Barcelona sei und sie nach seinem Set gerne so richtig ficken würde, worauf sie ihm mit vor Wut glühenden Augen eine heftige Ohrfeige verpasste, die ihn umkippen liess. Sofort richtete er sich wieder auf und wollte es noch einmal versuchen, als ihn von hinten jemand auf die Schulter tippte. Er drehte sich um und noch bevor er realisieren konnte, was eigentlich abging, lag er bereits von einem kräftigen Faustschlag niedergestreckt auf dem Boden und spürte die Tritte von schweren Schuhen in seinen Rippen. Es ging alles viel zu schnell. Bevor Arturo reagieren konnte, hatte man ihn bereits ins Hinterzimmer geschleift und auf einen Stuhl gesetzt, von dem er sofort herunterkippte. Er wurde wieder auf den Stuhl gesetzt und während ihn eine Person festhielt, hieb ihm eine zweite Person nochmals beide Fäuste ins Gesicht. Dann öffnete sich die Türe und ein Mann, noch grösser und breiter gebaut als Mladen, trat ins Zimmer. Arturo rutschte langsam zu Boden.

»Ich bin Miroslav. Ich bin der Boss hier. Du hast mein Mädchen respektlos behandelt, das bedeutet, du hast mich respektlos behandelt, was wiederum bedeutet, dass du dafür bezahlen musst.«

Mit seinen riesigen Händen zog er eine grosse silberne Pistole (Desert Eagle .50, wie Arturo, dem es aufgrund der dämlichen Ausdrucksweise des Riesen trotz allem ein Lächeln auf die Lippen zauberte, seltsamerweise auf dem Lauf der Waffe lesen konnte) aus dem Gürtel, überprüfte das Magazin, lud sie durch, durchschritt dabei langsam den Raum (während die bereits bekannten vier Hände Arturo wieder auf seinen Stuhl zerrten) und steckte schliesslich den Lauf seiner Pistole in Arturos Mund.

»Been there, done that«, dachte dieser, während ihm ein Rinnsal mit warmem Blut von der aufgeplatzten Augenbraue über das Gesicht lief.

Dann klopfte es. In der Türe stand Mladen mit ernstem Gesicht. Miroslav hielt inne, verliess dann widerwillig mit Mladen das Zimmer, worauf ein lautes und heftiges Wortgefecht auf Serbisch durch den schmalen Korridor ins Zimmer hallte. Kurze Zeit später kam Mladen alleine ins Zimmer zurück. Auf seinen Lippen thronte ein merkwürdiges Grinsen.

»Es ist alles geregelt. Trotzdem ist es besser, wenn wir bald aus der Stadt verschwinden. In Miroslav hast du dir einen mächtigen Feind geschaffen. Hier in Beirut möchte ich nicht viel länger als unbedingt nötig für deine Sicherheit verantwortlich sein.«

»Wie meinst du das, dass alles geregelt sei?«

»Mein Name, aber vor allem die Namen deiner Freunde scheinen hier trotz allem etwas zu gelten.«

»Meine Freunde?«

»Sagen wir besser unsere gemeinsamen Freunde.«

Arturo begriff gar nichts. In seinem Kopf drehte sich eine Zahl (sechsundneunzig), deren Bedeutung ihm völlig unbekannt war. Und trotzdem war er in diesem Moment von ihrer Wichtigkeit überzeugt, konnte sich an nichts anderes erinnern. Hilflos wandte er sich an Mladen.

»Was bedeutet sechsundneunzig?«

»Wie meinst du das?«

»Was?«

»Was bedeutet sechsundneunzig?«

»Wie soll ich das wissen?«

»Das hast du mich gefragt.«

»Was habe ich dich gefragt?«

»Was bedeutet sechsundneunzig?«

»Wie soll ich das wissen?«

Mladen führte ihn auf eine Toilette. Er wusch sich das Blut aus dem Gesicht und zog die zwei Linien Speed in die Nase, die Mladen für ihn vorbereitet hatte. Dann schluckte er einige Codein-Tabletten und enterte die DJ-Booth mit zu schmalen Schlitzen geschlossenen Augen.

Er erwachte unbestimmte Zeit später aufgrund eines lauten Klopfens an der Türe, das nicht aufhören wollte. Seine linke Wange schmerzte und klebte am Kissen fest. Als er sich aufrichtete und sein Gesicht vom Kissen losriss, spürte er etwas Warmes über seine Wange laufen. An der Türe stand Mladen.

»Guten Morgen Arturo. Pack sofort deine Sachen. Wir müssen so schnell wie möglich verschwinden.«

»Wieso denn das?«

»Miroslav wollte die Beleidigung letzte Nacht nicht einfach so hinnehmen. Nach deinem Set wollte er dir eine Warnung mitgeben, weshalb er dir die Wange zerschnitt.«

Arturo fuhr mit seiner Hand über sein Gesicht, spürte ein Brennen auf seiner linken Wange und betrachtete ohne Regung die Blutspuren, die auf seinen Fingern zurückblieben.

»Und was ist jetzt sein Problem? Sollte jetzt eigentlich nicht ich ein Problem haben mit ihm? Ist der nächste Schritt nun nicht in meinen Händen?«

»Nicht unbedingt.«

»Wie meinst du das?«

»Du hast den nächsten Schritt bereits getan.«

Mladen hielt kurz inne und zündete sich eine Zigarette an.

»Als Reaktion auf seine Attacke hast du ihm dein Messer in den Bauch gerammt.«

Arturo zog an einem zerdrückten Joint, den er im Aschenbecher auf dem Nachttisch gefunden hatte und lächelte.

»Ach so, okay. Dann sollten wir vielleicht tatsächlich besser schnell verschwinden.«

Mladen grinste. Arturo reichte ihm den Joint und packte blitzschnell die im Zimmer verstreuten Kleider und Gegenstände in den Seesack, überprüfte den Inhalt seines Koffers, stand kurz unter die Dusche und zog sich an. Mladen legte eine Damenbinde aus der Toilette auf die offene Wunde auf Arturos Wange und klebte alles mit etwas Duct-Tape zusammen. Dann verliessen sie das Hotel durch den Hinterausgang und stiegen in den alten 3er-BMW, den Mladen dort bereitgestellt hatte. Arturo legte sich auf die Rückbank und war eingeschlafen, noch bevor Mladen den Wagen um die nächste Ecke auf die Strasse gelenkt hatte.

Er erwachte schwitzend und zusammengekrümmt auf der Rückbank. Das Auto stand still, die Fahrertüre offen, Mladen war nicht zu sehen. Arturo richtete sich mühsam auf. Er hatte heftige Kopfschmerzen und seine notdürftig zusammengeflickte Wange brannte und pochte. Durch das Seitenfenster konnte er das Meer sehen. Er zündete sich eine Zigarette an, rauchte, betrachtete das Meer und dachte einige Minuten an nichts. Dann rollte er sich mühselig aus dem Auto und liess sich in den Sand fallen, Mladen lag im Schatten des Autos und döste, schrak jedoch beim Geräusch, das Arturo verursachte, hoch und hatte eine Pistole in der Hand. Als er Arturo erblickte, lächelte er, stand auf, steckte die Pistole in den Gürtel und reichte ihm eine grosse Flasche Wasser. Arturo trank in grossen Schlucken.

»Gut geschlafen?«, fragte Mladen und streckte seine Glieder.

»Besser als du denkst«, erwiderte Arturo mit einem Grinsen, »war ich lange weg?«

»Sechs Stunden.«

»Wirklich?«, fragte Arturo ungläubig, »wo sind wir?«

»In der Nähe von Tyre, etwa zwei Autostunden südlich von Beirut. Ich habe hier gehalten und dich erst mal schlafen lassen. In Al Bass, hier in der Nähe, habe ich einen Bekannten, der sich um deine Wange kümmern kann. Danach fahren wir so schnell es geht nach Tel Aviv, raus aus diesem verrückten Land, zu meinen Leuten.«

»Danke für alles.«

»Kein Problem. Freunde meiner Freunde sind auch meine Freunde. Mach, dass du übermorgen fit bist, wenn du in meinem Club spielst, dann hat sich der ganze Scheiss wenigstens gelohnt.«

»Geht klar, Sir.«

Sie lächelten beide, Mladen zündete einen Joint an und für einen Moment rauchten sie schweigend.

»Ich muss ins Meer.«

Arturo zog sich aus, warf seine Kleider ins Auto, rannte auf der Stelle los, liess den verdutzten Mladen neben dem Auto zurück und stürzte sich ins Meer, während der Zurückgelassene sich laut lachend ebenfalls auszog, gemütlich über den Strand ging und ins Wasser sprang. Sie schwammen einige Minuten, liessen sich danach für einige Zeit auf der Wasseroberfläche treiben, um schliesslich entspannt in den Sand zu fallen und sich von der Sonne trocknen zu lassen.

»Nico hat mir erzählt, dass du ein ziemlich irrer Typ seist. Doch ich hätte niemals erwartet, dass du so durchgeknallt bist, wie ich es gestern aus nächster Nähe erleben durfte.«

»Ich mache gerade eine etwas schwierige Zeit durch«, antwortete Arturo und streckte sich im Sand aus.

»Nicht dass ich ein Problem damit hätte. Ich mag das, bin selber ja auch nicht der durchschnittliche brave Bürger.«

»Das habe ich bereits bemerkt.«

Als die Sonne sich langsam bereit machte unterzugehen, fuhren sie zu Mladens Bekanntem, der sich als ehemaliger Sanitäter der libanesischen Armee herausstellte und ihnen, nachdem er Arturos Wunde fachgerecht versorgt und zusammengenäht hatte, ein herzhaftes Abendessen servierte. Danach stiegen sie wieder ins Auto und fuhren weiter. Die Sonne war schon länger untergegangen, doch die Landschaft war noch immer in das diffuse Licht der Dämmerung getaucht, das starke Kontraste zeichnete. Arturo sass auf dem Beifahrersitz und drehte einen Joint. Das Morphium, das ihm Mladens Freund gegeben hatte, liess ihn träge im Sitz versinken, während die Landschaft wie ein Rausch an ihm vorbeizog. Mladen legte eine CD in den CD-Spieler und steuerte den Wagen geschickt um einige streunende Hunde, die solche

Konzepte wie eine Strasse glücklicherweise nicht kennen müssen.

»Renegade
never been afraid to say
what's on my mind at any given time of day...«

Arturo reichte Mladen den glühenden Joint und versuchte eine Unterhaltung in Gang zu bringen, um vor seinen eigenen paranoiden Gedankengängen zu fliehen. Immer weiter weg, denn er spürte, dass sie aufgeholt hatten, dass sie ihm näher waren, als gut für ihn war.

»Wie lange lebst du schon in Israel?«

»Keine Ahnung. Ich bin kurz vor Ende des Krieges nach Tel Aviv gezogen. Ein Bekannter konnte über dubiose Verbindungen israelische Pässe auftreiben. Diese Gelegenheit haben ich und einige Freunde genutzt. Zuerst dachten wir, dahinter stecke der Mossad oder zumindest die israelische Armee, irgendwelche Interessen aufgrund unserer Erfahrungen, unserer Vergangenheit. Doch da spielte uns die vom Krieg in unsere Köpfe gepflanzte Paranoia einen Streich.«

»Also keine Interessen?«

»Nee, eher Gleichgültigkeit.«

Mladen lachte lauthals, verschluckte sich dabei am Rauch und bekam einen Hustenanfall, der ihn Arturo hektisch den Joint zurückgeben und das Auto mit inzwischen dunkelrotem Kopf an den Strassenrand steuern liess.

»Eine unbeschreibliche Gleichgültigkeit«, fuhr er fort, als er wieder normal atmen konnte, »also haben wir uns zusammengetan (du glaubst nicht, wieviele von uns es hier gab) und damit weitergemacht, was der Krieg einige Jahre zuvor schlagartig beendet hatte, mit dem einzigen, für das ich neben dem Töten Talent besitze.«

»I had to hustle, my back against the wall...«

»Woher kommst du?«

»Ich bin (oder war) bosnischer Serbe, geboren wurde ich in einem kleinen Dorf in der Nähe Sarajevos, doch aufgewachsen bin ich auf den Strassen der Stadt. Und du?«

»Die Strassen von Buenos Aires.«

»Dann weisst du, was ich meine.«

»Ich denke schon.«

»Man schlug sich halt irgendwie so durch, lernte Leute kennen und irgendwann traf man die Richtigen und war plötzlich im Geschäft. Doch gerade als man sich etwas Kleines aufgebaut hatte, kam der verdammte Krieg und alles, wirklich alles war vorbei.«

Mladen verstummte, startete den Motor und lenkte das Auto zurück auf die Strasse. Er wirkte abwesend, als würde er sich weit weg befinden (jenseits des Meeres), nachdenklich, als würde er einen inneren Konflikt ausfechten, angespannt, als würde er den Krieg nochmals in seinem Kopf erleben. Arturo unterliess es ihm weitere Fragen zu stellen, durchstöberte stattdessen das CD-Etui, das neben ihm in der Ablage lag und wechselte die CD im Autoradio, nachdem er etwas Passendes gefunden hatte. Ein warmer Rhodes-Sound füllte den Innenraum des BMWs.

»I don't know no heroes
they can tell the story
I don't know no heroes
they can get the glory.«

Inzwischen war die Nacht angebrochen, die Scheinwerfer bahnten sich einen schmalen Pfad durch das Dunkel und liessen die Umgebung in gespenstischen Schemen an den Fenstern vorbeiziehen. Arturo beobachtete diese mit halbgeschlossenen Augen, folgte ihren Bewegungen und verlor sich einen Moment im Rausch. Ohne es zu merken schloss er die Augen, doch die schemenhaften Gespenster tanzten weiter. In seinen Augen. In seinem Gehirn. Plötzlich riss ihn Mladens Stimme zurück an die Oberfläche.

»Dabei wollten wir alles andere als den Krieg. Wir wollten Geschäfte machen und Geld verdienen. Als der Konflikt mit Kroatien anfing, ging uns das nichts an, betraf uns das nicht im Geringsten. Zur Armee und für den Fortbestand Jugoslawiens kämpfen? Fuck Yugoslavia, wir scheissen auf dieses Drecksland! Auch als sich der Krieg nach der Unabhängigkeitserklärung nach Bosnien verlagerte, änderte sich vorerst nicht viel. Drogen, Nutten und Zigaretten waren weiterhin gefragt, auf beiden Seiten. Erst als die gegenseitige Hetze zwischen den Volksgruppen die Gehirne der Menschen zum Explodieren brachte, wurde ich als Serbe unter Muslimen plötzlich zum Gegner, wandten sich plötzlich Freunde von mir ab und hätten danach keine Sekunde gezögert, mich zu töten.«

»It's all, it's all because of the mind...«

Mladen zündete einen vorgedrehten Joint an, den er aus der Mittelkonsole des Autos herausgefischt hatte.

»Eines Abends, ich war gerade auf dem Weg zurück in meine Wohnung, sah ich eine grosse Gruppe Menschen auf der Strasse vor meinem Wohnhaus stehen. Ich hörte Schüsse, die in die Luft abgefeuert wurden und lautes Geschrei, also zog ich meine Pistole und versuchte mich vorsichtig anzuschleichen. Plötzlich erkannte ich in all dem Lärm die Schreie meiner Freundin. Ich rannte los, versuchte mir mit Fäusten und Tritten einen Weg durch die Menschen zu bahnen, wurde jedoch nach wenigen Metern niedergerungen, gerade in dem Moment, indem ich meine Pistole abfeuern wollte. Ich wurde zusammengeschlagen, getreten und gefesselt. Danach zwangen sie mich zuzusehen, wie etwa zwanzig Männer meine Freundin brutal vergewaltigten, nacheinander, gleichzeitig, bis sie nichts anderes mehr war als ein zerschundenes blutendes Häuflein. Dann legten sie ihr einen Strick um den Hals, schleiften sie zum nächsten Baum und hängten sie daran auf. Als sie meine Fesseln lösten, um mich im besten Fall ebenfalls aufzuhängen, konnte ich mich losreissen. Ich rammte meinen Fuss ins Gesicht des einen und mein Messer in die Leber des anderen Bewachers, konnte gerade noch die grosse Makarov aus seinem Gürtel ziehen und losrennen, als Bruchteile einer Sekunde später an dem Ort, an dem ich eben noch kniete, die Kugeln einschlugen. Mit Hilfe einiger guter Freunde schaffte ich es noch am selben Abend, aus der Stadt herauszukommen. Danach schloss ich mich dem Poeten und der Ratte an und kämpfte mehrere Jahre an ihrer Seite, habe dabei die schrecklichsten Dinge gesehen und selbst getan.«

Er verstummte, reichte Arturo den Joint und räusperte sich.

»Der Krieg macht dich zum Raubtier. Er härtet und stumpft dich ab, verdreht deine Realität, bis all diese abartigen Dinge, die um dich herum geschehen zu deiner Normalität werden, bis nicht mehr viel davon übrig bleibt, was dich zum Menschen macht. Der Krieg konstituiert deine innere und äussere Realität. Alles wird ihm untergeordnet, sogar deine Seele, dein eigenes Ich. Du bist ein Soldat, ein Kämpfer, eine Waffe. Nichts anderes. Deine Individualität, alles, was dich als Person, als Mensch ausmacht, versinkt in einem Meer aus Blut und Dreck. Und trotzdem bleibst du ein Individuum, bleibst du verantwortlich für alle deine Taten, trägst du all dieses Blut und all diesen Dreck immer mit dir, bis dich irgendwann alles einholt, dir die Natur höhnisch lachend ins Gesicht spuckt und dich daran erinnert, dass du trotz allem immer noch ein Mensch bist. Der Krieg beginnt und endet im Innern.«

Wieder legte er eine kurze Pause ein, die Arturo benutzte, um ihm etwas Wasser anzubieten und den Joint zurückzugeben.

»Ich gehörte zu einer Gruppe serbischer Paramilitärs, die mit ihren Geländewagen und Pick-Ups durchs Land zog und alles zerstörte und tötete, was nicht unseren Vorstellungen entsprach. Wir jagten Menschen durch Strassen, räumten Häuser, ganze Quartiere und zündeten sie an, legten ganze Dörfer in Schutt und Asche und hinterliessen eine Spur von Toten, Gefolterten, Vergewaltigten und Geschändeten. Sobald ich meine Augen schliesse, sehe ich noch heute rauchende Ruinen und verstreut herumliegende leblose Körper. Ein Erlebnis hat sich besonders hartnäckig in meiner Erinnerung festgesetzt. Es war an einem späten Nachmittag, als wir ein Dorf in der Nähe von Vlasenica angriffen. Wenn ich angreifen sage, dann meine ich das folgendermassen: wir fuhren in einem Konvoi in das Dorf hinein und schossen mehr oder weniger gezielt auf alles, was sich bewegte, während aus den Lautsprechern in ohrenbetäubender Lautstärke harte Rockmusik dröhnte. Nach diesem martialischen Auftritt teilten wir uns auf und starteten in Gruppen eine Treibjagd, welche das Ziel hatte, alle Bewohner auf dem Dorfplatz zusammenzutreiben, jedoch von allen gerne dazu benutzt wurde, sich durch erste Plünderungen zu sichern, was einem am Besten gefiel, seien es Geld, Uhren, Schmuck, Frauen oder Mädchen. Nach dieser ersten Runde von Schändungen und Hinrichtungen ging das Ganze im grossen Stil auf dem Dorfplatz weiter, bis kein einziger Schrei mehr zu hören war. Dann etwas Benzin, einige Brandbomben, ab in die Pick-Ups und weiter zum nächsten Dorf. Im Nachhinein verstehe ich den Ausdruck ethnische Säuberungen nur zu gut. Es war also während einer solchen Treibjagd in einem Dorf in der Nähe von Vlasenica an einem späten

Nachmittag, die Dämmerung begann sich über die Felder am Horizont zu legen und ich hatte gerade einem Typen, der mich mit einem Messer angriff, den Kopf weggeballert, als ich die Szene erblickte, die sich in mein Hirn brannte. Eigentlich hörte ich zuerst die Schreie, dann erst, als ich den Kopf drehte, sah ich, wie drei meiner sogenannten Kameraden ein hübsches junges Mädchen an ihren langen schwarzen Haaren über den Schotter schleiften. Das Mädchen war höchstens dreizehn. Sie rissen ihr die Kleider vom Leib und wollten sich gerade über sie hermachen, als ein kleiner Junge um die Ecke gerannt kam, einem der drei Militärs ein Messer in den Oberschenkel rammte und sie anschrie, sie sollen seine Schwester in Ruhe lassen. Was nun folgte, ist das Bild, das sich in meine Netzhaut eingeritzt hat. Meine Kampfgefährten lachten höhnisch, warteten bis der Junge wieder angriff und packten ihn mit Leichtigkeit. Während einer das nackte Mädchen festhielt, schleiften die anderen beiden den Jungen zur nächsten Scheune und nagelten ihn an Händen und Füssen an das Holztor. Das Mädchen brach vollends zusammen. Ihr Heulen und Schluchzen war noch lauter als das schmerzerfüllte Brüllen des Jungen und schien mir Löcher ins Trommelfell zu reissen. Als die drei Militärs einen grossen Schlagstock zwischen die Beine des Mädchens zwängten, wandte ich mich ab und ging weiter, als wäre nichts geschehen. Als wäre diese Szene absolut normal und alltäglich. Das Letzte was ich sah, bevor ich um die Ecke bog, war der kleine Junge, der mit Händen und Füssen an den Nägeln riss und an nichts anderes dachte, als daran seine ältere Schwester zu beschützen, während sein Blut spritzte und seine Tränen über sein Gesicht liefen.«

Mladen lenkte den Wagen von der Hauptstrasse in Richtung Meer. Seine Augen waren feucht und glasig.

»Bald darauf wurden wir nach Srebrenica gerufen. Danach konnte ich nicht mehr und floh nach Österreich und weiter nach Tel Aviv.«

»Now the raindrops keep on landing
on my face like spelter
each one branding me
showing me who I am...«

Er hielt den Wagen in unmittelbarer Nähe des Strandes, schaltete den Motor aus, öffnete die Wagentüre und stieg aus.

»Lass uns eine kurze Pause machen.«

Arturo fühlte sich zu schwach um aufzustehen. Er fühlte sich ausgelaugt, spürte all die Tage und Nächte voller Partys und Drogen wie eine riesige Welle über ihm zusammenbrechen.

»Cause at night I have a million dreams and then I wake
I pray the lord my soul to take
me away from this vanity
from this e-fuelled love and insanity...«

Er schloss seine Augen und wurde weggespült.

»I'm going under, I'm going under and I can't turn around
I'm going under, I'm going down...«

Er dachte an Futura, was sie in diesem Moment wohl gerade machte, wo sie sich befand, wieso er nicht bei ihr war und spürte schnell, dass er in seinem momentanen Zustand mit diesen Emotionen nicht fertig werden würde. Eine irrationale Panik ergriff ihn und legte sich erst, nachdem er zitternd seine Taschen durchsucht und mit Hilfe seines Löffelchens eine grosse Dosis Kokain geschnupft hatte.

»Each flake of life
flowing through mi vein
mashing up mi brain
too much cocaine...«

Er schaltete das Radio aus, indem er den Zündschlüssel aus dem Schloss zog, stieg aus, verschloss das Auto und ging über den Strand zu Mladen, der beinahe in der Brandung sass und eine Zigarette rauchte. Arturo setzte sich neben ihn und zündete sich ebenfalls eine Zigarette an.

»Ich weiss nicht, wieso ich dir das alles erzählt habe. Irgendwie scheine ich dir zu vertrauen, obwohl ich eigentlich mehr als genug Gründe hätte, dir nicht zu vertrauen und obwohl ich dich gar nicht kenne. Doch das ist es ja gerade. Irgendwie habe ich so ein komisches Gefühl, dass ich dich kenne, obwohl das völlig unlogisch ist.«

Arturo lächelte.

»Solche Gefühle kenne ich. Ich habe dir ebenfalls von Anfang an vertraut und dir alle Entscheidungen überlassen, obwohl ich Menschen, die ich noch nicht kenne, zu

Beginn normalerweise generell misstraue und eigentlich sowieso niemandem vertraue.«

»Viele dieser sogenannten Entscheidungen hast du mir mit deinem Verhalten quasi aufgezwungen.«

Sie lachten beide.

»Wie bereits gesagt: Ich mache gerade eine schwierige Zeit durch und versuche zu vergessen.«

»Was versuchst du zu vergessen?«

»Alles.«

»Du kannst nicht alles vergessen, aber das musst du auch nicht. Die Vergangenheit ist so eine Sache. Mit einer Hand hält sie uns zurück, doch mit der anderen drückt sie uns vorwärts.«

Sie blieben noch einige Zeit in der Brandung sitzen und blickten aufs Meer. Am Horizont tauchten die Positionslichter eines Schiffes auf und aus einiger Entfernung vernahm man das gedämpfte Dröhnen eines Signalhorns. Ansonsten gab es nichts, ausser dem regelmässigen Rauschen der Wellen und dem schwachen Wind, der ihnen von Zeit zu Zeit durch die Haare wehte. Arturo spürte den Schmerz in seine Wange zurückkehren, zuerst bloss dumpf pochend, dann immer heftiger und stechender. Er schluckte zwei Morphiumtabletten und streckte sich im Sand aus. Er schloss seine Augen und im selben Moment öffneten sich Futuras Augen in seiner Erinnerung.

»Ich denke, wir sollten weiterfahren.«

Mladen stand auf, klopfte sich den Sand aus den Kleidern und ging zurück zum Wagen. Arturo erhob sich schwerfällig und torkelte hinter ihm her. Der Sand unter seinen Füssen schien zu fliessen und sein komplettes Blickfeld schwankte im Rhythmus der Wellen, drehte sich und vibrierte. Er liess sich in den Beifahrersitz fallen, Mladen startete den Motor und fuhr los. Das Schaukeln der Autos und die Vibration des Motors wiegten Arturo in ein leichtes Delirium. Bilder entstanden vor seinen Augen und verschwanden wieder, bevor er sie fassen konnte. Für einige Minuten versank er in dieser Trance und als er wieder an die Oberfläche gespült wurde, fühlte es sich an, als wären Stunden vergangen. Er benutzte diesen unverhofften Moment der Klarheit, um einen grossen Joint mit Haschisch zu drehen. Dann, als sich der würzige Rauch im Innenraum verbreitete, versank er wieder im reissenden Strom seiner Gedanken.

»Well it's about time
it's beginning to hurt
time you made up your mind
just what is it all worth...«

Er schloss seine Augen erneut und öffnete sie in seiner Erinnerung in seiner alten Wohnung in Barcelona auf seinem Ledersessel sitzend, mitten in einem Gespräch mit Futura, die mit energischem Blick und ebensolcher Körperhaltung auf ihn einredete.

»Aber du hast doch studiert. Wieso gehst du nicht zur Universität und arbeitest dort?«

»Weil das erstens nicht so einfach ist, da es an der Universität auch nicht unendlich viele Jobs gibt und diese wenigen Jobs zweitens nicht wirklich gut bezahlt sind. Du siehst ja, wie David und Josep leben, obwohl sie eine Assistentenstelle haben. Da verdiene ich als DJ praktisch dasselbe.«

»Watch the clock on the wall
feel the slowing of time
hear a voice in the hall
echoing in my mind…«

»Dann halt nicht an der Universität. Aber du hast trotz allem einen Universitätsabschluss, da solltest du doch irgendeinen Job finden, der auch anständig bezahlt wird.«

»Futura, ich habe deutsche Literatur und Komparatistik studiert. Das ist nicht gerade gesucht auf dem Arbeitsmarkt, schon gar nicht hier in Spanien. Ausserdem ist dieses Land am Arsch, was dir vielleicht noch nicht aufgefallen ist, da du in deiner eigenen kleinen Welt lebst. Für Künstler gibt es in diesem Land keinen Platz mehr.«

»Das glaube ich nicht. Für Kunst gibt es immer und überall Platz.«

»Aber kein Geld.«

»Deshalb sage ich ja, dass du einen anderen Job brauchst.«

»Ich bin nun mal Musiker und bin nicht bereit, irgendeinen beliebigen anderen Job zu machen, das wusstest du von Anfang an. Wieso versuchst du mich zu ändern? Habe ich jemals versucht dich zu ändern?«

»Weil das zum Erwachsenwerden dazu gehört.«

»All your stupid ideas
you've got your head in the clouds
you should see how it feels
with your feet on the ground...«

»Zu welchem Erwachsenwerden? Was ist das überhaupt: Erwachsenwerden? Du mit deinen Vorstellungen und Idealen, wie alles zu sein hat. Es ist so einfach zu predigen ohne selber Verantwortung zu übernehmen. Vielleicht bist du irgendwann dazu bereit, von deinem goldenen Podest herunterzusteigen, dann siehst du, wie es ist, im Dreck zu stehen.«

Futura verpasste ihm eine heftige Ohrfeige. Seine Wange brannte. Er schnellte hoch, packte Futura am Arm, riss sie zu sich und schlug ihr mit dem Handrücken ins Gesicht, so dass sie zu Boden geschleudert wurde. Ein dünnes Rinnsal Blut bahnte sich seinen Weg von ihrem Mundwinkel zum Kinn, wo es sich in Tropfen auflöste. Für einen Augenblick starrte ihn Futura ungläubig an, Tränen schossen in ihre Augen. Arturo war ob seiner Reaktion selber überrascht und stand ihr regungslos gegenüber. Dann löste sich Futura aus ihrer Starre, stürzte sich auf ihn, riss ihn mit sich zu Boden und setzte sich auf ihn. Ihre Augen versprühten leuchtende Blitze. Dann begann sie ihn zu küssen, zuerst sanft und leidenschaftlich, dann immer rasender, ihre Zähne einsetzend, so dass sich dem Geschmack ihres Blutes, derjenige seines Blutes beimischte. Er drehte sich über sie, riss ihr die Kleider vom Leib, leckte ihren nach Blut und Salz riechenden Körper, biss in ihre Nippel, schob zuerst seine Finger, dann seinen ganzen Körper brutal zwischen ihre Beine, während Futura vor Lust schrie und sich ihre Zähne in seine Schulter gruben. Danach betrachtete er sie, wie sie, zusammengerollt zu einem fragilen Häuflein, auf dem Bett schlief.

»All my useless advice
all my hanging around
all your cutting down to size
all my bringing you down...«

Er setzte sich wieder in den Ledersessel, drehte einen Joint und rauchte, beobachtete den Rauch, wie er in wirren Formen zur Decke stieg und liess seine Gedanken wandern. Er lehnte sich zurück, schloss seine Augen und öffnete sie im selben Moment auf einem Tuch am Strand liegend. Die in der Sonne glänzende Futura hatte sich eben auf seinen Bauch gesetzt und zog ihr Bikinioberteil aus. Ihre langen nassen Haare bildeten einen schwarzen Vorhang um ihre Brüste. Er zog sie zu sich herunter und küsste ihren salzigen Mund. Sie liebten sich kurz aber leidenschaftlich. Danach gingen sie gemeinsam ins Wasser, um sich zu erfrischen und etwas abzukühlen. Futura schwamm einige Züge während Arturo sich gemütlich auf der Wasseroberfläche treiben liess. Die Bewegungen der Wellen schaukelten ihn in einen Dämmerzustand. Er öffnete seine Augen, als Futura ihm sanft auf die Schulter tippte. Dann schwammen sie zurück an den Strand und legten sich in den Schatten, das unendliche Blau des Meeres schimmerte, als wäre es mit Diamanten überzogen.

Futura nahm einen ihrer vorgedrehten Spezialjoints aus der Tasche und legte ihren Kopf an Arturos Schulter.

»Genau so könnte ich für immer liegen bleiben«, seufzte Futura zufrieden und suchte in ihrer Tasche nach einem Feuerzeug.

»Dann lass uns die Zeit anhalten«, antwortete Arturo und reichte ihr Feuer für den Joint.

Sie rauchten stumm nebeneinanderliegend und mit jedem Zug vom Joint entschleunigte sich die Welt und mit ihr die Zeit, bis sie nur noch als schwaches Rinnsal langsam an ihnen vorbei plätscherte und schliesslich vollständig stoppte.

»Kennst du die Geschichte von Huckleberry Finn?«, brach Arturo das Schweigen.

»Ja sicher, wieso meinst du?«

»Als Kind habe ich dieses Buch geliebt.«

»Das kann ich gut verstehen.«

»Ich war fasziniert von der Idee ein Floss zu bauen und mich treiben zu lassen, einfach nur treiben zu lassen, ohne Ziel, ohne Verantwortung, ohne Zeit, Geschwindigkeit und Richtung der Strömung überlassend, ohne Vergangenheit, ohne Zukunft, den Lauf der Welt vergessend, die Gestirne und sich selbst als einzige Fixpunkte, weiter und immer weiter, bis man vergessen hat, woher man kommt, bis der Fluss zur einzigen gültigen Realität wird, da man alles andere vergessen hat und nur noch der Strom des Wassers und die vorbeigleitenden Ufer ihre Existenz offenbaren, da alles andere nur noch ein entfernter Traum ist, ein Traum, der mit seiner Vorstellung von Stabilität zu einem blossen Mythos wird, da das Fliessen sich auf die komplette Existenz ausweitet, bis nicht mehr nur Gedanken und Emotionen in einem stetigen Fluss sind, sondern auch der ganze Körper und mit ihm das ganze Sein, bis die Idee der Stabilität, der immerwährenden Beständigkeit der Welt als Farce entlarvt ist und die stetige Veränderung, das Fliessen der Dinge zur einzigen Stabilität wird.«

»Und wenn ich mitkommen würde?«

»Dann würde sich nichts daran ändern. Ich würde in deine Augen blicken und darin die ganze Welt sehen, das ganze Universum, alles. Und deine Augen wären im selben Fluss wie meine Augen und deine Lippen im selben Fluss wie meine. Ich würde dich ansehen und darin mich sehen und du würdest mich ansehen und darin dich sehen. Wir wären eins. Eins miteinander, eins mit dem Floss, eins mit dem Fluss, eins mit der Zeit. Untrennbar verbunden, für immer.«

Futura war gerührt. Sie schmiegte sich näher an Arturo, strich ihm mit den Fingern durch seine Locken und küsste ihn. Ihre Augen glänzten feucht.

»Als kleines Mädchen hatte ich einen Traum, der mich bis heute nicht losgelassen hat und der deinem Traum nicht unähnlich ist. Ich träume davon, ein Segelschiff zu besitzen, mein Zuhause an Land aufzugeben und auf dem Schiff zu leben: alles, was war und deswegen noch sein würde, hinter mir lassen, das Gras und den Sand unter den Füssen eintauschen gegen wenige Quadratmeter Holzplanken und schier unendliche Flächen von Wasser, Wasser, das so viel weniger erbarmungslos ist, als die Landmasse und im Gegensatz zu ihr vergibt, vergisst und vergessen lässt, da es einer immerwährenden stetigen Veränderung unterworfen ist. Einfach ohne Plan lossegeln, dahin, wo der Wind einen trägt, nicht um zu bleiben, sondern um weiterzugehen, immer weiter, die Segel in den Wind gestellt und das Steuerruder der Strömung überlassend, nicht um irgendwo anzukommen und dort ein neues Zuhause zu finden, sondern um der Reise willen, der Bewegung, um schliesslich in dieser Bewegung und den immerwährenden Ozeanen ein Zuhause zu finden, Geborgenheit, einen Sinn, um darin aufzugehen und damit eins zu werden, abseits der Zeit und der Realität. Verschwinden ohne zu verschwinden, sich auflösen ohne sich aufzulösen, untergehen ohne unterzugehen.«

Arturo legte seinen Arm fester um Futura und drückte sie an sich, spürte die Kühle ihrer Haut auf seinem Körper. Er küsste sie sanft auf ihr nasses Haar.

»Würdest du mit mir mitkommen?«, fragte sie ihn nach kurzem Zögern und blickte mit ihren schwarzen Mandelaugen durch seine Augen in ihn hinein. Ohne sich zu wehren ging Arturo in diesem Blick unter.

»Ich wüsste nicht, was ich lieber täte.«

»Ehrlich?«

»Sicher. Auch ich träume davon übers Meer zu segeln.«

Futura setzte sich etwas auf und fixierte mit ihrem Blick noch immer Arturos Augen.

»Dann lass es uns tun.«

»Wie meinst du das?«

»Lass uns das Segelschiff als Ziel setzen. Wir sparen unser Geld und irgendwann können wir uns diesen Traum erfüllen.«

»Ich bin dabei. Lass uns einen Pakt schliessen und ihn besiegeln.«

Er zog sein Messer aus seinem Turnbeutel, liess die Klinge aufschnappen und schnitt sich in die Innenseite des kleinen Fingers der linken Hand. Dann wiederholte er dasselbe mit Futuras Finger. Sie kreuzten die beiden blutenden Finger und pressten sie aufeinander, bis das gemischte Blut von ihren Fingern tropfte. Arturo fing einen Tropfen mit dem Zeigefinger seiner rechten Hand auf und steckte den Finger in Futuras Mund. Sie tat es ihm gleich und flüsterte dabei in sein Ohr.

»Lass uns diese Realität hinter uns lassen und eine neue finden.«

Arturo öffnete seine Augen und war wieder in seinem Zimmer in Barcelona. Nachdenklich fuhr er mit den Fingern über die Narbe an der Innenseite des kleinen Fingers seiner linken Hand. Er zündete den ausgelöschten Joint an, rauchte weiter und blies den Rauch in Ringen gegen die Zimmerdecke.

»Das ist es, was du suchst: eine neue Realität«, dachte er sich, während seine Augen die Umrisse Futuras betrachteten, »doch dabei vergisst du, dass eine neue Realität auch ein neues Ich bedeutet.«

Er stand auf, ging zum Computer und klickte den nächsten Song an. Der warme Klang eines Rhodes-Pianos füllte den Raum.

»No one said it would be easy
did anyone tell you the road would be straight and long...«

Arturo schrak hoch und erblickte vor sich die Strasse im Scheinwerferlicht. Er hatte keine Ahnung, wo er sich befand.

»Relax your mind and give it all to me
'cause you know and I know
our love is strong enough...«

Instinktiv fragte er sich, wo Futura steckte, doch als er Mladens Profil auf dem Fahrersitz erblickte, holte ihn die Vergangenheit wieder ein.

»...to weather the rain
to weather the snow
to weather the storm
to weather the rain
to weather the snow
to weather the storm...«

Er schloss seine Augen und sank zurück in das Lederpolster. Er sah sich selber auf der Ponte Sisto stehend, einen zerknitterten Joint zwischen den Lippen, den Blick auf das schmutzige Wasser des Tibers gerichtet. Neben ihm lehnte Santiago am Brückengeländer, die Augen von einer dunklen Sonnenbrille verdeckt und zündete sich eine Zigarette an. Eine Weile standen sie schweigend nebeneinander, dann legte Santiago einen Arm um Arturos Schultern und schnippte die halb gerauchte Zigarette über das Geländer.

»Nichts von dem, was der Mensch gewesen ist, ist oder sein wird, ist er für immer gewesen, ist er für immer oder wird er für immer sein, denn er ist es eines Tages geworden und wird es eines Tages nicht mehr sein.«

Dann legte Mladen seine Hand auf Arturos Oberschenkel und holte ihn damit endgültig zurück in die Gegenwart.

»Bald kommt die Grenze. Vielleicht wäre es eine gute Idee, kurz anzuhalten und uns zu erfrischen. So wie du im Moment aussiehst, würden sie uns wahrscheinlich nicht ins Land lassen.«

Arturo nickte grinsend. Mladen bog bei der nächsten Gelegenheit ab und steuerte den Wagen Richtung Strand.

»Ausserdem sollten wir deine Drogen in mein Versteck legen. Hattest du nicht auch noch eine Pistole bei dir?«

»Keine Ahnung. Glücklicherweise erinnere ich mich an nichts.«

»Ich kümmere mich darum.«

Er hielt den Wagen unmittelbar neben dem Strand an und stieg aus. Arturo tat es ihm gleich, ging über den Strand in Richtung des Wassers, zog sich dabei aus und stürzte sich in die Brandung. Mladen folgte seinen Bewegungen mit einem Lächeln. Als Arturo zurück zum Auto kam, hatte sich Mladen bereits komplett umgezogen und trug jetzt einen hellgrauen Sommeranzug, ein weisses Hemd und elegante Lederschuhe. Arturo erkannte ihn kaum wieder.

»Ich habe meine Drogen und die Knarre bereits in diesen Beutel gesteckt. Ausserdem habe ich mir die Freiheit genommen, dein Gepäck zu durchsuchen.«

Er zeigte auf den Beifahrersitz, wo Arturos Lederbeutel, unzählige Plastiktütchen und Medikamentenschachteln sowie eine grosse Pistole fein säuberlich aufgereiht waren. Arturo grinste, seine Finger fuhren beinahe zärtlich über die eingedrückten Kartonschachteln.

»Die Quaaludes und das Codein hatte ich bereits vergessen.«

Er nahm seine silberne Koksdose aus dem Lederbeutel und löffelte sich zwei grosse Haufen in die Nasenlöcher. Dann steckte er die Sachen vom Beifahrersitz in den Neoprenbeutel, den Mladen ihm entgegenstreckte.

»Auf der Rückbank habe ich dir einen Anzug bereitgelegt. Ich schlage vor, du suchst ein einigermassen sauberes T-Shirt und ziehst dich um, während ich den Beutel an seinem Platz verstaue.«

Mladen legte sich auf die ausgebreitete Decke und kroch unter das Auto. Arturo besprühte seinen Körper mit Parfüm und zog sich an. Als er sich danach in seinem grauen Anzug, dem schwarzen T-Shirt und den etwas abgelatschten schwarzen Espadrilles im Rückspiegel betrachtete, dachte er einen kurzen Moment Santiago zu sehen.

»Hätte ich einen rasierten Kopf und einen längeren Bart, wäre die Ähnlichkeit gespenstisch«, dachte er sich, während das Kokain auf seine eigene Art und Weise seine Sinne vernebelte.

Als sie schliesslich nebeneinander im Auto sassen und zurück auf die Hauptstrasse fuhren, musste Arturo plötzlich lachen.

»Was ist?«, fragte ihn Mladen.

»Ach nichts. Wenn ich uns beide so ansehe in unseren grauen Anzügen und an all die Drogen und Medikamente unter dem Auto denke; all das erinnert mich an einen hervorragenden Film.«

»Welchen meinst du?«

»The Darjeeling Limited.«

»Nie gesehen. Doch wir beide sind wohl eher Beirut Unlimited.«

Beide lachten lauthals.

»Es fehlt bloss der dritte Mann und die Tatsache, dass wir Brüder sind, dann wäre die Ähnlichkeit komplett.«

»Aber das sind wir doch.«

»Was meinst du? Zu dritt oder Brüder?«

»Genau.«

Dann kam die Grenze.

Arturo fand sich am Strand in Barcelona wieder. Eine vorbeiziehende Polizeisirene hatte seinen Gedankenfluss unterbrochen und er hatte keine Chance am selben Punkt anzuknüpfen. Seufzend liess er sich in den Sand fallen und zündete sich die gefühlt hundertste Zigarette dieser Nacht am Strand an. Bald würde er den wirrsten Teil seiner Erinnerungsreise hinter sich haben und bald würde die Dämmerung das Schwarz der Nacht aufhellen und das Erscheinen der Sonne ankünden. Krampfhaft versuchte er sich die Szene der Grenzüberquerung nach Haifa in Erinnerung zu rufen, doch sein Gehirn blockierte jedes Mal an derselben Stelle im Auto vor der Grenze und liess seine Gedanken in ein schwarzes Loch fallen, ein Loch ohne Anfang und Ende. Arturo taumelte, obwohl er im Sand sass. Wirre Bilder entstanden vor seinen Augen und kreisten um ihn herum wie die Geister seiner Vergangenheit. Er liess die Bilder unkontrolliert laufen, ohne sich darauf zu konzentrieren, ohne sie einzufangen und darüber nachzudenken. Immer wieder drehte sich die Melodie eines Liedes in seinem Kopf und plötzlich schälte sich aus dem Sog der an ihm vorbeiziehenden Bildern eine Erinnerung heraus. Er durchstöberte seinen iPod bis er das gesuchte Lied gefunden hatte, klickte Play und schloss seine Augen.

»Look on down from the bridge
there's still fountains down here
look on down from the bridge
it's still raining up here...«

Arturo lag im Schatten unter einem Bauhausgebäude, lehnte sich an einen Pfeiler und blickte ins Nichts. Es war heiß. Langsam fügten sich verschiedene Gedankenstücke zu einer Erinnerung zusammen. Er musste bereits einige Tage in Tel Aviv gewesen sein. Er erinnerte sich vage an die Nächte, in denen er in Mladens Club Musik aufgelegt hatte und daran, dass dieser mehr als zufrieden mit seiner Arbeit war. Er erinnerte sich auch daran, in Mladens Wohnung gelebt und dessen Freunde kennengelernt zu haben. Seine letzte klare Erinnerung war, wie er sich von allen verabschiedete, Mladen in seine Arme schloss, ihm versprach in Kontakt zu bleiben und schliesslich auf der Strasse vor dem Haus die grosse Dosis Meskalin schluckte, die ihm ein guter Freund Mladens überlassen hatte. Danach explodierte die Welt in einem fluoreszierenden Feuerwerk. Zurück im Schatten des Bauhausgebäudes zog er sein iPhone aus der Tasche und rekonstruierte mit Hilfe seines Nachrichtenordners, dass seit seinem Abschied von Mladen und seiner Crew beinahe fünf Tage vergangen waren. Nun war er also wieder allein.

»Everybody seems so far away from me,
everybody just wants to be free...«

Auf einen Schlag erfüllte ihn eine unbeschreiblich starke Sehnsucht nach Futura. Seine Augen füllten sich mit Tränen und zum ersten Mal seit seinem Aufbruch aus Barcelona fragte er sich, wieso er eigentlich weggelaufen war, wieso er nicht bei Futura blieb, wieso er alles zu vergessen versuchte.

»Look away from the sky
it's no different when you're leaving home
I can't be the same thing to you now
I'm just gone, just gone...«

Seine Hände zitterten als er sich einen Joint drehte. Die Sonne war im Begriff unterzugehen. Trotzdem lag eine drückende Hitze über der Stadt. Arturo wusste nicht, wohin er gehen sollte. Er fühlte sich kraftlos, hilflos und verloren. Er hatte weder ein Ziel noch einen Sinn. Alles, was er wollte, war vollständig zu verschwinden, unterzutauchen, sich aufzulösen. Nicht bloss aufhören zu existieren, sondern nie existiert zu haben. Er fühlte sich, als ob er fallen würde, tiefer und tiefer. Er schloss seine Augen und sah Futura.

»Maybe I'll just place my hands over you
and close my eyes real tight
there's a light in your eyes
and you know – yeah you know
look on down from the bridge
I'm still waiting for you...«

Als er seine Augen wieder öffnete war es dunkel. Neben ihm stand eine zierliche junge Frau, die ihn mit mitfühlenden Augen betrachtete. Nach einem kurzen Gespräch, an dessen Wortlaut sich Arturo beim besten Willen nicht erinnern konnte, lud sie ihn ein, die Nacht auf ihrem Sofa zu verbringen, was er dankbar annahm. Irgendwie schlossen sie Vertrauen zueinander, so dass Arturo ihr seine ganze Geschichte (oder alles, woran er sich erinnern konnte) erzählte, während sie nebeneinander auf dem Sofa sassen und kifften. Ihr Name war Sara. Als Arturo fertig erzählt hatte, legte er seinen Kopf an ihre Schulter. Aus den knisternden Lautsprechern erklang dieselbe Stimme wie eben noch aus seinem Kopfhörer.

»Still falling
breathless and on again
inside today

beside me today
around, broken in two...«

Sie strich ihm übers Haar und küsste ihn auf die Stirn. Arturo richtete sich etwas auf, strich ihr eine Haarsträhne aus dem Gesicht, tauchte ein in das Funkeln ihrer grünen Augen und begann schliesslich sie zu küssen.

»Till your eyes shed into dust
like two strangers turning into dust
till my hand shook with the way I fear...«

Sie liebten sich lange und leidenschaftlich auf dem Sofa und dem Fussboden und zum ersten Mal seit seinem Aufbruch aus Barcelona fühlte sich Arturo geborgen.

»I could possibly be fading
or have something more to gain
I could feel myself growing colder
I could feel myself under your fate
under your fate...«

Danach lagen sie nebeneinander auf dem Teppich neben dem Sofa und rauchten. Sara hatte ihre Arme um Arturo geschlungen, drückte ihn an sich, hielt ihn fest und Arturo schlummerte zum ersten Mal seit Wochen ohne die direkte Hilfe von Opiaten ein und fiel in einen tiefen, ruhigen Schlaf.

»It was you
breathless and tall

I could feel my eyes turning into dust
and two strangers
turning into dust
turning into dust...«

Als er am nächsten Tag nach sechzehn Stunden Schlaf die Augen öffnete und verwirrt um sich blickte, war Sara nirgendwo zu sehen. An ihrer Stelle begrüsste ihn ein junger Mann, der sich mit einer Selbstverständlichkeit in der kleinen Wohnung bewegte, dass Arturo annahm, er lebe hier.

»Guten Morgen. Mein Name ist Yitzhak. Sara hat mir erklärt, dass du einige Tage auf unserer Couch übernachten würdest.«

»Guten Morgen. Ich bin Arturo. Ich hoffe, es stört dich nicht, wenn ich eine Weile hier bleibe.«

Arturo versteckte seine Verwirrtheit hinter einer dicken Schicht Höflichkeit. Er stand auf, streckte seine Glieder und nahm dankbar die Tasse Kaffee an, die ihm Yitzhak mit einem freundlichen Lächeln entgegenstreckte.

»Nee, ist überhaupt kein Problem. Ich habe mich daran gewöhnt. Du bist nicht der erste Gast, den Sara zu uns eingeladen hat. Fühl dich wie zuhause. Nimmst du Zucker in den Kaffee?«

»Gerne. Danke, das schätze ich sehr. Erst mal muss ich richtig aufwachen, danach werde ich dir etwas mehr von mir erzählen. Wo ist eigentlich Sara?«

»Bei der Arbeit. Sie arbeitet drei Tage die Woche als Aushilfe in einem Restaurant. Den Rest der Zeit widmet sie ihrer Kunst.«

»Und du?«

»Ich studiere Philosophie und Linguistik, beziehungsweise schreibe ich an meiner Dissertation. Zusammen mit Saras Lohn reicht uns mein Stipendium gerade so zum Überleben.«

»Ihr seid zusammen?«

»Hat sie das nicht erwähnt? Typisch.«

Yitzhak lächelte schüchtern.

»Wir sind verheiratet.«

Arturo verstand für einen Moment die Welt nicht mehr. Er fühlte sich wie im falschen Film, wollte am liebsten auf der Stelle seine Sachen packen und verschwinden, beschloss dann aber aus unerfindlichen Gründen trotzdem zu bleiben und merkte schnell, dass seine beiden Gastgeber eine sehr spezielle Form einer Ehe führten, da Sara scheinbar unfähig war, monogam zu leben und der unbeholfene, schüchterne und in seinen Büchern lebende Yitzhak zu akzeptieren schien, dass seine Frau fremd ging, solange sie sich von Zeit zu Zeit einen Liebhaber suchte und nicht wild herum vögelte, da er sie auf keinen Fall verlieren wollte. Aus den angekündigten Tagen wurden Wochen in denen Arturo auf dem Sofa schlief, las, Musik hörte, Drogen nahm und in jeder freien Minute mit Sara fickte, von der eine Geborgenheit ausging, die er vermisst hatte, während Yitzhak im Schlafzimmer über seinen Büchern sass. Das Ganze erreichte in jenen Momenten einen Höhepunkt an Surrealität, in denen Yitzhak in der Wohnküche hantierte, während Arturo Sara im gleichen Zimmer zu einem lauten Orgasmus brachte. Doch genau diese Surrealität war es, die Arturo festhielt, da sie ein perfektes Abbild seines inneren Zustands war. Für eine Zeitlang wurde das Surreale zu seiner Realität, ein Prozess, der durch die Drogen, die er nahm, unaufhaltsam vorwärtsschritt, da Sara ein Acid-Mädchen war und in ihrer Wohnung stets ein Fläschchen flüssiges LSD und einige Portionen Meskalin aufbewahrte. Arturo würde Tel Aviv immer als riesiges psychedelisches Muster in Erinnerung behalten, welches er Tag für Tag erkundete und dessen Spuren in seinem Gehirn zurückblieben. Ein ständiges Fliessen, Wabern und Vibrieren. In diesem Zustand des Entdeckens, dieser Messe des Surrealen und in der Geborgenheit und Nähe, die ihm Sara schenkte, verdrängte Arturo jegliche Gedanken an Futura. Es war, als hätte sie nie existiert. Nach einer Weile erstand er ein altes Akkordeon und begann auf der Strasse traditionelle Tangolieder zu spielen. Irgendwie fuhren die Hipster von Tel Aviv auf diesen verdrogten argentinischen Tangomusiker ab, weshalb sein Hut jeden Tag mit Münzen gefüllt wurde. Mehr und mehr verlor er das Gefühl für die Zeit und driftete wochenlang umher in diesem Zustand des Surrealen ohne Anfang und Ende. Sara schien seine Anwesenheit zu geniessen und machte keine Anstalten, ihr kompliziertes und seltsames Dreiecksverhältnis aufzulösen. Sie war berauscht von der Menge an Liebe und Zuneigung, die Arturo von ihr brauchte sowie von der stetigen Aufmerksamkeit, die er ihr widmete, etwas, dass sie sich von ihrem zurückhaltenden Mann nicht gewöhnt war. Dieser litt unter der Situation mit jedem Tag mehr, zog sich noch mehr zurück, ohne dass Arturo und Sara es in ihrem Zustand des durch die Zeit Driftens bemerkten. Eines Tages, Arturo war eben aufgewacht und Sara bei der Arbeit, kippte die Stimmung. Yitzhak hatte Kaffee gekocht und Arturo fragte ihn, ob er eine Tasse davon haben könnte, als Yitzhak plötzlich austickte, seine volle Tasse Kaffee neben Arturos Kopf an die Wand schleuderte, ein grosses Küchenmesser packte und Arturo mit zischender Stimme bedrohte.

»Jetzt reicht es, du Hurensohn. Verschwinde auf der Stelle oder ich schlitze dir die Kehle auf.«

Arturo blieb ruhig und handelte blitzschnell, ging einen Schritt auf Yitzhak zu, packte mit seiner linken Hand dessen Handgelenk, nahm ihm mit der Rechten kaltblütig das Messer aus der Hand, drückte ihn an den Küchenschrank und rammte das Messer mit einem höhnischen Grinsen wenige Zentimeter neben Yitzhaks Hals ins Holz der Schranktüre. Yitzhak versuchte sich zu wehren, worauf ihn Arturo packte und quer durch den Raum auf den Küchentisch schleuderte, der unter dem Gewicht seines Körpers zusammenbrach. Mit einem Lächeln goss sich Arturo eine Tasse Kaffee ein, lehnte sich an den Küchenschrank und trank den Kaffee in kleinen Schlucken.

»Also, so wie ich das sehe, bleibe ich noch ein wenig länger hier.«

Nach diesem Vorfall war die Stimmung in der Wohnung extrem angespannt, was Arturo dazu veranlasste, einige Tage später nach einer etwas gar hohen Dosis LSD seine Koffer zu packen und in einem panischen Wahn mitten in der Nacht die Wohnung zu verlassen und auf die Strasse zu stürmen, ohne Ziel und ohne Plan. Die nächsten Tage trieb er sich auf der Strasse herum, schlief im Schatten von Olivenbäumen und spielte Tangos in den Gassen der Innenstadt. Eines Abends lernte er einen älteren Mann kennen, dessen Arme mit Seemannstattoos übersät waren und von dem ihm neben einer grossen Portion Meskalin bloss ein Satz in Erinnerung blieb.

»Wenn du verschwinden willst, dann verschwinde vollständig. Nur so wirst du dich wiederfinden.«

Danach verlor er sich komplett. Er lebte im Schatten eines grossen gelben Steines am Rande von Jaffa, zusammen mit einer grossen schwarzen Katze. In der Nacht kletterte er auf den Stein und heulte zusammen mit einem Rudel Strassenhunden. Die ganze Welt drehte sich in ihrer immerwährenden Rotation um diesen Stein, der zum Nabel der Welt wurde.

»Questo è l'ombelico del mondo
è qui che nasce l'energia...«

Von seinem Stein führten verschiedene blaue Linien ins Unbestimmte und verliefen im roten Horizont. Arturo folgte diesen blauen Linien quer durch die Stadt, die noch immer waberte und vibrierte. Er hatte das Gefühl zu fliessen. In der Nacht leuchtete er in fluoreszierenden Farben und seine Augen spuckten Feuer. Während all dem blieb die schwarze Katze stets an seiner Seite und folgte ihm überall hin. Eines Nachts entdeckte er am Himmel das riesige Gesicht Futuras. Er packte seine Sachen und lief in die Wüste, in Richtung des Gesichts, doch dieses entfernte sich in derselben Geschwindigkeit, in der er sich ihm näherte. Dann verschwand das Gesicht so plötzlich wie es aufgetaucht war. Die am Himmel alleine gelassenen Sterne explodierten und zurück blieb eine dunkle Leere. Arturo stürzte sich hinein und ging unter.

Seine Erinnerung verlor sich in diesem schwarzen Loch. Die wirren Bilder in seinem Kopf waren zu entfernt von allem Fassbaren, um eine Kohärenz in ihnen zu entdecken. Er erhob sich aus dem Sand und ging einige Schritte Richtung Meer. Noch immer war die Dämmerung nicht angebrochen und das Meer war eine grau-schwarze Masse, ähnlich seinen Erinnerungen ständig in Bewegung, eine Bewegung, die nicht wahrnehmbar ist, weshalb bloss eine starre Fläche übrig bleibt. Irgendwie musste er ja von der Wüste Israels auf diese verdammte Dachterrasse in Marrakesch gekommen sein, an die er vor wenigen Stunden bereits gedacht hatte, doch wie sehr er sich auch anstrengte, es blieb nur dieses schwarze Loch, welches auf mysteriöse Weise von der Pampa östlich von Jaffa auf eine Dachterrasse in Marrakesch führte, denn alles andere glich am ehesten Fragmenten eines Höllenritts quer durch die Milchstrasse, welche, sobald er sich auf ein einzelnes von ihnen konzentrierte, vom schwarzen Loch angesogen wurden und darin verschwanden. Er setzte sich wieder in den Sand, schloss seine Augen und liess all diese Fragmente wie eine Clipshow auf Hochgeschwindigkeit vor seinem inneren Auge ablaufen.

Die Häuser von Jaffa, ein rostiger gelber Peugeot, lachende Gesichter am Strand, verzerrte Menschen an einer Party, eine Frau auf einem Fahrrad, das Meer, das bergige Inland Israels, Soldaten mit Maschinenpistolen, Panzer, Jerusalem, die Brüste einer braungebrannten Frau, die sich an der Sonne räkelt, ein schwarzer Geländewagen, das lederverkleidete Innere des Geländewagens, die weissen Zähne des lachenden Fahrers, Neonfarben in der

Wüste, tanzende Menschen im Stroboskoplicht, zwei Plattenspieler und ein Mischpult, Leuchtstäbe, Fackeln, Feuer, eine nackte Frau in einem mit Teppichen ausgelegten Zelt, ein Spiegel mit unzähligen weissen Linien, die Sonne über den Bergspitzen, Kamele, Beduinen, zackige Bergketten am Horizont, auf einem Gebetsteppich kniende Soldaten während einer Strassenkontrolle, Maschinenpistolen, ein riesiges Lagerfeuer, vom Feuer erhellte lachende Gesichter, der runde Hintern einer Frau, ein Reifenwechsel in der Wüste, Sanddünen bis an den Horizont, verschwitzte Gesichter, das Innere eines Zelts, eine lange, verschnörkelte Opiumpfeife, Staubwirbel vor der Windschutzscheibe, das tiefe Blau des Meeres, die Dächer von Port Said, Menschen auf Kissen sitzend, eine Wasserpfeife, feiernde Menschen, der Sonnenaufgang über den Dächern, wieder der dreckige, schwarze Geländewagen, staubige Strassen, ein grosser Joint, die Dächer Kairos, ein riesiger MDMA-Kristall, die kreisenden Hüften einer tanzenden Frau, ein schäbiges Zimmer, ein verdrecktes Bett, der Nil, verstopfte Strassen, grüne Felder entlang der Kanäle, zerfurchte Gesichter von Bauern, der Sonnenuntergang am Meer, dann Wüste, Wüste, Wüste, unendliche Sandmassen, eine Karawane, sonnengegerbte Gesichter, lange Gewänder und Turbane, Sanddünen höher als Berge, ein Gecko, gespenstische Schatten im Licht des Feuers, die erbarmungslos brennende Sonne, düstere Männer mit Kalaschnikows und Bärten, das andere Tripoli, eine Segelyacht, lachende Gesichter, die Kajüte, eine grosse Tüte Heroin, ein Glasrohr, Alufolie, eine dunkle Frau auf einem Teppich, die unendliche Weite des Meeres, tanzende Menschen, die Spiegelung des Mondlichts auf der Wasseroberfläche, unendlich viele Sterne, braune Mandelaugen, lange schwarze Haare, die Meerenge von Gibraltar, die leuchtende Milchstrasse am Nachthimmel, der Hafen von Tanger im Sonnenuntergang, ein rostiger blauer Citroën, eine kurvige Strasse an der Küste, die Häuser Rabats, Kokainlinien auf dem Armaturenbrett, ein Club im flackernden Neonlicht, eine pulsierende Tanzfläche, der Sonnenaufgang über dem Meer, das abgewrackte Innere des Autos, das Muster der Polster, die Dächer von Casablanca, leichtbekleidete Frauen, eine silberne Spraydose, schwarz.

Er öffnete die Augen, seufzte und zündete sich eine Zigarette an.

»Verdammter Spray.«

Er stand auf und ging einige Schritte, um sich etwas aufzuwärmen und seine starren Glieder zu bewegen. Er suchte auf seinem iPhone den richtigen Song und klickte ihn an.

»I feel my body far so far from me…«

Wieder erwachte er auf der Dachterrasse in Marrakesch, stand auf, wählte den Song aus, dachte, er sei verrückt geworden, begann das Gespräch mit dem Fremden und erlebte schliesslich, wie sich eine Wirklichkeit über eine andere schob.

»Aber einen Namen hast du vielleicht trotzdem«, fragte Arturo grinsend.

Der Fremde lachte.

»Man nennt mich Santiago.«

»Irgendwie kommst du mir bekannt vor, kommt mir diese ganze Szene bekannt vor.«

»Ich habe ein schlechtes Gedächtnis.«

»Ich leider auch.«

Für einen Augenblick wurde der Fremde durchsichtig und Arturo schien durch ihn hindurch zu sehen, doch so plötzlich, wie diese Durchsichtigkeit entstanden war, verschwand sie wieder und der Körper des Fremden verfestigte sich zu undurchsichtiger Materie. Arturo schloss seine Augen und öffnete sie wieder. Der Fremde stand noch immer vor ihm und kratzte die Stoppeln seiner kurzgeschorenen Haare. Das Weiss seiner Augen leuchtete im Mondlicht. Arturo räusperte sich und trank einen Schluck Pfefferminztee.

»Deine Existenz scheint mir trotz allem, was du sagst, eine Tatsache zu sein.«

»Das kommt darauf an, wie du meine Existenz, mein Ich definierst.«

»Du hast vorhin eine schöne Definition geliefert: dein Ich ist die Konstruktion der physiologischen Prozesse, die wir Bewusstsein nennen.«

»Doch was sagt dir das über meine Existenz? Nichts. Aus deiner Perspektive ist mein Ich nämlich bloss eine Konstruktion deines Bewusstseins. Streng genommen existiere ich also nur in deinem Kopf.«

»Aber wenn ich meine Hand ausstrecke, kann ich dich spüren. Und ich spüre deinen Atem in meinem Gesicht.«

»Das ist bloss Materie. Das bin nicht ich. Ich bin weder Körper, noch das was man Seele nennt, bestehe nicht aus natürlicher oder ätherischer Materie, bestehe überhaupt nicht aus Elementen. Ich komme weder von der Erde, noch aus dem Ozean, der Luft oder dem Feuer, stamme nicht von irgendeiner Geschichte ab, habe weder Vergangenheit noch Zukunft. Mein Ich war und ist kein Wesen irgendeiner Art und wird das auch niemals sein. Denn ich existiere nicht.«

Santiago machte eine kurze Pause, zog lange an seinem Joint und blies den Rauch in Richtung der Sterne.

»In diesen angesprochenen physiologischen Prozessen entsteht ein Selbstbild und ein Bild von allem, das durch den Wahrnehmungsapparat aufgenommen wird. Alle diese Bilder sind untrennbar mit den physiologischen Prozessen verbunden, können nicht unabhängig von ihnen existieren, existieren nur in ihnen, haben also keine eigene Existenz. Was bleibt also? Ein atmender Haufen Materie. Alles andere existiert nicht.«

Wieder legte er eine kurze Pause ein, in welcher er einen tiefen Zug vom Joint nahm und diesen Arturo überreichte, bevor er seinen Gedanken weiterspannte.

»Das Ich mit all seinen Wünschen Ängsten, Hoffnungen, Erinnerungen, Gefühlen und gespeicherten Informationen ist eine Illusion, ein Abbild unserer Wahrnehmung, nicht mehr und nicht weniger. Das Ich ist ein Nebenprodukt des Wahrnehmungsapparats und damit untrennbar mit ihm verbunden und trotzdem versucht man, diesem Ich eine objektiv erfahrbare Existenz anzudichten. Dies ist ein ebenso naiver Fehlschluss, wie der Glaube an einen oder mehrere Götter oder an irgendeine höhere Macht, die hinter den Dingen steht. Es gibt nichts hinter den Dingen. Alles, was dort zu existieren scheint, existiert in Wirklichkeit bloss in den physiologischen Prozessen unserer Gehirns. Ein erbärmlicher Versuch, das Unerklärliche zu erklären. Wie sagte bereits Albert Camus: ›Wie arm sind Menschen, die Mythen brauchen‹. Die Existenz des Ichs ist genauso ein Mythos wie die Existenz Gottes oder jeglicher übernatürlicher Macht. Es gibt keine Existenz über oder neben der Natur. All das ist eine blosse Konstruktion, um der Sinnlosigkeit einen Sinn überzuziehen. Dabei ist doch gerade die Sinnlosigkeit der einzige Sinn. Der Mensch benutzt die seinem Bewusstsein und seinem Wahrnehmungsapparat inhärenten Kategorien und meint damit eine objektive Erklärung der Welt zu erlangen, dabei projiziert er bloss seine Ängste, Wünsche und Hoffnungen auf seine subjektive Wahrnehmung. Manche Menschen glauben durch sogenannte bewusstseinserweiternde Drogen die wahre Realität zu sehen, dabei ist schon der Begriff der Bewusstseinserweiterung komplett falsch. Das Bewusstsein kann nicht erweitert werden, es wird bloss verändert. Und trotz dieser Veränderung bleibt das Schema zur Erklärung der Welt dasselbe: eine Projektion der Gefühle auf die Wahrnehmung. Es ändert sich also auf keinen Fall die wahrgenommene Realität, sondern bloss die Wahrnehmung und Verarbeitung von ihr. Man sieht und begreift auch nicht mehr von der Wirklichkeit, man sieht und begreift sie bloss anders. Und die Wirklichkeit bleibt uns weiterhin verborgen, solange wir uns nicht von der Illusion eines Ichs lösen können. Die von uns erfahrbare Realität bleibt abhängig von unserer Wahrnehmung, bleibt verbunden mit dem Ich, das nicht existiert, weshalb die von uns wahrgenommene Realität so auch nicht existieren kann.«

Wieder zog er lange am Joint, den ihm Arturo zurückgegeben hatte, bevor er fortfuhr.

»Und trotzdem gibt es etwas, das alles miteinander verbindet, obwohl es ausserhalb von allem steht. Etwas wovor sich die Menschen fürchten und es deshalb ignorieren und ihm jegliche Existenz absprechen.«

»Das habe ich auch schon tausend Mal gedacht, doch jedes Mal komme ich zum selben Ergebnis: da ist nichts.«

»Aber das ist es ja gerade: das Nichts. Das Nichts verbindet alles mit allem. Das Nichts ist immer präsent, doch trotzdem nicht fassbar. Es ist Teil von allem und steht trotzdem ausserhalb. Da es von den Kategorien der menschlichen Wahrnehmung nicht erfasst werden kann, wird ihm jegliche Existenz abgesprochen. Dabei ist das Nichts alles und alles ist nichts. Alle Erklärungen, Begriffe, Symbole und Konventionen sind bloss selbstauferlegte Grenzen, die im Verlauf der Zeit transzendieren und sich verändern. Das einzige Unveränderliche, Beständige, das Einzige, das übrig bleibt, ist das Nichts.«

Arturos Blick suchte die Augen Santiagos, doch an der Stelle in seinem Gesicht, an der eben noch seine Augen blitzten, befanden sich nur zwei tiefe schwarze Löcher. Arturo spürte, wie die ganze Welt um ihn herum erzitterte. Er streckte die Hand aus und ergriff Santiagos Arm, doch dessen Körper zerfiel in diesem Moment zu Staub. Erschrocken trat Arturo einen Schritt zurück, stolperte und fiel hin. Aus dem vor ihm am Boden liegenden Staub erhob sich ein grosser schwarzer Vogel, stieg in den Himmel empor, drehte einige Kreise im Mondlicht und verschwand schliesslich in einem grellen Feuerball, der Arturo instinktiv die Augen schliessen liess. Und das Einzige, das übrig blieb, war das Nichts.

Als er seine Augen wieder öffnete, blickte er in einen azurblauen Himmel, an dem einige kleine Wolken vorbeizogen. Sein Blickfeld schwankte. Er lag auf dem Rücken und erahnte unter sich einen Holzboden. Ein leichtes Lüftchen umwehte ihn und ihm stieg der salzig-feuchte Geruch des Meeres in die Nase. Im selben Moment drang das unverkennbare Geräusch der an Holzplanken schlagenden Brandung an sein Ohr. Er richtete sich auf und erblickte die unendliche blaue Weite des Ozeans. Hastig blickte er um sich und stellte fest, dass er sich auf einer stattlichen Segelyacht befand. Panik überkam ihn. Er war völlig orientierungslos, wusste weder, wo sich das Boot befand, noch wem es gehörte oder wie er darauf gelandet war. Als er versuchte aufzustehen, versank er tief in den Holzplanken. Sein ganzer Körper schüttelte sich. Mit zitternden Fingern suchte er seine Koksdose und löffelte sich die Nase voll. Nun gelang es ihm sich aufzurichten, die Situation zu überblicken und schliesslich aufzustehen. Er war nicht alleine. Auf der Yacht befanden sich noch weitere Personen, die ihm jedoch alle vollkommen unbekannt waren. Von einem Tisch nahm er eine Flasche Mineralwasser und spülte damit seine letzten Quaaludes hinunter. Dann schaltete sich sein Hirn auf ›Stealth-Mode‹. Geduckt schlich er sich in Zeitlupentempo zwischen allen Personen vorbei, pirschte so unendlich langsam vom Bug zum Heck der grossen Yacht, im festen Glauben, er sei für niemanden wahrnehmbar, trage einen Mantel der Unsichtbarkeit, stolperte dabei jedoch mehrmals über seine eigenen Füsse, stiess einen Tisch um und fiel selbst beinahe zu Boden. Als er endlich im Heck ankam, liess er sich erschöpft auf ein Kissen fallen. Der Himmel über ihm schimmerte in rot-violetter Farbe. Wie ein Schleier legte sich eine tiefe Sehnsucht nach Futura über ihn, erfasste ihn wie eine Welle und zog ihn mit sich hinunter. Amputierte fühlen in dem Bein, das sie nicht mehr haben: so fühlte er sich ohne sie, er spürte sie dort, wo sie nicht mehr war. Ein heftiger Weinkrampf erfasste seinen ganzen Körper und schüttelte ihn durch. Mit grösster Mühe fand er seinen iPod und die Kopfhörer und wählte den gewünschten Song aus. Dann drang die tiefe, brüchige Stimme des alternden Johnny Cashs durch seinen Körper.

»I hurt myself today
to see if I still feel
I focus on the pain
the only thing that's real...«

Er öffnete seinen Lederbeutel und legte die benötigten Utensilien fein säuberlich auf den vor sich ausgebreiteten

Seidenschal: Löffel, Feuerzeug, Nadel, Spritze, etwas Watte und ein kleines Tütchen Heroin.

»...the needle tears a hole
the old familiar sting
try to kill it all away
but I remember everything...«

Behutsam setzte er Nadel und Spritze zusammen und erhitzte das Heroin auf dem Löffel, bis es flüssig war. Dann zog er die klebrige Flüssigkeit durch die Watte in die Spritze, bis kein Tropfen mehr übrig war.

»Beneath the stains of time
the feelings disappear
you are someone else
I am still right here...«

Er stand auf, löste seinen Gürtel und zog ihn aus den Schlaufen seiner Hose, legte ihn um seinen linken Oberarm, zog ihn fest und lehnte sich an die Reling. Die Sonne war eben im Begriff im Meer unterzugehen.

»What have I become?
My sweetest friend
everyone I know
goes away in the end...«

Vorsichtig presste er die Luft aus der Spritze, bis sich nur noch Flüssigkeit in ihr befand. Dann tastete er an seinem

Unterarm nach einer Vene, setzte die Spritze an, führte die Nadel gekonnt in die Vene ein, saugte etwas Blut in die Spritze und presste schliesslich langsam doch gleichmässig die Flüssigkeit in seinen Körper.

»...and you could have it all
my empire of dirt
I will let you down
I will make you hurt...«

Mit dem Kick ergoss sich eine unbeschreibliche Welle der Euphorie und der Entspannung über ihm. Er lächelte. Langsam verliess ihn das Gefühl für seinen Körper. Er lehnte sich stärker über die Reling und spürte, wie er ganz langsam das Gleichgewicht verlor. Dann schloss er seine Augen.

Arturo räusperte sich und streckte sich im Sand aus. Noch immer war er am Strand, der so einsam und verlassen war, wie er selbst. Am Horizont tauchte eine grosse Fähre oder ein Kreuzfahrtsschiff auf, das bei Tagesanbruch im Hafen anlegen würde. Einige Ratten huschten über den Sand und verkrochen sich unter den Felsen. Die See war ruhig und die Brandung plätscherte gemütlich gegen den Strand. Die Wellen versuchten nicht länger auszubrechen, sie schienen sich mit ihrem ewigen Gefängnis arrangiert zu haben. Arturo zündete eine Zigarette an und betrachtete das Meer. Bald würde sich ein Kreis schliessen, denn bald würde er in seinen Erinnerungen nach Barcelona zurückkehren. Eine wichtige Episode gab es noch, bevor er seine Gedanken auf seine Rückkehr fokussieren konnte, eine Episode, die ihm gleichzeitig viel präsenter war, als alle anderen Erinnerungen seiner Reise, die sich jedoch in einem Nebel der Zeitlosigkeit und der Unwirklichkeit verlor. Er seufzte und nahm einen tiefen Zug von der Zigarette. Dann setzte er seine Kopfhörer auf und versuchte sich zu erinnern.

»*Ma certe nostre sere hanno un colore*
che non sapresti dire
sospese fra l'azzurro e l'amaranto
e vibrano di un ritmo lento, lento
e noi che le stiamo ad aspettare
noi le sappiamo prigioniere
come le onde del mare
come le stelle del mare…«

Er ging einen schmalen, schmutzigen Gang entlang, seine Hände und Füsse lagen in Ketten. In einigem Abstand folgten ihm zwei Polizisten. Einer hatte einen Stapel Papiere in der Hand, während der andere Arturos Koffer und den Seesack trug. Der Gang öffnete sich zu einem Raum, an dessen einer Wand sich ein Fenster befand, das einen Schalter bildete, hinter welchem ein älterer Gefängniswärter in Uniform sass. Man nahm Arturo die Ketten ab, worauf die zwei Polizisten dem Wärter Papiere und Gepäck überreichten und den Raum verliessen. Nun folgten die allseits bekannten Aufnahmeriten, die Arturo mit stoischer Ruhe erledigte, als hätte er dasselbe schon hundert Mal erlebt: die zivilen Kleider und die wenigen persönlichen Gegenstände (Ringe, Portemonnaie, Feuerzeug, iPhone, Kopfhörer und das kleine silberne Löffelchen am

Lederband), die zur Aufbewahrung abgegeben werden; die Uniform aus grobem Tuch, die dafür ausgehändigt wird; die medizinische Untersuchung inklusive rektaler Kontrolle; die zwei Wärter, die einem durch ein endloses Labyrinth von Gängen führen; die willkürliche Abfolge von Gittern, Toren und Türen; schliesslich die schwere Metalltüre mit Guckloch, die sich öffnet und hinter einem schliesst – und dann ist man am Ziel: in diesen schmutzigen, schimmligen sechs Quadratmetern, die für mehrere Monate oder gar Jahre die ganze Welt konstituieren und in denen wie im Krieg gezeigt wird, was man wirklich wert ist. Dann die erste Nacht. Kalter Entzug. Schweissausbrüche, Schüttelfrost, Halluzinationen, Schlaflosigkeit und eine wachsende Panik. Tausende kleine Käfer und Spinnen, die über seine Haut krabbelten, sich darin eingruben und unter der Haut weiterkrabbelten. Ein unbeschreibliches Gefühl der Leere und der Ausweglosigkeit. Kilometerlange Wanderungen in seiner kleinen Zelle. An den kahlen Betonwänden blutig geschlagene Fäuste. Ein unerklärlicher Druck, der sich aus seinen Organen im ganzen Körper ausbreitete und diesen beinahe explodieren liess. Eine irrationale Hitze, die ihn von Innen heraus verbrennen liess, obwohl sein Körper und seine Gliedmassen eiskalt waren. Dann die Dämmerung, die ihn in einen fiebrigen Halbschlaf fallen liess, verfolgt von Albträumen und Wahnvorstellungen.

Die erste Woche war die reine Hölle und Arturo war erstaunt, dass er überlebt hatte. Langsam begannen sich sein Körper und sein Geist mit der Situation abzufinden. Der Schlaf kehrte zurück und mit ihm verschwanden die ärgsten körperlichen Beschwerden sowie die schlimmsten Halluzinationen. Er begann seinen in Mitleidenschaft gezogenen Körper zu trainieren, verbrachte die meiste Zeit in seiner Zelle mit Liegestützen, Rumpfbeugen und Klimmzügen und nutzte seinen täglichen Ausgang im Hof, um zu laufen, egal ob es regnete, stürmte oder die Sonne brannte. Er wusste nicht, weshalb er angeklagt war oder ob er bereits verurteilt wurde und falls bereits ein Urteil ausgesprochen war, konnte er sich beim besten Willen nicht daran erinnern und eigentlich war es ihm auch egal. Jedenfalls war er überzeugt davon, sich wieder in Spanien zu befinden, da die Wärter sowie der grösste Teil seiner Mithäftlinge Spanisch sprachen und irgendwie beruhigte ihn dieses Wissen. Nachdem er also die ersten Wochen seiner Gefangenschaft hauptsächlich dem Training seines geschundenen Körpers widmete, begann er sich nach einiger Zeit auch um sein geistiges Wohl zu kümmern. Er verbrachte den grössten Teil seiner Nachmittage in der kleinen Gefängnisbibliothek, las sich quer durch deren spärliche Ausstattung und schleppte jeden Abend einen Stapel Bücher in seine Zelle, die er glücklicherweise noch immer alleine bewohnte. Er startete mit Romanen, las Cervantes, Vazquez Montalban, Castañeda, Cortazar, Vargas Llosa, Bolaño, Hemingway, Mann, Hesse, Proust, Kafka, Camus (vieles davon hatte er bereits gelesen, erschien ihm jetzt aber in völlig anderem Licht) und alles andere, weit weniger gut Geschriebene, das sich auf den staubigen Regalen stapelte. Danach widmete er sich den Philosophen, von denen weit weniger Werke zur Verfügung standen. Er begann bei den Klassikern von Kierkegaard, Macchiavelli, Hobbes, Kant und Hegel und arbeitete sich langsam vor über Schopenhauer, Nietzsche und Marx bis zu Freud, Sartre, Derrida, Jung, Foucault und Adorno. Von all diesen Büchern blieb ein zerschlissenes Werk, dass er im hintersten Winkel der Bibliothek entdeckte, besonders hängen. Es war ›Ktaadn‹ von Henry David Thoreau, das aus einem unerfindlichen Grund zu seinem Leitwerk wurde. Er kopierte sogar eine Passage daraus auf ein zerfetztes, öliges Stück Karton, welches er im Hof gefunden hatte und hängte dieses an die Wand in seiner Zelle.

»Denkt an unser Leben in der Natur – täglich die Materie zu sehen, mit ihr in Berührung zu treten – mit Steinen, Bäumen, dem Wind auf unseren Wangen! Der festen Erde! Der wirklichen Welt! Dem gesunden Verstand! Berührung! Berührung! Wer sind wir? Wo sind wir?«

Langsam arrangierte er sich mit dem Gefängnisleben, fand Gefallen an den streng durchorganisierten Tagen, deren Zeitplan unveränderlich schien und die ihm ein Gefühl der Routine und der Stabilität vermittelten, welches er nicht kannte. Er begann über seine Zukunft nachzudenken, schmiedete Pläne für die Zeit nach der Gefangenschaft. Er wollte weg, weg von allem, zurück zur Natur, ein Leben in Einklang mit ihr, eine selbst gebaute Hütte irgendwo in der Wildnis, ein Garten mit Getreide und Gemüse, vielleicht einige Hühner und Ziegen, jagen und fischen und höchstens ein kleines Solarpanel auf dem Dach, damit er sich weiterhin der Musik widmen konnte – und natürlich Futura, der wichtigste Baustein auf seinem Weg zu Glück und Zufriedenheit. Er sah sie zusammen am Fluss sitzen, im Hintergrund ein rustikales Blockhaus und ein grosser wilder Garten. Er stellte sich vor, wie sie zusammen Gemüse pflanzten und ernteten, wie sie die Fischernetze einholten, wie sie abends zusammen sassen, Joints rauchten und die Welt sowie die von den Menschen erschaffene Kategorie der Zeit vergassen. Das war die Zukunft, die er sich ausmalte.

Dann eines Tages wurde er so plötzlich entlassen wie zuvor eingesperrt. Wieder wurde er durch das Labyrinth von Gängen geführt (diesmal in umgekehrter Richtung), wieder stand er am Schalter, wo der ältere Wärter mit Papieren hantierte und dann fand er sich von einem Moment auf den anderen in seinen zivilen Kleidern auf der staubigen Strasse wieder, neben ihm sein Gepäck, an den Fingern seine Ringe und eine Zigarette im Mundwinkel. Die Sonne blendete ihn und der Wind wehte ihm Staub in die Augen. Er setzte seine dunkle Sonnenbrille auf die Nase und seine Beine in Bewegung, ging die unasphaltierte Strasse entlang, vorbei an zerfallenen Backsteinbauten, die noch immer auf die Rückkehr derjenigen zu warten schienen, die vor langer Zeit daraus geflohen waren. Nach einer Weile kam er in ein kleines Dorf, welches nur aus wenigen Häusern bestand, die allesamt die einzige Strasse säumten, welche sich beim letzten Haus, das sich als Bahnhof auszugeben versuchte, an den Gleisen verlor. Er hatte Durst. Da weit und breit kein Brunnen zu sehen war, ging er in die kleine Bar auf der linken Strassenseite, die ebenfalls die einzige ihrer Art zu sein schien, wie hier überhaupt alles. Als er den kleinen Schankraum durchschritt, um sich an der Theke ein Bier und eine Flasche Wasser zu bestellen, fühlte er sich wie in einer

Erzählung von Borges, deren Namen er vergessen hatte. Die zwei, drei Gestalten, die teilnahmslos in ihren Stühlen hingen, hatten dieselben wettergegerbten Gesichter, wie er sie von den Gauchos im Argentinien seiner Jugend kannte. Einer von ihnen spielte Akkorde auf seiner Gitarre, einfach nur Akkorde, ohne ein Lied anzustimmen, oder vielmehr alle Lieder dieser Welt anstimmend, ohne sich entscheiden zu können, welches zu spielen. Arturo sank ein in die Aura der Zeitlosigkeit, trank sein Bier in langsamen Schlucken, bezahlte und trat hinaus in den Staub der Strasse, der im Licht der untergehenden Sonne rot glühte. Er ging die wenigen Schritte zum Bahnhof, setzte sich auf den hölzernen Bahnsteig, lehnte sich an seinen Seesack und rauchte eine Zigarette. Eine Fliege landete auf seinem Gesicht und begann herumzuwandern, während irgendwo Wasser in einen metallenen Behälter tropfte. Er schloss seine Augen. Nach einer Weile gesellte sich ein buckliger alter Mann mit einem stoppeligen weissen Bart und in einer zerschlissenen Uniform zu ihm und zündete sich ebenfalls eine Zigarette an.

»Wo soll's denn hingehen?«

Arturo öffnete seine Augen.

»Ich? Barcelona.«

»Barcelona? Schön. Doch vergiss nicht: die Zukunft hat es sich leider anders überlegt.«

Für einen Augenblick dachte Arturo an die Vision seiner Zukunft, das Leben in der Natur. Er lächelte. Auch das war bloss eine Erinnerung, ein Traum aus einer anderen Zeit. Dann fuhr ratternd und zischend ein Zug ein.

Inzwischen waren fern am Horizont die ersten Anzeichen der anbrechenden Dämmerung zu erkennen und die Konturen der sichtbaren Dinge hoben sich immer stärker vom Hintergrund ab. Arturo wandte sich einen kurzen Moment ab vom Meer und betrachtete die noch immer in Beleuchtung getauchte Stadt. Wie lange war das nun alles her? Wann war er zurück gekommen? Er wusste es nicht mehr. Irgendwie hatte er sich losgelöst von der Kategorie der Zeit, lebte in einem Vakuum der Zeitlosigkeit, beeinflusst alleine vom Vergehen der Jahreszeiten. Er zündete den erloschenen Joint an, der an seiner Unterlippe klebte.

»Barcelona. Der Anfang und das Ende.« Er erinnerte sich, wie er nach einer endlos langen Zugfahrt (unterbrochen durch das Umsteigen in Sevilla, wo er ein wenig Haschisch kaufte, welches er anschliessend auf der kleinen Toilette im Zug rauchte) in Barcelona Sants ankam und erstmal einen Espresso trank und eine Zigarette rauchte, um sich anschliessend mit Koffer, Seesack und dem letzten kleinen Haschisch-Joint zwischen den Lippen auf den Weg nach El Raval machte, um seine Odyssee am exakt gleichen Ort zu beenden, an dem er sie vor unbestimmter Zeit begonnen hatte. Er sah sich an Manuels Türe klopfen und wie dieser ihn wortlos in die Arme (und damit den Kreis) schloss.

Zum wiederholten Mal riss ihn das Dröhnen eines Schiffshorns aus dem Fluss seiner Gedanken. Das Schiff, das er vor einiger Zeit nahe des Horizonts entdeckt hatte, war inzwischen viel näher als er es erwartet hatte. Er zog lange am Joint, liess einige Rauchringe gegen den Himmel steigen, an dem die wenigen Sterne ganz langsam verblassten und wünschte sich für einen kurzen Augenblick, eben diese Sterne würden vom Himmel fallen und ihn unter ihrer Masse begraben. Doch halt, nein, noch nicht jetzt, nicht bevor er wenigstens versucht hatte zu verstehen. Er warf den kurzen Stummel des Jointes in Richtung des Meeres, nahm die kleine Thermosflasche aus seiner Umhängetasche, die er bis jetzt komplett vergessen hatte (sich ihrer aber ebenso natürlich erinnernd, wie sie vorher vergessen wurde), trank einige Schlucke und zündete sich eine Zigarette an. Der Mate und das Nikotin bahnten sich langsam ihren Weg durch die dicken, wabernden Wände, welche das Gras und der Alkohol um ihn herum aufgeschichtet hatten, ohne dass er es bemerkt hätte. Er trank noch etwas Mate und beobachtete, wie die Wände langsam in sich zusammenstürzten. Dann stieg er über die herumliegenden Trümmer, ging einige Schritte am Strand entlang und setzte sich auf ein kleines Ruderboot, welches umgedreht im Sand lag. Mit dem klebrigen Haschisch, den er in seiner eben wieder in seiner Realität aufgetauchten Tasche gefunden hatte, drehte er sich einen Joint, streckte sich auf dem Ruderboot aus, rauchte einige Züge und setzte sich die Kopfhörer auf.

»Please give me a second grace
please give me a second face
I've fallen far down
the first time around
now I just sit on the ground in your way...«

Er sass auf dem Teppich in seiner alten Wohnung und streifte etwas Asche in den bronzenen Aschenbecher, der die Form einer Schildkröte hatte. Aus den Augenwinkeln sah er die Rundung von Futuras Hüften in der Küche verschwinden. Die leise Stimme von Nick Drake drang aus den Lautsprechern.

»Now if it's time to recompense for what's done
come, come sit down on the fence in the sun
and the clouds will roll by
and we'll never deny
it's really to hard for to fly...«

Er streckte sich aus auf dem Teppich, wie er es bereits tausende Male zuvor gemacht hatte, inhalierte das starke Gras und liess den Rauch ans Meer der Zimmerdecke steigen. Wie war es dazu gekommen, dass er sich wieder hier an diesem Ort befand? Er schloss seine Augen und versuchte sich zu konzentrieren, während aus der Küche leise Geräusche an sein Ohr drangen.

Natürlich begann es in Manuels kleinem Haus, in dem er sich seit seiner Rückkehr eingenistet hatte. Es war kurz nach Mittag, Arturo war soeben aufgestanden und trank in der Küche Kaffee mit Manuel. Sie sprachen über Arturos DJ-Gig vom vorigen Abend, den ihm Manuel organisiert hatte, was er seit Arturos Rückkehr bereits öfters getan hatte. Wieder zurück in Barcelona hatte sich Arturo ohnehin beinahe pausenlos mit Musik beschäftigt und hatte die Zeit zwischen seinen Auftritten im Studio verbracht, wo er genug Material für ein komplettes Album produziert hatte. Nun sassen die beiden Freunde also zusammen in der Küche und planten den weiteren Tagesablauf. Manuel, der tagsüber immer noch als Musiklehrer arbeitete, hatte eine Gitarrenlektion am späteren Nachmittag, weshalb sie beschlossen, einen Spaziergang an den Strand von Barceloneta zu machen. Sie schlenderten durch die mit Menschen gefüllten Gassen, rauchten Zigaretten und sprachen über alles und nichts. Die Luft vibrierte in der Hitze der Sonne, das Blau des Himmels war nahe am Explodieren. Arturo erzählte einige Episoden seiner Odyssee, welche ihm von Tag zu Tag surrealer erschien und tauchte erst wieder aus seinen Erinnerungen auf, als seine Füsse bereits im Sand standen. Sie setzten sich, Arturo drehte einen Joint und Manuel spielte einige Akkorde auf der Gitarre. Die Sonne verwandelte das Meer in eine silbrig glitzernde, vibrierende Fläche, welche Arturo hypnotisierte und in ihm eine unendlich grosse Trägheit erzeugte. Er war schon beinahe eingeschlafen, als sich Manuel verabschiedete, um rechtzeitig zum Unterricht zu erscheinen. Unschlüssig blieb er liegen, zu träge, um sich zu entscheiden, rauchte den Joint zu Ende und nickte schliesslich ein. Nach einer halben Stunde erwachte er mit ausgetrocknetem Mund und beschloss sich aufzuraffen, um eine Flasche Wasser zu kaufen. Er stand auf, seine Beine fühlten sich an wie Ricotta, durch sein Blickfeld zogen weisse Linien und flackernde Punkte. Unsicheren Schrittes torkelte er über den Strand, langsam einen Fuss vor den anderen setzend, ohne sich der Bewegung bewusst zu sein. Sein Blick folgte zwei Raben, die über der Plaça del Mar kreisten und immer höher stiegen. Und dann stand sie plötzlich vor ihm, aufgetaucht aus dem Nichts, das ihn zu umgeben schien. Sie war noch schöner als in seiner Erinnerung, ihr schlanker Körper, die perfekte Rundung ihrer Hüften, ihr Gesicht (das Gesicht seiner Träume) mit den vollen Lippen, der etwas zu grossen, etwas zu gebogenen Nase, den leicht traurigen, dunkelsten Mandelaugen dieser Welt und der immer etwas zu ernst wirkenden hohen Stirn – und dann ihre Haare, dieser schwere Vorhang aus dicken, gewellten, tiefschwarzen Haaren, die ihr Gesicht perfekt einrahmten. Futura. Ohne ein Wort zu sagen, fielen sie sich in die Arme, hielten sie sich fest, minutenlang, die Zeit zur Ewigkeit dehnend oder all die Zeit nachholend, die unweigerlich verloren war. Dann wie in Trance der Weg zu seiner alten Wohnung, Hand in Hand, ein Tunnel bis die Wohnungstüre hinter ihnen ins Schloss fiel. Sie liebten sich lange und leidenschaftlich, klammerten sich aneinander wie Ertrinkende, suchten die Nähe des anderen, als wollten sie in dessen Körper eintauchen, verschmelzen, eins werden und alles vergessen. Wie Blinde erkundeten sie die Körper des anderen (auf der Suche nach Vertrautem und Verändertem), tasteten sich vor mit Händen, Fingern, Zungen und Lippen, bis jeder Millimeter mit dem abgespeicherten Bild verglichen war. Erst danach waren sie dazu fähig, auf die verbale Ebene zu wechseln und begannen sich die vergangene Zeit zu schildern. Es war genau so, wie es vorher war, wie es immer war: die Stimmung, die Vertrautheit, die Nähe und das Verständnis – als wäre Arturo nie weg gewesen, als wäre nie etwas zwischen ihnen gestanden. Futura lag neben ihm auf dem Teppich, schmiegte sich fest an ihn und lauschte seinen wirren Geschichten, die damals noch viel weniger Sinn ergaben als jetzt. Sie rauchten Joints, redeten, genossen ihr Zusammensein und bemerkten nicht, dass der Tag langsam in den Abend übergegangen war. Als Arturo noch einmal genauer nachfragte, was Futura während seiner Abwesenheit erlebt habe, verschwand diese (etwas Unverständliches murmelnd) in der Küche.

»Please tell me your second name
please play me your second game
I've fallen so far
for the people you are
I just need your star for a day...«

Sie kam zurück mit einer grossen Flasche Wasser und einer langstieligen Opiumpfeife, legte sich neben ihm auf den Teppich und erhitzte die Pfeife vorsichtig an der Flamme einer Kerze, bis der Opiumdampf den Weg in ihre Lungen fand. Arturo nahm ihr die Pfeife aus ihrer erschlaffenden Hand, stopfte sie mit einem weiteren Kügelchen und tat es ihr gleich. Einen Moment durchzuckte ihn der Gedanke, dass Futura ihm wortwörtlich die Friedenspfeife anbot, doch dieser Gedanke löste sich auf in den Opiumschwaden, die ihn gleichzeitig in die Höhe zogen und im Teppich versinken liessen.

»So come, come ride in my streetcar by the bay
for now I must know how fine you are in your way
and the sea sure as I
but she won't need to cry
for it's really too hard for to fly.«

»Ich habe viel gemalt und Gedichte geschrieben. Und ich habe dich vermisst und an dich gedacht. Jeden Tag, jede Minute.«

»Was?«

Arturo tauchte etwas verspätet auf aus dem Teppich, zurück an die Oberfläche. Ein Teil von ihm schwebte noch immer knapp unter der Zimmerdecke und beobachtete ihn.

»Du hast mich gefragt, was ich in der letzten Zeit gemacht habe.«

»Ach so, ja. Aber das hast du mir doch bereits erzählt. Doch ich habe irgendwie das Gefühl, dass da noch mehr ist, was du mir erzählen willst.«

»Was sollte denn noch sein?«

»Das weisst nur du. Doch ich spüre Lücken.«

»Lücken?«

»Leere. Zwischen deinen Worten.«

Futura blies den Opiumdampf gegen die Zimmerdecke, Arturo stopfte sich die Pfeife, inhalierte tief und blickte in die unendlichen Tiefen der Augen Futuras. Diese drehte sich über ihn und setzte sich auf seinen Bauch.

»Ach weisst du, eigentlich ist es wirklich nichts. Ich habe einen anderen Mann kennengelernt. Doch es ist nicht wirklich etwas Ernstes. Ich erzähle dir morgen mehr.«

Sie beugte sich über ihn und erstickte seine Worte in leidenschaftlichen Küssen, denen er sich ergab und die er schliesslich zu erwidern begann, die Zähne einsetzend, ihr die Kleider vom Leib reissend, in die Brustwarzen beissend, ihre Feuchtigkeit an seinen Fingern, seine Finger in ihr drin, ihr Stöhnen erstickend in seinem Keuchen, im Geschmack ihres Blutes, seines Blutes, sie auf den Bauch drehend und von hinten in ihren Anus eindringend, ihre Tränen der Lust auf dem Kissen, sein Samen in ihrem Mund. Die Angst, die ihn in all den zahllosen Nächten zuvor, in welchen sie dieselben Spiele gespielt hatten, begleitet hatte, ihr durch Unterwerfung die Freiheit, dieses einzige Kleid, das Futura zu ihr selbst machte, zu nehmen, war verschwunden. Dafür erfasste ihn eine andere alte Angst, kroch langsam an ihm empor, bis sie in sein Bewusstsein drang. Die Angst, dass er sie in der Liebe tötete, dort, an diesem einzigen Ort, wo es ihm gelang sie zu erreichen, sie zu erkennen, sie auf seine Seite zu ziehen.

»Si muovono e c'incantano le ore
di certe nostre sere
e sanno di partenza e di tramonto
e di sorvolare lento, lento
ma noi che le sappiamo prigioniere
non le possiamo liberare
come le onde dal mare
come le stelle dal mare.«

Als er am nächsten Morgen erwachte, lag Futura leise atmend in seinen Armen. Die Helligkeit der durch die Vorhänge dringenden Sonne warf einen Mantel des Chaos und der Trostlosigkeit über die Spuren der vergangenen Nacht, entzauberte sie, entzog ihr die Magie, die noch vor wenigen Stunden das Zimmer zu durchdringen schien. Vorsichtig stand er auf, um Kaffee zu kochen, ohne Futura zu wecken. Seine alte Wohnung erschien ihm gleichzeitig fremd und vertraut, er versuchte Veränderungen zu erkennen, hatte aber keine Ahnung mehr, wie alles war, als er zum letzten Mal hier war. Er setzte den Kaffee auf, zündete sich eine Zigarette an und rauchte bewegungslos am Fenster. Seine Gedanken kreisten um ein unbestimmtes Zentrum und diese Bewegung erfasste langsam seinen Körper, bis er sich hinsetzen musste. Zischend und brodelnd machte sich der Kaffee bemerkbar. Arturo fluchte leise vor sich hin, während er zwei Tassen mit Kaffee füllte und je einen Löffel Zucker dazugab. Als er sich das nächste Mal umdrehte, stand Futura im Türrahmen. Sie umarmten sich lange und Arturo drückte ihr einen Kuss auf ihr Haar. Schweigend tranken sie Kaffee am Küchentisch, wie hunderte Male zuvor, Futura rauchte eine Zigarette, Arturo drehte einen Joint und zündete ihn an.

»Jetzt wäre eine gute Gelegenheit, mir von diesem anderen Typen zu erzählen.«

Er reichte ihr lächelnd den Joint, Futura zog lange daran und liess den Rauch langsam zur Decke steigen.

»Habe ich dir noch nicht alles erzählt?«

Arturo trank grinsend einen Schluck Kaffee und liess dessen Wirkung mit der des Jointes verschmelzen, bis seine ganze Welt vibrierte.

»Noch nicht ganz.«

Auch Futura lächelte jetzt, nahm noch einen Zug vom Joint und reichte diesen schliesslich Arturo.

«Es ist wirklich nichts Ernstes, Arturo. Ich habe ihn an einer Vernissage in Patricias Atelier kennengelernt, er war sehr interessiert an meinen Bildern und hat gleich drei davon gekauft, weshalb wir ins Gespräch kamen. Danach begann er mir den Hof zu machen und wir verabredeten uns einige Male. Er ist völlig anders als du, als ich. Wahrscheinlich war es das, was mich an ihm interessierte.«

»Und immer noch interessiert?«

»Und mich noch immer auf gewisse Weise interessiert. Er kommt aus einer komplett anderen Welt als wir, eine Welt, die das absolute Gegenteil ist von der Art und Weise, wie wir leben. Eine Welt, die aus Arbeit, Steuern, Rechnungen, Pflichten, Verantwortung, Sicherheit, Strukturen und Plänen besteht. Esteban ist über fünfzig, ein erfolgreicher Geschäftsmann, geschieden und hat zwei erwachsene Söhne, die in seiner Firma tätig sind. Er besitzt mehrere Immobilien und genügend Geld, dass er sein ganzes Leben lang nicht mehr zu arbeiten brauchte. Bei ihm fand ich eine Oase der Ruhe, der Sicherheit und der Normalität. Er gibt mir ein Gefühl der Stabilität, der Geborgenheit, ein Leben ohne Stress, ohne Kampf.«

»Das, was du immer gesucht hast.«

»Genau. Ein Gefühl, das mir mein ganzes Leben lang gefehlt hat.«

»Aber dann ist es doch eigentlich falsch zu sagen, dass es nichts Ernstes ist.«

»Ich weiss nicht. Wärst es nicht du, der dieselbe Frage stellen würde, dann würde meine Antwort wahrscheinlich anders lauten, doch... Auf der einen Seite gibt er mir wirklich genau dieses Gefühl der Sicherheit, das ich zu brauchen glaube, doch auf der anderen Seite... Ich vermisse das Abenteuer, das Ungewisse, Unbestimmte, das im Moment leben, ohne zu wissen, was morgen ist, aufzuwachen ohne bestimmt sagen zu können, wo man sich eigentlich befindet, diese totale Freiheit, die viel eher meiner Natur entspricht. Einfacher gesagt: ich vermisse dich.«

Sie stand auf, setzte sich auf Arturos Schoss und drückte sich eng an ihn.

»Meine Beziehung zu Esteban besteht auf einer weltlichen Ebene, doch meine Verbindung zu dir geht darüber hinaus, ist sozusagen übernatürlich. Wenn ich an die Existenz der Seele glauben würde, wäre ich sicher, du wärst mein Seelenverwandter.«

Arturo küsste sie sanft auf die Stirn und drückte sie fester an sich, spürte ihre Wärme an seinem Körper, ihr Atem auf seiner Haut, ihr Duft in seiner Nase.

»Ich habe dich auch vermisst. Mehr als du glauben würdest. Mehr als ich es mir selbst eingestehen könnte.«

»Ich bin verwirrt, weiss nicht, wer ich bin und was ich wirklich will. Ich dachte, dass ich in der Beziehung mit Esteban glücklicher sei als zuvor, doch ein gewisses Gefühl der Leere blieb. Und jetzt da du zurück bist, ist diese Leere verschwunden, jetzt fühle ich mich wieder ganz. Mit Esteban geschieht alles auf einer rationalen Ebene, auch die Liebe. Doch deine Liebe ist anders, sie ist allumfassend und irrational, nimmt alles für sich ein und lässt nicht los. Nie.«

»Möchtest du denn, dass ich loslasse?«

»Nein. Ich weiss nicht.«

Sie stand auf, ging zum Kühlschrank und goss Orangensaft in zwei Gläser.

»Esteban bietet mir Perspektiven und eine klar definierte Zukunft, eine Zukunft, in der ich mich jedoch immer weniger wiederfinden kann, deren Teil ich gleichzeitig sein möchte, während jede Faser meines Körpers dies kategorisch ablehnt.«

»Ist es dann nicht eher die Idee einer geplanten Zukunft an sich, die dich fasziniert?«

»Ich weiss es wirklich nicht. Manchmal denke ich, dass es genau so ist und seit du wieder hier bist, kann ich kaum noch anders denken. Doch ich habe immer wieder diese Momente, in denen ich denke, dass ich genau diese Normalität brauche und immer gesucht habe.«

»Was ist schon Normalität? Reine Definitionssache. Für mich ist das normal, was ich kenne und wie ich lebe, das andere ist eine blosse Konstruktion, eine Projektion unserer Wünsche ohne Bezug zu dem, was wirklich ist, oder die Projektion der Wünsche anderer auf unsere eigene Existenz. Man ist nun mal, wie man ist und nicht, wie man sein möchte oder wie die anderen es gerne hätten.«

»Doch kann man sich nicht ändern.«

»Klar kann man das. Das ist ja gerade das Schöne und Interessante im Leben. Diese Veränderungen geschehen jedoch bloss im Kleinen. Prozentual ausgedrückt würde ich behaupten, dass wir einen Spielraum von etwa zwanzig Prozent haben, der verändert werden kann. Die restlichen achtzig Prozent bleiben unveränderlich bestehen, was zu genau diesem Ungleichgewicht führen kann, das du gerade erlebst und das auch ich in den letzten Monaten erlebt habe. Und wenn ich etwas daraus gelernt habe, dann dies, dass man den eigenen Fokus nicht verlieren darf. Es bringt nichts, eine fremde Brille aufzusetzen und alles darauf auszurichten, denn eine Brille kann zerbrechen und am Ende steht man wieder alleine da, mit seinen eigenen Augen, und die Welt bleibt so, wie sie ist.«

Für einen Augenblick schien Futura in ihrer eigenen Gedankenwelt zu verschwinden. Durch das geöffnete Küchenfenster drang der Lärm der Stadt an ihre Ohren. Arturo lehnte sich zurück und schloss seine Augen. Nach einer Weile holte ihn Futuras Stimme zurück in seinen Körper.

»Ich weiss wirklich nicht, was ich will und was ich brauche. Im Moment habe ich das Gefühl, dass ich beides will und beides brauche. Doch ich weiss, dass dies auf Dauer nicht funktionieren kann und ich mich irgendwann entscheiden muss.«

»Wegen mir musst du überhaupt nichts entscheiden.«

»Das weiss ich mein Liebster. Doch ich glaube, für uns beide, aber vor allem für mich selber ist es wichtig, dass ich mich entscheiden kann.«

»Das spürst du selbst am Besten.«

»Ich will weder dich noch Esteban verletzen oder verlieren.«

»Am Ende verletzt du dich bloss selbst, wodurch die Gefahr entsteht, dass du dich selbst verlierst.«

»Besteht diese Gefahr denn nicht immer?«

Beide lächelten.

»Bei Menschen wie dir und mir vermutlich schon.«

»Deshalb ist es doch umso schöner und wertvoller, dass wir uns wiedergefunden haben.«

Sie blickte ihm tief in seine Augen und zum gefühlt hunderttausendsten Mal begann Arturo im dunklen Meer ihrer Augen unterzugehen und zu ertrinken.

»Scarred, your back was turned
Curled like an embryo
Take another face
You will be kissed again

I was cold as I mouthed the words
And crawled across the mirror
I wait, await the next breath
Your name like ice into my heart«

Er erwachte schweissgebadet und orientierungslos. Die Decke klebte an seinem nackten Körper. Verwirrt setzte er sich im Bett auf und versuchte herauszufinden, wo er sich befand. Er hatte nicht die geringste Ahnung. Instinktiv tastete er mit seiner rechten Hand die Seite des Bettes ab, wo er Futura vermutete, deren Körper in seinem Traum eben noch die ihm wohlbekannte Hitze ausgestrahlt hatte, doch ihre Seite des Bettes war kalt und leer. Die Form und der Geruch des Körpers, welcher ihm noch vor wenigen Minuten real erschien, verschwanden im Nichts der vorbeifliessenden Zeit. Er fühlte sich alleine und verlassen; so alleine, dass er die Hand, die behutsam seinen Kopf streichelte und die Stimme, die beruhigend auf ihn einredete, zuerst gar nicht wahrnahm. Als die Anwesenheit der anderen Person dann mit einiger Verzögerung endlich in sein Bewusstsein drang, erschrak er so stark, dass er zusammenzuckte. Denn obwohl ihm der Klang dieser Stimme und die Berührung dieser Hand bekannt waren, erschienen sie ihm doch fremd im Vergleich zu der Vertrautheit und Geborgenheit, die ihm die Erinnerung an jenen anderen Körper vermittelt hatte.

»Es ist alles gut. Du hast bloss schlecht geträumt.«

Er wollte antworten, doch ihm fehlten die Worte. So nahm er ihre Hand von seinem Kopf, küsste sie sanft und stand auf.

»Was ist? Wohin gehst du?«
    »Es ist alles gut, ich habe bloss Durst. Schlaf nur weiter.«

Er schloss die Schlafzimmertüre behutsam hinter sich, ging in die Küche und setzte sich mit einem Glas Wasser an den Küchentisch. Er musste nachdenken. Drei Zigaretten später fühlte er sich noch immer unruhig. Die Gefühle, die ihn beim Aufwachen überrascht hatten, waren ihm unangenehm, da er diese mit aller Kraft zu verdrängen versuchte und die Zigaretten hatten sein Unwohlsein bloss verstärkt. Wo befand sie sich wohl in diesem Moment und was machte sie? Natürlich nicht sie, die gerade in ihrem Bett im Zimmer nebenan lag und hoffentlich schon wieder schlief. Nein, seine Gedanken waren bei der anderen, die in seinen Erinnerungen einfach nicht verblassen wollte. Und je länger er am Küchentisch sass und rauchte, desto lebendiger wurden seine Erinnerungen und desto weniger war an ein Weiterschlafen zu denken. Nicht mit dieser Frau, die ihm von Minute zu Minute fremder erschien, während sie (vermutlich) friedlich schlief. Nicht ohne Futura. Auf Zehenspitzen schlich er zurück ins Schlafzimmer, blieb am Bettrand stehen und betrachtete den Körper, der sich darauf befand. Ihr Atem ging ruhig, so wie sie in Embryostellung auf dem Bett lag, ihr Körper verborgen unter der Decke, das wallende schwarze Haar auf dem Kissen, ahnungslos. Er suchte seine Sachen zusammen, beugte sich über sie und drückte ihr einen Kuss auf die Stirn. Im Korridor schlüpfte er in seine Hosen und sein Hemd, drehte geübt einen Joint, setzte seine Kopfhörer auf und verliess leise die Wohnung.

»A shallow grave
A monument to the ruined age
Ice in my eyes
And eyes like ice don't move

Screaming at the moon
Another past time
Your name like ice
Into my heart«

Er hatte das Bedürfnis sich zu bewegen. Ein Gedanke durchzuckte sein Gehirn und zauberte ein Lächeln auf seine Lippen, als er auf die Strasse trat.

»Bewegung zeigt sich nicht im Gehen, sondern auf der Flucht.«

Wieviel Zeit seit seinem Wiedersehen mit Futura vergangen war, wusste er nicht genau. Sie hatten sich danach wieder regelmässig getroffen, doch Arturo wurde schnell klar, dass Futura den anderen Weg gehen musste, obwohl sie selbst dies nicht wahrhaben wollte und alles daran setzte, das bestehende Dreiecksverhältnis aufrechtzuerhalten. So lag es also an Arturo sich zu distanzieren und sich immer mehr zurückzuziehen, was ihm mehr schlecht als recht gelang, weshalb sie sich trotzdem noch in unregelmässigen Abständen trafen und die Nacht miteinander verbrachten. Dabei vermieden sie es stets über ihre Beziehung zu sprechen und der Name Esteban blieb ebenso unerwähnt. Bei ihren Treffen ging es nur um sie beide (alles andere existierte nicht mehr), um ihre spezielle Verbindung, die sich immer stärker ins Irrationale kehrte, um die Macht, die sie an den jeweils anderen fesselte, um die Liebe, in der sich ihre Existenzen auflösten und um die Grenze, die sie gemeinsam überschritten hatten und die zu einem elementaren Teil ihrer irrationalen Liebe geworden war. Liebe und Unterwerfung, Leben und Tod, Alles und Nichts.

»Everything as cold as life
Can no one save you?
Everything as cold as silence
And you never say a word...«

Er ging ziellos durch die spärlich beleuchteten Strassen der Stadt, wandte sich mal nach links, dann wieder nach rechts, ohne wahrzunehmen, wo er sich eigentlich befand. Die Strassen glänzten feucht von der Reinigung und spiegelten das orangene Licht der Strassenlaternen, glühend wie Lavaströme. Wassertropfen wurden durch seine Schritte aufgewirbelt und erzeugten das Gefühl von emporsteigender Glut. Die Sterne standen tief, so tief, dass sie Gefahr liefen, hinunterzustürzen. Arturo blies den Rauch seines Jointes gegen den Himmel und seufzte tief. Ihm war kalt. Er wählte einen neuen Song aus und drückte Play.

»So, so you think you can tell
heaven from hell
blue skies from pain
Can you tell a green field
from a cold steel rail?
A smile from a veil?
Do you think you can tell?«

Er setzte sich auf eine Mauer, von wo er in einem bestimmten Winkel das Meer sehen konnte und drehte einen weiteren Joint. Er war verwirrt. Das fragile Gebilde, das er sich in den vergangenen Monaten konstruiert hatte, um mit seinen widersprüchlichen Emotionen klar zu kommen, drohte zusammenzustürzen. Dabei hatte er doch eigentlich noch nie Probleme damit gehabt, mit Frauen keine exklusiven Beziehungen zu haben, in den meisten Fällen war ihm das sogar lieber. Er hatte auch nie ein Problem damit gehabt, zu akzeptieren, dass er nicht der einzige Mann im Leben seiner Frauen war, für ihn bedeutete das nie eine Abwertung der Beziehung oder der Personen. Für ihn zählte in erster Linie die Verbindung, die zwischen ihm und der jeweiligen Frau bestand und diese Verbindung stand für sich, konnte durch nichts abgewertet oder beeinflusst werden, auch nicht dadurch, dass einer oder beide von ihnen Verbindungen zu anderen Partnern unterhielten, da für ihn diese Verbindungen unabhängig voneinander bestanden und auch unabhängig voneinander existieren konnten. Doch mit Futura war das alles anders. All die gut gemeinten Vorsätze und Ideen, nach denen er sein Leben ausgerichtet hatte, um nicht dieselben Fehler immer wieder von Neuem zu machen, zerfielen im Angesicht Futuras zu nutzlosem Staub.

»And did they get you to trade
your heroes for ghosts?
Hot ashes for trees?
Hot air for a cool breeze?
Cold comfort for change?
And did you exchange
a walk on part in the war
for a lead role in a cage?«

Ein langer Seufzer bahnte sich den Weg aus der Tiefe seines Körpers an die Oberfläche. Eine Katze schlich der Mauer entlang, beobachtete ihn für einige Sekunden und verschwand in der Dunkelheit, während vereinzelt Autos an ihm vorbeirollten. Eine Polizeistreife hielt in seiner Nähe. Die Beamten beobachteten ihn minutenlang misstrauisch durch die Windschutzscheibe, doch setzten daraufhin ihren Wagen wieder in Bewegung. Die Nacht war ruhig, viel zu ruhig. Aus der Ferne drang das hysterische Lachen einer Frau an sein Ohr. Er blickte auf seine Hände, welche nur noch leicht zitterten. Die Umgebung löste sich langsam von seiner Wahrnehmung, bis nur noch die Mauer unter seinem Hintern und er selbst zu existieren schienen. Er tauchte in seine Erinnerung ein. Es war vor wenigen Wochen, ein Abend, an dem er sich mit Futura verabredet hatte. Bereits am Nachmittag verspürte er eine gewisse Vorfreude, die ein Kribbeln in seinem Bauch hinterliess, das immer stärker wurde, je näher die Stunde rückte, in der er Futura treffen sollte. Viel zu früh machte er sich auf den Weg zu ihrer Wohnung (seiner alten Wohnung), so dass er sich in ein nahes Kaffee setzte und Espresso trank. Zerstreut blätterte er in einem Buch ohne den Inhalt der Worte wahrzunehmen. Von seinem Platz aus konnte er durch das grosse Fenster die Strasse und auf der gegenüberliegenden Strassenseite den Eingang zum Haus, in dem Futura wohnte, überblicken, was ihm jedoch erst in jenem Moment bewusst wurde, als vor eben diesem Eingang eine grosse, schwarze Mercedes-Limousine hielt.

»Once I was a soldier
and I fought on foreign sands for you,
once I was a hunter
and I brought home fresh meat for you,
once I was a lover
and I searched behind your eyes for you,
and soon there'll be another
to tell you I was just a lie«

Ein Mann in dunkler Chauffeursuniform mit Mütze stieg aus und öffnete die Türe zum Fond. Nacheinander kamen daraus ein Mann mit ergrauten Schläfen in einem dunklen Anzug und Futura zum Vorschein. Als sich die beiden zum

Abschied umarmten und küssten (etwas steif und distanziert, was Arturo in diesem Moment jedoch überhaupt nicht auffiel), versetzte dies Arturo einen Stich mit dessen Heftigkeit er nicht gerechnet hatte. Tränen stiegen in seine Augen, vernebelten sein Bewusstsein und für einen kurzen Moment schien die ganze Welt in einem schwarzen Loch zu verschwinden.

»And though you have forgotten
all of our rubbish dreams,
I find myself searching
through the ashes of our ruins,
for the days when we smiled
and the hours that ran wild,
with the magic of our eyes
and the silence of our words
and sometimes I wonder just for a while,
will you ever remember me«

Als er schliesslich später an seine alte Wohnungstüre klopfte, hatte er sich wieder gefasst und sich fest vorgenommen, sich nichts anmerken zu lassen. Er wollte Futuras unausweichliche Entscheidung nicht mit seinen Emotionen beeinflussen; dafür, glaubte er, liebte er sie zu stark. Doch eigentlich lag es eher an seinem Stolz, daran, dass er sich selbst zu stark liebte. Futura öffnete die Türe mit Tränen in den Augen, die starke, freie Futura, zerbrechlich wie eine Porzellanfigur. Schluchzend fiel sie in seine Arme.

»Ich kann das nicht mehr. Das bin doch gar nicht ich. Ich will doch nur mit dir sein. Immer.«

Arturo drückte sie an sich und wünschte sich, sie nie mehr loszulassen, doch wusste genau, dass er sie damit erdrücken würde. Durch die Wohnung hallten Worte, die aus den Lautsprechern strömten.

»And I'm watching you now
I see you building a castle with one hand
while tearing down another with the other...«

Arturo schob Futura sachte in die Wohnung und schloss wortlos die Türe. Keine Worte konnten ausdrücken, was er fühlte, denn Worte sind bloss Worte. Also erklärte er sich ihr auf seine Weise, auf ihre Weise, auf diese einzige Art, wie er sie zu erreichen wusste, wie sie einander erreichen konnten.

Danach lagen sie nebeneinander auf dem Teppich. Arturo zog lange am Joint, den Futura mit ihrer ganz eigenen Technik gedreht hatte und beobachtete den Rauch, der langsam aus seinem Mund und seiner Nase entwich und aufgrund des geöffneten Fensters und des Temperaturunterschieds in wirren Formen über den Boden kroch.

»Kennst du die Fabel vom Frosch und dem Skorpion?«

Futura drehte sich in seine Richtung und zog am Joint, den er ihr während seiner Worte zwischen die Lippen gesteckt hatte.

»Nein. Bitte erzähl sie mir.«

»Am Flussufer trifft ein Skorpion auf einen Frosch und fragt ihn: ›Nimmst du mich mit auf die andere Seite?‹ Der Frosch erwidert: ›Nein, du wirst mich stechen.‹ Der Skorpion aber sagt: ›Warum sollte ich das tun? Dann ertrinken wir beide.‹ Also nimmt der Frosch den Skorpion auf seinen Rücken und schwimmt mit ihm zur anderen Seite. Doch in der Mitte des Flusses sticht der Skorpion plötzlich zu. ›Warum hast du das getan?‹, fragt der Frosch sterbend. ›Jetzt ertrinken wir beide!‹ Da sagt der Skorpion: ›Weil ich ein Skorpion bin.‹«

Er hielt kurz inne und zog den Rauch tief in seine Lungen.

»Du bist wie der Frosch. Du brauchst einen Prinzen, der dich küsst, dann verwandelst du dich in eine Prinzessin. Doch ich bin dieser Skorpion. Auch ich kann nicht anders als zuzustechen.«

Das Vibrieren seines Handys holte ihn ruckartig aus seiner Erinnerung und setzte ihn rücksichtslos zurück auf die Mauer, den Blick aufs Meer gerichtet. Er holte umständlich sein Telefon aus der Tasche hervor und las die eben angekommene Nachricht.

»Immer wenn du gehst, geht ein Teil von mir und solange du weg bleibst, fehlt mir dieser Teil, ein Teil, den nichts und niemand ersetzen kann. Nur du. Immer du. Was bin ich ohne dich? Unvollständig, verloren, alleine. Ich brauche dich, wie der Mond die Sonne zum Scheinen braucht, wie die Fische das Wasser zum Leben brauchen. Ohne dich gibt es mich nicht, wie es ohne Tag keine Nacht, ohne Ebbe keine Flut geben würde. Ich vermisse dich, ich brauche dich und ich liebe dich. Mehr als Worte ausdrücken können.

Tausend Küsse, F.«

Arturo schloss seine Augen und drehte die Musik lauter. Gedanken und Gefühle rasten durch seinen Kopf und seinen Körper, liessen sich jedoch nicht fassen, drehten sich immer schneller und hinterliessen ein Taumeln in seinem Bewusstsein. Wieder entwich ein langer Seufzer seinen Lippen und eine einzelne Träne rann über die Narbe in seinem Gesicht.

»How I wish, how I wish you were here.
We're just two lost souls swimming in a fish bowl
year after year
running over the same old ground
what have we found?
The same old fears
wish you were here.«

Noch immer sass er auf dem umgedrehten Ruderboot am Strand. Hätte er sich umgedreht und seinen Blick auf die Stadt gerichtet, wäre es ihm möglich gewesen, zwischen den Häusern die Mauer zu erkennen, auf der er in seiner Erinnerung eben noch gesessen war. Am Horizont verdichteten sich die Anzeichen der anbrechenden Dämmerung, doch die Dunkelheit lockerte ihren Griff nur langsam. Die Nacht war noch nicht vorbei, ihm blieb also noch ein wenig Zeit, Zeit, um seine Erinnerungen abzuschliessen. Sein Blick richtete sich auf den Horizont, als würden dort alle Antworten sichtbar werden. Doch wie immer war die einzige Antwort, die dort lag, das unendliche Nichts. Das Klingeln seines Handys riss ihn aus seinem Gedankenfluss und spülte ihn zurück ans Ufer der Wirklichkeit.

Auf dem Display leuchtete der Name Saïd auf, doch Arturo ignorierte das Klingeln und Vibrieren und behielt das Handy in der Hand, bis dieses so plötzlich stoppte, wie es zuvor begonnen hatte.

Er erinnerte sich an den Abend, an dem er Saïd zum letzten Mal gesehen hatte. Es war einige Wochen nach seiner Rückkehr und er befand sich gerade auf dem Weg von Futuras Wohnung, wo er den Abend verbracht hatte, zurück zu seinem Zuhause in Manuels Häuschen. Er schlenderte durch die warm beleuchteten Strassen der Stadt, die vor unbestimmter Zeit seine Stadt war, die ihm jedoch von Tag zu Tag fremder erschien. Ein struppiger Strassenköter kreuzte seinen Weg, beschnupperte ihn und folgte ihm einige Meter. Arturo hielt inne, bückte sich und kraulte den Hund hinter den Ohren. Der Hund bedankte sich, in dem er ihm die Hände ableckte. Als Arturo weiterging, folgte ihm der Hund in einigem Abstand, kam dann aber immer näher, bis er schliesslich neben Arturo herging, als würde ihn dieser gerade zum Nachtspaziergang ausführen. Arturo grinste und zündete sich eine Zigarette an. Die Stadt wirkte wie ausgestorben. Er bog in die Strasse ein, in der sich Manuels Haus befand, als plötzlich, wie aus dem Nichts, ein dunkler BMW auftauchte und im Schritttempo neben ihm herfuhr. Instinktiv hielt Arturo an und betrachtete gespannt den Wagen, seine rechte Hand suchte in der Hosentasche den Griff seines Messers. Auf der Fahrerseite wurde das Fenster hinuntergekurbelt. Arturos Hand spannte sich um den Griff seines Messers.

»Arturo, da bist du ja endlich. Wir haben dich vermisst.«

Saïd streckte sein lachendes Gesicht aus dem Seitenfenster und bedeutete Arturo näherzutreten. Dieser ging ebenfalls lächelnd zum Wagen und begrüsste seinen Freund mit zwei Küssen auf die Wangen.

»Saïd, mein Bruder. Schön dich zu sehen. Wie geht es dir? Und wie geht es Dejan?«

»Wir haben uns Sorgen um dich gemacht. Dejan ist deswegen etwas verärgert. Doch jetzt bist du ja hier. Steig ein. Wir hätten gerade etwas zu erledigen.«

Arturo zögerte, doch er wusste genau, dass ihm keine andere Wahl blieb. Also ging er grinsend um den Wagen herum und setzte sich auf den Beifahrersitz. Saïd drückte aufs Gas und der Wagen glitt in die Nacht, während der Hund ihm traurig hinterherblickte.

Natürlich fuhren sie zum Hafen, alles andere wäre Arturo seltsam erschienen. Während der Fahrt blieb ihr Gespräch lange auf der freundschaftlichen Ebene. Erst als sie ins Hafengelände einbogen, wechselte Saïd zum Geschäftlichen.

»Wir haben folgendes Problem. Eine Nutte, die für uns Kurierdienste erledigt hatte, ist unter mysteriösen Umständen verschwunden. Ihre Eltern konnten dies nicht akzeptieren und haben einen Privatermittler auf den Fall angesetzt. Dieser Hurensohn hat sich äusserst geschickt angestellt und bereits mehr herausgefunden, als gesund für ihn ist. Und das Hauptproblem dabei ist, dass er sich nicht an die Abmachungen mit der Polizei hält.«

»Und nun soll ich diesen Typen für euch finden?«

»Nein«, antwortete Saïd und steuerte den Wagen in das Arturo wohlbekannte, abgesperrte Hafengelände. »Der Typ hängt gefesselt an einem Fleischerhaken in Gebäude B.«

»Um was geht es dann?«, fragte Arturo zögernd.

»Um deine Loyalität.«

Die folgenden Stunden blieben in Arturos Erinnerung nur als bruchstückhafte Bilderfolgen erhalten. Der orange beleuchtete löchrige Asphaltplatz, das Quietschen des Tores zu Gebäude B, der dunkle Korridor und die metallisch knarrende Treppe in den Keller, der muffige Geruch von Feuchtigkeit, der Klang dumpfer Schläge und das gedämpfte Schreien eines Menschen, die schwere Eisentür, die in die Hölle führte, der Geruch nach Blut, Pisse und Erbrochenem, das Flehen in der Stimme des Gefesselten, der kalte Stahl der grossen Pistole, der zitternde Lauf in seiner ausgestreckten Hand, der ohrenbetäubende Knall der Schüsse und die Kraft des Rückstosses in seinem Handgelenk, der metallische Geruch des Blutes, das sich in einer Pfütze sammelte, die hämisch lachenden Gesichter seiner sogenannten Freunde, das Schweigen zwischen ihm und Saïd, als dieser ihn wieder zurück nach Hause fuhr und die rauchige Stimme des Bosses, die während dieser Fahrt aus den Lautsprechern drang.

»New Jersey turnpike, ridin' on a wet night
beneath the refinery's glow,
out where the great black rivers flow
license, registration, I ain't got none

but I got a clear conscience about the things that I've done
Mister state trooper, please don't stop me,
please don't stop me, please don't stop me

Maybe you got a kid, maybe you got a pretty wife
the only thing that I've got,
has been bothering me my whole life
Mister state trooper, please don't stop me,
please don't stop me,
please don't stop me...«

Die raue Zunge des Hundes, der ihm die Hand leckte, als er wieder auf der Strasse vor Manuels Haus stand und Saïds BMW gerade um die Ecke verschwunden war, holte ihn zurück aus der Trance, in die er verfallen war, als er den Abzug drückte. Er kraulte den Hund zwischen den Ohren, zündete sich eine Zigarette an und setzte sich auf den Bordstein. Wie lange er dort sitzen blieb, wusste er nicht mehr, wie er sich an überhaupt nichts mehr von diesem Moment erinnerte, ausser an die Härte des Bordsteins und an den Hund, der sich neben ihn legte. Er zuckte zusammen, als sich plötzlich eine Hand auf seine Schulter legte. Er fuhr herum und zog sein Messer. Der Stahl der Klinge blitzte im Licht der Laternen.

Manuel blickte ihm erschrocken in die Augen und trat einige Schritte zurück.

»Ganz ruhig Arturito. Ich bin es nur.«

Arturo liess die Klinge zuschnappen, steckte das Messer zurück in die Hosentasche und fiel Manuel in die Arme.

»Entschuldige Manu, meine Nerven.«

»Kein Problem, kein Problem. Komm, lass uns reingehen.«

Zurück im Haus setzte Manuel in der Küche Teewasser auf, während sich Arturo im Wohnzimmer aufs Sofa setzte und erstmal einen Joint drehte. Die warme Atmosphäre des spärlich beleuchteten Zimmers liess ihn endlich wieder entspannen. Er zog seine Schuhe aus, zündete den Joint an und lehnte sich zurück. Manuel brachte eine eiserne Kanne mit Grüntee und zwei Teeschalen und liess sich in einen Sessel fallen. Eine Weile sassen sie schweigend nebeneinander, tranken Tee und rauchten.

»Die Zukunft ist bloss eine Erinnerung der Vergangenheit. Glaubst du an die Determiniertheit des Lebens, Manuel?«

»Nein. Ich glaube alles im Universum, das Leben miteingeschlossen, ist eine zufällige, chaotische Abfolge willkürlicher Ereignisse. Ohne Bestimmtheiten, Abhängigkeiten und Festgelegtsein.«

»Das glaube ich auch. Doch ich glaube immer mehr, dass unsere Handlungen unsere Zukunft, wenn nicht determinieren, so doch zumindest beeinflussen.«

»In gewisser Weise hast du sicher recht. Die Art, wie wir die Welt wahrnehmen, basiert nun mal auf unseren Erinnerungen, auf abgespeicherten Informationen aus unserer Vergangenheit. Wir interpretieren Situationen nach bekannten (ergo erlebten) Mustern, tragen also unsere Vergangenheit stets mit uns herum. Zudem bauen wir über soziale Netze Beziehungen, Verbindungen und Abhängigkeiten auf, die uns ebenso mit der Vergangenheit verbinden. Trotzdem ist es nicht so, dass deshalb die Vergangenheit unsere Zukunft determinieren würde. Das alles ist ja nur in deinem Kopf, der die äusseren Ereignisse beeinflusst, interpretiert und mit bereits Erlebtem vergleicht.«

»Und trotzdem kann sich diese Interpretation auch in der Wirklichkeit manifestieren.«

»Arturo, darüber haben wir schon tausend Mal gesprochen. Du hast immer eine Wahl. Im Grunde genommen bringt es einen Scheiss dein Leben zu ändern. Du musst dein Ändern leben. Das ist ein aktiver Prozess und bleibt immer ein aktiver Prozess, in jeder Situation, für den Rest deines Lebens. Das ist Veränderung. Alles andere ist Verdrängung.«

Arturo schwieg und starrte rauchend an die Decke.

»Du weisst genau, dass ich recht habe«, fuhr Manuel fort. »Das heisst aber nicht, dass ich nicht volles Verständnis habe für die Dämonen, die du mit dir herumträgst. Ich hoffe, du weisst das. Alles was ich versuche, ist dich zu unterstützen.«

»Ich weiss Manu. Es tut mir leid. Und ich bin dir enorm dankbar. Für alles. Ich hoffe, du weisst das.«

»Jetzt lass uns von etwas anderem reden. Du bist zurück. Ein neuer Tag, ein neuer Start.«

»Da gibt es noch andere Brücken in die Vergangenheit.«

»Futura?«

»Genau.«

»Führt diese Brücke nur in die Vergangenheit oder siehst du einen Weg, wie sie auch in die Zukunft führen könnte?«

»Ich weiss es nicht. Eigentlich wünschte ich das, doch ich glaube, dazu fehlt mir die Zeit.«

»Wie meinst du das?«

»Eine Frau schenkt dir immer eine gewisse Zeit ihres Lebens. Denn die Zeit spielt eine entscheidende Rolle im Leben einer Frau. Für sie ist die Zeit wirklich, für den Mann ist sie relativ.«

Manuel schmunzelte und zündete einen Joint an.

»Dass die Zeit für dich relativ ist, habe ich schon oft bemerkt. Doch gilt das auch für die Frauen? Gerade Futura scheint mir etwas Absolutes in deinem Leben zu sein.«

»Als Mann ohne Heimat kann man nicht ohne Geliebte an ein und demselben Ort leben. Wenn es nicht gelingt, sich eine zu beschaffen, ist man gezwungen, ein Reisender zu bleiben. Es muss eine Frau sein, um derentwillen man seine Vergangenheit vergisst, seine Identität verleugnet, eine Frau, die zu einer neuen Welt wird und einen umgibt wie eine schützende Kapsel. Die Frau ist für den Exilanten ein Stück Heimat auf fremder Erde und verleiht ihm eine Exterritorialität, eine Art Asylrecht.«

»Ich verstehe, was du meinst. Die Frau erfüllt eine bestimmte, äusserst wichtige Rolle in deinem Leben. Doch muss diese Rolle von einer bestimmten Frau ausgefüllt werden? Ist nicht die Rolle wichtiger, als die Person, die sie ausfüllt?«

»Ich glaube, du hast recht. Es ist besser, wenn ich weiter-gehe«, fuhr Arturo nach einer kurzen Pause fort, »bevor die Zeit abgelaufen ist.«

»Schaffst du das?«

»Ich weiss es nicht, ich denke schon. Das Problem ist, dass ich nicht genau weiss, ob ich das will.«

»Vergiss nicht: Nicht wenn wir tun, was wir wollen sind wir frei, sondern wenn wir wollen, was wir tun.«

Manuel reichte Arturo den Joint und goss Tee in die ge-leerten Schalen. Dann stand er auf, legte eine Platte auf und dämpfte das Licht. Die flackernden Kerzen warfen Schattenspiele an die Wände, deren Geschichten Arturo sofort fesselten. Erst die Stimme aus dem Lautsprecher holte ihn wieder zurück ins Zimmer, in dem Manuel in-zwischen wieder neben ihm sass.

»Remember when you were young
you shone like the sun
shine on you crazy diamond
now there's a look in your eyes
like black holes in the sky
shine on you crazy diamond...«

Arturo begann zu lächeln und reichte Manuel den Joint. Dieser lächelte ebenfalls.

»Das bin ich also für dich«, brach Arturo schliesslich das Schweigen.

»In gewisser Weise schon. In gewisser Weise bin ich das auch. Doch du ein bisschen mehr.«

»You reached for the secret too soon
you cried for the moon
shine on you crazy diamond
threatened by shadows at night
and exposed in the light
shine on you crazy diamond...«

Arturo boxte ihm freundschaftlich in die Schulter.

»Wahrscheinlich hast du ja recht. Doch da gibt es bei weitem Schlimmere. Habe ich dir jemals die Geschichte von Gott erzählt?«

»Die Geschichte von Gott? Wie meinst du das?«

»Na so, wie ich es sage. Habe ich dir jemals die Geschichte von Gott erzählt?«

Ein überlegenes Grinsen spielte um Arturos Lippen. Manuel schüttelte verwirrt den Kopf.

»Gott ist nicht tot«, fuhr Arturo fort. »Gott ist Italiener. Er lebt in einem kleinen Appartement in Buenos Aires. Ich habe ihn getroffen, kurz bevor ich aus der Stadt verschwand und das war purer Zufall, da er nur selten seine kleine Wohnung verlässt, um Besorgungen zu machen. Normalerweise lebt er zurückgezogen in seiner kleinen Wohnung und versucht krampfhaft, aber vergebens die Geschicke der Welt und der Menschen zu lenken. Ich traf ihn in einer düsteren Bar, wo er an der Theke lehnte und einen Negroni nach dem anderen trank. Irgendwie kamen wir ins Gespräch und er begann mir seine Geschichte zu erzählen. Seiner Meinung nach begann der Anfang seines Endes vor etwa 2000 Jahren, als die Menschen ihn auf ihr eigenes Level herunterholten. Durch die Vermenschlichung Gottes wurde der Grundstein dazu gelegt, ihn für menschliche Zwecke zu missbrauchen und zu instrumentalisieren. Gott verkam zu einer blossen Idee, derer sich die Menschen benutzten, um Kriege zu führen, um Macht anzuhäufen, um Regeln durchzusetzen und die Ungleichheit zwischen ihnen zu rechtfertigen. Sein Name wurde von den Menschen für die ungeheurlichsten Dinge missbraucht, weshalb er sich immer stärker von den Menschen zurückzog und sie ihrem eigenen Schicksal überliess. Das, was die Menschen als Gott bezeichneten, hatte immer weniger mit dem zu tun, für das Gott einmal stand. Die Menschen stiessen ihn von seinem Thron und setzten sich selber darauf. Gott versuchte dagegen anzukämpfen, doch gegen die Institutionalisierungen der Menschen kam er nicht an, weshalb er bald resignierte. Seitdem seine Rolle auf die Rechtfertigung politischer Autokratie und deren Folgen beschränkt wurde, hat Gott mit den Menschen abgeschlossen. Er liess sich von einem guten Freund tot erklären und zog sich in eine kleine Wohnung in Buenos Aires zurück. Der Grund seines vorgetäuschten Todes lag dabei weniger in den aufklärerischen Philosophien, als viel mehr in der rationalisierten Welt des Kapitalismus, in der die göttliche Idee auf Nationalstaaten, den ökonomischen Kreislauf oder die Kunst übertragen wurde. Gott wurde aus der Welt hinausgedrängt und behielt seinen Platz bloss in den institutionalisierten Religionen, die entweder das schlechte Gewissen der Bourgeoisie mit Weihwasser besprenkelten oder als spirituelle Trostreserve das Elendsproletariat in der kapitalistischen Arbeitshölle bei der Stange hielten. In seinem selbst gewählten Exil beschäftigte er sich nach einigen Jahrzehnten stiller Meditation damit, den Menschen so richtig auf die Eier zu gehen, sie zu verarschen, zu täuschen, zu verführen, ihnen Streiche zu spielen und Fallen zu stellen. So amüsierte er sich viele Jahre, bis alles aus dem Ruder lief und er die Kontrolle über die Taten der Menschen vollständig verloren hatte. Danach besann er sich wieder auf seine eigentliche Aufgabe, hatte aber enorme Mühe seinen verspielten Einfluss zurückzugewinnen. Zu stark waren die Menschen geprägt von ihrer rationalisierten Welt des Kapitalismus, aber auch von den Jahren der Täuschungen und Streiche Gottes. Als ich ihn traf, hatte er beinahe wieder resigniert. Er hat sich einen Computer angeschafft und operiert über das Internet, kann aber keine nennenswerten Fortschritte verzeichnen. Die meiste Zeit verbringt er nun mit einem Glas Wodka in der Hand auf seinem Sessel, guckt Pornos und spielt Videospiele.«

Für einen kurzen Moment herrschte Stille im Raum, dann brachen beide in schallendes Gelächter aus, welches sie nicht mehr kontrollieren konnten. Manuel versuchte sich zusammenzureissen und rief ihnen beiden die Kinder in Erinnerung, die im Nebenzimmer schliefen, doch nichts konnte ihr Lachen stoppen. Die negativen, pessimistischen Gedanken, die eben noch aus Arturos Innerem ins Zimmer strömten, ertranken in der positiven Energie des Gelächters, welches die Mauern der Schwermut zusammenstürzen liess. Für einen kurzen Moment schien die Zeit um Jahre zurückgedreht, in die Zeit, in der sich die beiden eben kennengelernt hatten und Nächte mit Diskussionen verbrachten, in denen sie sich gegenseitig ihre Welt erklärten, ohne in Depressionen zu verfallen.

Arturo grinste. Die Erinnerung liess ein warmes Gefühl durch seinen Körper strömen, welches die Kälte der Nacht verdrängte. Am Horizont über dem Meer bahnte sich die Dämmerung unaufhaltsam ihren Weg Richtung Stadt. Das Kreuzfahrtsschiff, welches er seit einiger Zeit beobachtet hatte, war im Begriff im Hafen anzulegen. Noch immer lagen die Schatten der Nacht über dem Strand und über Arturos Gedanken. Er trank einige Schlucke Mate und zündete eine Zigarette an. Ein Segelboot glitt über das Meer Richtung Osten auf der Suche nach der bald auftauchenden Sonne. Langsam rutschte Arturo vom Ruderboot herunter und ging einige Schritte durch den Sand. Bald würde die Stadt aus ihrem Schlaf erwachen und immer mehr Menschen aus ihren Höhlen auf die Strasse spucken, bis sie vibriert wie ein Organismus, der Blut durch seine Adern pumpt. Jeder Mensch eine Blutzelle. Und Arturo ein Krebsgeschwür. Die Welt drehte sich immer schneller. Zu schnell. Schwindelgefühle, Übelkeit. Arturo übergab sich neben das Ruderboot in den Sand. Er kotzte sich beinahe die Seele aus dem Leib. Dann liess der Schwindel nach. Schweisstropfen standen auf seiner Stirn, während Rotz aus seiner Nase lief. Er spülte seinen Mund mit etwas Mate, spuckte aus und zündete sich den erloschenen Joint an, der noch immer auf dem Ruderboot lag. Der Schweiss rann ihm über das Gesicht und mischte sich mit seinen Tränen. Noch einmal überkam ihn ein heftiger Brechreiz und er leerte den Rest seines Mageninhalts neben das Ruderboot. Dann verschwand die Übelkeit so plötzlich, wie sie gekommen war. Erschöpft liess er sich in den Sand fallen. Seine Beine und sein Rücken schmerzten von den Anstrengungen des letzten Tages, der letzten Wochen, seines ganzen Lebens. Er sehnte sich nach einem heissen Bad und einem weichen Bett. Nachdenklich klickte er sich durch die Musiksammlung auf seinem iPhone und wählte einen Song aus.

»When you were here before
couldn't look you in the eye
you're just like an angel
your skin makes me cry
you float like a feather
in a beautiful world
I wish I was special
you're so fucking special...«

Er sass auf dem Teppich in Futuras Wohnung und rauchte. Futura döste neben ihm, eingewickelt in eine warme Decke. Seine Gedanken rasten und es fiel ihm schwer ihnen zu folgen und sie einzufangen. Sein Gehirn fühlte sich an wie eine zähflüssige Masse. Was machte er hier? Wieso ging er nicht einfach weg? Was hielt ihn eigentlich noch hier?

»But I'm a creep
I'm a weirdo
what the hell I'm doing here?
I don't belong here...«

Kurz entschlossen verliess er die Wohnung, tauchte ein in die Gassen der Stadt, liess sich treiben und von der

Anonymität der Masse verschlucken. Der zähflüssige Strom von Menschen auf den Ramblas erinnerte ihn an das Blut, welches durch seine Adern pumpte und ihn am Leben erhielt, genau wie dieser Menschenstrom die Stadt am Leben erhielt. Im Halbdunkel der Abendbeleuchtung glitzerte der Asphalt in rötlich-orangem Licht. Ein Strom aus Lava. Oder eben Blut. Die Menschen wie einzelne Zellen. Gut oder bösartig, gesunde Zellen oder Geschwüre, Symbionten oder Parasiten. Die Stadt verzog ihr Gesicht zu einer Fratze und lachte ihm mit schlechtem Atem direkt ins Gesicht. Ihre Geschwindigkeit liess ihn taumeln und auf die Knie sinken. Futura. Mit einem Lächeln erhob er sich wieder und bog in die nächste Gasse ein.

»I don't care if it hurts
I want to have control
I want a perfect body
I want a perfect soul
I want you to notice
when I'm not around
you're so fucking special
I wish I was special...«

Die Pflastersteine hoben und senkten sich unter seinen Füssen. Er schien zu fallen, doch er hatte sich bereits so an diesen Zustand gewöhnt, dass es ihm normal erschien. Gesprächsfetzen drangen an seine Ohren, doch er konnte die Sprache nicht verstehen. Seine Lungen brannten, als würde er rennen. Und eigentlich rannte er ja auch. Bereits sein ganzes Leben lang. Auch Futura rannte, obwohl sie es nicht wahrhaben wollte. Sie rannten beide davon, doch wovor eigentlich? Und warum konnten sie nicht zusammen wegrennen? Er schloss seine Augen und blickte über das im Sonnenaufgang rötlich leuchtende Forum Romanum. Neben ihm rückte Santiago seine dunkle Sonnenbrille zurecht, zündete sich eine Zigarette an und legte seinen Arm um Arturos Schultern.

»Wovor rennst du weg?«

Arturo räusperte sich, zündete ebenfalls eine Zigarette an und liess den Rauch in Ringen gegen den Morgenhimmel steigen.

»Vor allem und vor nichts.«

»So ist es. Alles existiert nicht, nichts genausowenig.«

»She's running out again
she's running out...
she run run run run...
run...«

»Weil wir beide vor uns selbst davon rennen.«

Den letzten Gedanken sprach er laut vor sich hin. Der Klang seiner eigenen Stimme holte ihn schlagartig aus der tiefen Trance, in die er verfallen war. Verstört blickte er um sich, um herauszufinden, wohin ihn seine Füsse getragen hatten. Unbewusst war er vor Juans Wohnung gelandet, weshalb er beschloss, seinem alten Kreis einen Besuch abzustatten, etwas, das er seit seiner Rückkehr nur selten gemacht hatte. Irgendetwas in ihm hatte sich dagegen gewehrt und auch jetzt sträubte sich ein Teil seines Körpers vehement dagegen. Eine Zeile aus dem Lied, das er eben gehört hatte, drehte sich wie ein Mantra in seinem Kopf, während er sich mit aller Kraft überwand und auf die Klingel drückte.

»I don't belong here...«

Arturo bahnte sich seinen Weg durch den mit Kisten vollgestellten Korridor ins Wohnzimmer. Er war verwirrt. Beinahe die gesamte Einrichtung war auseinandergebaut oder in Kisten verpackt und seine Freunde sassen alle in einem Kreis auf dem Teppich und diskutierten. Wenigstens etwas war wie immer. Juan sprang sofort auf die Beine und umarmte ihn herzlich.

»Arturi, wie schön dich zu sehen. Was für ein wunderbarer Zufall, dass du heute zu Besuch kommst. Wie geht es dir?«

Nun waren auch die anderen auf den Beinen, Arturo wurde in die Arme geschlossen und mit Küssen übersät. Nachdem die übliche Begrüssungszeremonie vollzogen war und Arturo in seiner knappen Art berichtet hatte, wie es ihm ging und was er so trieb, setzten sich alle zusammen auf den Teppich. Juan drückte Arturo ein Glas Rotwein in die Hand und Alejandra legte wie selbstverständlich ihren Kopf auf seinen Schoss.

»Aber nun erzählt«, übernahm Arturo die Initiative. »Was ist bei euch passiert? Wieso all diese Kisten?«

»Die Wohnung ist leider zu teuer. Wir können uns den neuesten Aufschlag auf die Miete nicht mehr leisten. Kein

Geld. Immer dieselbe Scheisse. Nicht mal mein Studiendarlehen kann ich zurückzahlen.«

Juans Frustration drang aus jedem Laut, der seinen Mund verliess. Er leerte sein Glas in einem Zug und goss sich ein neues ein.

»Geht zur Universität, so habt ihr die besten Perspektiven für die Zukunft. Wissen bedeutet Macht. Eine ganze Generation haben sie damit verarscht.«

Er lachte hämisch.

»Was haben wir denn schon für Perspektiven? Wir alle haben studiert und sind auf eine gewisse Weise kreativ tätig, doch ich bekomme immer mehr das Gefühl, dass wir überflüssig sind und nicht gebraucht werden. Alles was wir haben ist Zeit, unendlich viel Zeit. Zeit, um sinnlose Diskussionen zu führen, um Drogen zu nehmen und in unserer Melancholie und Perspektivlosigkeit zu versinken.«

Er verstummte und liess sich mit einem tiefen Seufzer auf den Teppich sinken. Für eine Weile herrschte Stille im Raum, bis auf das Rascheln, welches Andres beim Drehen eines Jointes verursachte. Dann unterbrach Arturo die Stille.

»Wissen bedeutet, sich verteidigen zu können. Aber sich zu verteidigen ist fast immer sinnlos. Lasst mich einen grossen Schriftsteller paraphrasieren. Wir alle Intellektuellen, egal ob Künstler oder Professoren, sind bloss unbedeutende Infanteristen im von vornherein verlorenen

Kampf gegen die Barbarei. Und da inzwischen allen klar ist, dass dieser Kampf verloren ist und nichts den Siegeszug der Barbarei aufhalten kann, ist unsere Existenz komplett überflüssig geworden. Und die Welt, die unserer Finger in ihren offenen Wunden längst überdrüssig ist, lässt uns dies mit aller Heftigkeit spüren. Ich habe seit langem begriffen, dass es nicht mehr möglich ist, diese Welt umzustürzen oder neu zu gestalten oder ihr unseliges Vorwärtsrennen aufzuhalten. Es gibt nur noch einen einzigen möglichen Widerstand: sie nicht ernst zu nehmen und ihre Bedeutungslosigkeit anzuerkennnen.«

Juan lächelte.

»Du hast mir gefehlt Arturo. Du hast uns allen gefehlt.«

Arturo spürte Alejandras Kopfnicken in seinem Schoss. Ihre Haare dufteten nach irgendeiner Südseefrucht. Für einen Moment spürte er die Geborgenheit seiner Freunde wie früher, vor der Zukunft. Er strich mit seinen Fingern durch Alejandras Locken.

»Ihr habt mir auch gefehlt.«

Dann holte Juan einige Flaschen Wodka und aus dem gemütlichen Abend wurde ein Trinkgelage wie in alten Zeiten. Flaschen und Joints gingen im Kreis herum, es wurde gelacht, herumgeblödelt, diskutiert. Juan spielte Musik und kommentierte, Josep und David verstrickten sich in Gesprächen über Politik, Rosa und Patricia in Diskussionen über Kunst, Andres war der stille, kiffende Beobachter, während sich Alejandra und Arturo immer näher kamen. Als dann auch noch Manuel mit einer Flasche Whisky auftauchte, war die Stimmung auf dem Höhepunkt. Juan drehte die Musik auf und alle sangen lautstark mit.

»*Oh – stop...*
with your feet on the air and your head on the ground
try this trick and spin it, yeah
your head will collapse
but there's nothing in it
and you ask yourself

Where is my mind?
Where is my mind?
Where is my mind?«

Arturo sah sich selbst, wie er Hand in Hand mit Futura vor einem Fenster stand und beobachtete, wie die ganze Stadt, ein Gebäude nach dem anderen, zusammenstürzte. Die Zukunft rannte davon und löste sich vor ihren Augen in nichts auf, ohne dass sie den Hauch einer Chance gehabt hätten, diesen Prozess zu beeinflussen oder gar aufzuhalten.

»*Where is my mind?*
Where is my mind?
Where is my mind?
Way out in the water
see it swimming...«

Dann drückte ihm Alejandra eine Flasche Wodka in die Hand und er war wieder da. Sein Arm umschlang ihre Taille. Er zog sie zu sich, strich ihr mit der anderen Hand eine Locke aus dem Gesicht und küsste sie. Die Welt vibrierte im Rhythmus ihres Herzschlags. Minuten wurden zu Stunden, doch blieben in der Erinnerung bloss Sekunden. Das Zimmer hatte sich bis auf Juan, Rosa und Andres geleert, als Alejandra und er zusammen aufbrachen. Arm in Arm schwankten sie in die Nacht, während aus den Lautsprechern noch immer Musik erklang.

»How does it feel?
How does it feel?
To be on your own
with no direction home
like a complete unknown
like a rolling stone?«

Am Horizont über dem Meer wurden erste rötliche Schimmer sichtbar, welche die vereinzelten Wolken von unten beleuchteten. Arturo räusperte sich und schnippte den Zigarettenstummel in die Brandung. Bald hatte er es geschafft. Das beinahe Unmögliche, das er sich für diese Nacht vorgenommen hatte, lag schon bald hinter ihm. Ein zufriedenes Lächeln umspielte seine Lippen und er fühlte sich zum ersten Mal seit Langem einigermassen entspannt. Für einen Moment folgte sein Blick dem Segelboot, welches schon bald von den ersten Sonnenstrahlen erfasst werden würde. Doch noch dominierte das diffuse, weisse Licht, welches die Sonne jede Morgen vorausschickte, um ihr Erscheinen anzukünden. Arturo legte sich in den Sand, streckte sich aus und schloss für einen kurzen Moment seine Augen. Sofort überkam ihn eine bleierne Müdigkeit, die sich von seinen Augenlidern aus langsam bis in seine Zehenspitzen ausbreitete. Nein, er durfte jetzt nicht einschlafen, nicht aufgeben, so kurz vor dem Ziel. Mühsam richtete er sich wieder auf, setzte sich im Lotussitz hin und drehte einen Joint. Bevor er ihn anzündete, trank er den Rest seines Mate, um auch noch den letzten Funken Energie in seinem Körper zu mobilisieren, was jedoch zu wenig war, um seinen Zustand merklich zu verändern. Also zündete er den Joint an. Vor seinen Augen rückten die bekannten Muster wieder in den Vordergrund. Seine Gedanken waren überall, nur nicht in seinem Kopf. Eine Möwe kreiste über diesem und schlug den Weg Richtung Hafen ein, wo bald die Fischerboote ihre Ladung ausspucken und damit der Möwe zu einem einfachen Frühstück verhelfen würden. Plötzlich wusste er genau, wie er vorgehen musste. Mit einem Lächeln setzte er sich die Kopfhörer auf.

»I didn't know you were there until you said hello
you had been watching me for I don't know how long…«

Es war höchstens eine Woche her. Arturo lag auf dem ihm wohlbekannten Teppich in Futuras Wohnung, dem Teppich, der in ihm durch seinen signifikanten Geruch so viele Erinnerungen wachrief, dass in ihm so etwas wie ein Gefühl von Heimat entstand. Futura sass neben ihm, mit dem Rücken an den schweren Ledersessel gelehnt und rauchte. Auch ihr Geruch löste in ihm ein Gefühl von Heimat aus, ein melancholisches Gefühl der Nostalgie. Aus den Lautsprechern rieselte unaufdringlich Musik.

»I hit my head against the lamp
as by surprise I stood up.
Don't be afraid, you said,
it's only me
the door wasn't locked...«

Eben noch waren sie in ein lebhaftes Gespräch vertieft, ein Gespräch, das Arturo in all seinen Facetten und möglichen Varianten bekannt war. Wie immer hatte es damit begonnen, dass Futura ihre Unzufriedenheit ausdrückte, eine Unzufriedenheit, die tief in ihr drin lag und die aus den zwei entgegengesetzten Polen resultierte, welche ständig gegeneinander ankämpften. Geplante Sicherheit mit klaren Perspektiven gegen ein anarchisches im Moment Leben mit unklarer Zukunft. Und all dem zugrunde lag ihre kindliche Überzeugung, dass das Leben einen bestimmten Sinn habe. Dies war auch der letzte Gedanke, den sie vor wenigen Minuten formuliert hatte.

»Im Endeffekt geht es doch immer darum, den Sinn des Lebens zu suchen und zu finden oder sich zumindest einen Sinn zu konstruieren. Nur so findet man zu der inneren Ruhe und Ausgeglichenheit, die man braucht, um das Leben in all seinen Vorzügen zu umarmen und sich von der wahnhaften Vorstellung zu lösen, dass das Leben eine Manifestation des Absurden sei.«

Arturo zog lächelnd am Joint, der in seinem Mundwinkel steckte.

»Vielleicht ist es so. Vielleicht ist es aber auch das exakte Gegenteil. Vielleicht bringt genau diese Einswerdung mit dem Absurden die gesuchte Erfüllung. Sinn ist immer eine mit Wahn konzipierte und etablierte Wahrheit. Jegliche Konstruktion von Sinn weist immer paranoide Züge auf und ist immer eine wahnhafte Suche nach etwas, das nicht existiert. Die Suche nach Sinn oder besser gesagt die blosse Vorstellung, dass so etwas wie Sinn überhaupt existiert, ist meiner Meinung nach eine paranoide Störung, die von der wahren Existenz ablenkt. Eine Störung, die auf der grössten Fehlentwicklung der Evolution basiert, dem menschlichen Bewusstsein, welches im Menschen einen Aspekt der Natur erschaffen hat, der getrennt ist vom Rest, getrennt von sich selber und nach den Gesetzen der Natur gar nicht existieren sollte.«

»The voice I heard in the hall
was hard to recognise
but now we know he's on board
wearing our disguise...«

Nun lagen sie nebeneinander, schwiegen und rauchten. Ein schwacher Wind drang durch das offene Fenster ins Zimmer und liess die dunklen Vorhänge sachte hin und her wiegen. Die untergehende Sonne tauchte den Raum in ein diffuses rötliches Licht. Futura räusperte sich und strich mit einer Hand sanft durch Arturos Haar.

»Warum bist du weggegangen?«

Arturo schloss seine Augen und zog nachdenklich am Joint. Die Zeit war ein träges Rinnsal.

»Dich ganz für mich alleine zu haben, eingeschlossen in ein und derselben Geschichte, mit dem mir wohlbekannten Ende, erschien mir, angesichts des ganzen Lebens mit seinen unendlichen inhärenten Möglichkeiten, wie etwas zu stehlen. Erst viel zu spät habe ich verstanden, dass es ein Teil deines Lebens war, den ich gestohlen hatte und den ich dir nie würde zurückgeben können. Und das wahre Leben, das Leben, das einem zwar die Hände verbrennt, doch nicht die ganze Existenz, zog weit entfernt an uns vorbei und liess uns zurück, unaufhaltsam ins dunkle Nichts gleitend.«

»...if only you and I
could trust each other through this
then together we could
work out who the enemy is.«

Nach einer Weile unterbrach Futura die entstandene Stille.

»Als ich in deiner Abwesenheit an dich gedacht habe, ist mir einiges klar geworden. Für dich sind Liebe und Schmerz, Lust und Leiden, Zärtlichkeit und Unterwerfung dasselbe. Du trägst einen Schmerz in dir, der dich nicht loslässt, einen Schmerz, der sich in deinem ganzen Körper ausgebreitet und in jeder einzelnen Zelle festgesetzt hat, einen Schmerz, dem du dich und dein ganzes Leben unterworfen hast, einen Schmerz, den du ausströmst, der dich umgibt und sich wie ein schwerer dunkler Umhang über alles legt, das mit dir in Berührung kommt und sich dies alles unterwirft, wie der Krieger, der in diesem Umhang steckt, einen Schmerz, der dich langsam von innen auffrisst und damit alle, die du liebst oder die dich lieben, zerstört, bis du alles verloren hast. Ich liebe dich, deshalb möchte ich verstehen, woher dieser Schmerz kommt.«

Wieder füllte Stille den Raum. Vereinzelt drangen Strassengeräusche durch das geöffnete Fenster ins Zimmer. Futuras Hand strich noch immer sanft über Arturos Haar, der sich langsam aufrichtete und Futura tief in die Augen blickte.

»Ich habe schon so viele Menschen verloren, die ich liebte. Nichts schmerzt mehr als einen geliebten nahestehenden Menschen zu verlieren. Ein Teil von dir selbst stirbt. Aber dieser Teil kommt nicht unter die Erde, sondern begleitet dich von diesem Zeitpunkt an. Er folgt dir, wohin auch immer du gehst und hält die Erinnerung in jedem Moment wach. Der Tod in dir selbst. Man weiss zwar im Innersten ganz genau, dass einem das Leben nichts schuldig ist, dass man nichts von ihm verlangen kann, trotzdem wird man aber die Trauer und den Verlust niemals los, egal wieviel Zeit vergeht. Die Zeit... Die Zeit heilt alles, heisst es.«

Er legte eine Pause ein, zog lange am Joint, der beinahe erloschen war und liess den Rauch langsam aus den Lungen strömen.

»Die Zeit heilt gar nichts. Sie fügt nur ihr Gewicht hinzu. Und in der Erinnerung bekommen sogar die glücklichen Zeiten einen bitteren Nachgeschmack. Liebe und Schmerz, Lust und Leiden, Leben und Tod. Die Grenzen verschwimmen im Meer der Zeit, das uns umgibt.«

Futura schloss Arturo in ihre Arme und küsste ihn auf seine Stirn.

»Du bist so durch die Vergangenheit gelähmt, dass du nicht auf den Gedanken kommst, an das zu denken, was vor dir liegt.«

Einzelne Tränen rannen über ihr Gesicht, tropften von ihrem Kinn auf sein Gesicht und vermischten sich dort mit seinen Tränen. Arturo küsste ihren Nacken und flüsterte etwas in ihr Ohr.

»Manchmal höre ich nicht auf deine Stimme, antworte nicht auf deine Fragen, reagiere nicht auf deine Gesten, um mit diesem Meer alleine zu sein, dem Meer, das mich umschliesst.«

»Non torneremo mai sui nostri passi mai
non ci sarà mai posto
neanche di nascosto
nei giorni andati mai
non torneremo più
nemmeno a ricordare
ch'è sempre troppo tardi
il tempo dei ricordi
e niente fa tornare
lasciami andare...«

Das Meer lag ruhig vor ihm, die Brandung erzeugte ein leises Rauschen in seinen Ohren. Am Horizont glitzerte das Wasser im Licht der ersten Strahlen der bald aufgehenden Sonne. Arturo seufzte. Er erinnerte sich jetzt ziemlich genau daran, was an jenem Abend noch geschah, auch wenn ihm seine Erinnerungen sehr diffus und unwirklich erschienen. Liebe wurde zu Leiden, Lust zu Schmerz, Zärtlichkeit zu Unterwerfung. Und die Grenze, die sie vor langer Zeit gemeinsam überschritten hatten, lag immer weiter zurück. Er zog lange an seiner Zigarette, um den Geschmack zu bekämpfen, der sich in seinem Mund bildete und ihn an eine Mischung aus Blut, Schweiss und anderen Körperflüssigkeiten erinnerte. Wieder überkam ihn eine undefinierbare Übelkeit, doch sein Magen war so leer, dass es bei einem trockenen Brechreiz blieb, der den Blutgeschmack in seinem Mund verstärkte. Er verzog das Gesicht und spuckte aus, doch der Geschmack in seinem Mund blieb. Die Lippen zusammengepresst atmete er nur noch durch die Nase. Ein Geruch von Eisen und Asche vermischte sich mit dem Duft des Meeres. Die Sonne war nicht mehr aufzuhalten. Schon jetzt waren ihre Strahlen so stark, dass sich die Farben ihren Weg durch das Grau der Dämmerung bahnten. Schon bald würde die Welt um ihn herum explodieren. In seinem Beutel war noch etwas Gras übrig, weshalb er sich einen weiteren Joint drehte. Das Zwitschern der Vögel und das Kreischen der Möwen wurde immer lauter. Für einen Moment nahm er die Kopfhörer von den Ohren und sog die Morgenstimmung mit allen Sinnen ein. Er löste sich aus seiner selbst auferlegten Isolation, betrachtete die Umgebung nicht länger wie ein Gemälde und wurde wieder Teil der Welt, die ihn umgab. Der Strand lag vor seinen Augen, als würde er ihn zum ersten Mal sehen.

Plötzlich machte es Klick und er realisierte, wo er sich befand. Unbewusst war er am selben Strand gelandet, an dem er am Abend zuvor gewesen war, bevor er sich auf den kurzen Weg zu Futuras Wohnung machte. Das letzte Puzzleteil fand seinen Platz. Ein Lächeln umspielte seine Lippen, während er die Flamme des Feuerzeugs zum Joint führte, einen tiefen Zug nahm und in den letzten Teil seiner Erinnerung eintauchte.

Die Sonne war eben hinter den Hügeln der Stadt verschwunden und legte einen goldenen Schimmer über die Welt. Arturo lag im Sand und schien zu dösen, doch in seinem Kopf drehten sich tausend Gedanken. Um ihn herum befanden sich vereinzelte Gruppen von Jugendlichen, welche einen der letzten Sommerabende des Jahres mit Bier und Joints zelebrierten. Die friedliche Feierabendstimmung stand in krassem Gegensatz zum Chaos in Arturos Kopf. Er spürte, dass er nicht mehr länger warten konnte. Mit jedem Tag, an dem er die Entscheidung weiter vor sich hin schob, wuchs in ihm ein Unbehagen, eine Angst, dass alles auseinanderbrechen und in Chaos enden würde, dass er die Kontrolle vollständig verlor und der Teil seiner Persönlichkeit überhand gewann, vor dem er sich fürchtete. Er war sich der gegenseitigen Abhängigkeit bewusst, die Futura und ihn verband und gefangen hielt, eine Abhängigkeit, die wie jede Abhängigkeit positive und negative Effekte auf sie ausübte. Zum einen brauchten sie sich gegenseitig und zwar in so grossem Ausmass, dass es ihnen nur gut ging und sie sich nur vollständig fühlten, wenn sie zusammen waren. Sobald sie getrennt voneinander waren, fehlte ihnen beiden etwas Elementares und sie verfielen in einen Zustand der Ausweglosigkeit und der

Melancholie, der ihnen ein Leben getrennt voneinander unvorstellbar erscheinen liess. Waren sie jedoch zusammen, gewann der Drang zur Selbstzerstörung, den sie beide in sich trugen, überhand und liess sie immer näher am von ihnen selbst erschaffenen Abgrund wandeln. Dieser äusserte sich nicht nur in ihrem übermässigen Drogenkonsum, sondern auch in einem gefährlichen Fatalismus, der sie alles bis auf ihre Liebe vergessen liess und dieser Liebe, mit all ihren Facetten, alles unterordnete, sogar die eigene Existenz. Sie zerstörten sich langsam gegenseitig, waren sich dieser Entwicklung bewusst, doch schienen beide nicht in der Lage, an dieser Dynamik etwas zu ändern. Alles hatte sich verselbstständigt und rollte unaufhaltsam in Richtung Untergang.

Arturo ahnte, dass es nur einen einzigen Ausweg aus dieser Dynamik geben konnte. Alles andere erschien ihm nicht realistisch. Doch dazu durfte er es nicht kommen lassen. Nicht schon wieder. Er musste die Kraft finden, um dies zu kontrollieren. Nur wusste er genau, dass dies nicht alleine von ihm abhing. Er kannte die Prozesse, die in ihrer Beziehung abliefen und genau davor hatte er Angst. Er wusste, dass sich die einzige Möglichkeit, die sie hatten, um sich gegenseitig zu erreichen und sich zu vereinigen, früher oder später umkehren und sie für immer trennen würde. Sie hatten gemeinsam eine Grenze überschritten, um sich näher zu sein, um eins zu werden. Doch diese Grenze, die sie vor langer Zeit überschritten hatten, lag inzwischen in weiter Ferne und sie waren einer neuen Grenze näher, hinter der bloss eine blutrote Sonne ins kalte Nichts schien.

Arturo seufzte und zog an seinem Joint. In ihm wuchs der bekannte Wunsch nie existiert zu haben. Er löste sich von seinem Körper, schwebte über dem Strand und beobachtete sich selbst, während unter ihm aus seinen Kopfhörern Musik erklang. Er ahnte, dass es mehrere von ihm zu geben schien, dass er nicht nur der Eine war, sondern eine Ansammlung widersprüchlicher Personen, in Gesellschaft mit anderen jedes Mal jeweils ein anderer.

»That there, that's not me
I go where I please
I walk through walls
I float down the liffey...«

Er sah sich selbst aufstehen und seine wenigen Sachen zusammenpacken. Der Stummel des Jointes flog in hohem Bogen in die Brandung.

»I'm not here
this isn't happening
I'm not here, I'm not here...«

Unter seinen Füssen veränderte sich der Boden, der Kies drückte durch die dünnen Sohlen seiner Espadrilles. Er schien gleichzeitig zu schweben und zu laufen. In ihm entstand ein Gefühl, dass es bereits zu spät war. Eigentlich war alles schon vorbei.

»In a little while
I'll be gone

the moment has already passed
yeah, it's gone...«

Die Häuser und Strassen der Stadt zogen an ihm vorbei, ohne dass er sie fassen konnte. Mit jedem Schritt den er machte, entfernte er sich mehr von sich selbst.

»I'm not here
this isn't happening
I'm not here, I'm not here...«

Die tausend Mal gegangene Strasse, die zerklüftete Fassade des Hauses, sein Finger auf der Türklingel, das kühle Treppenhaus im ewigen Dämmerlicht, die Schritte auf der Treppe, die Türe zu seiner alten Wohnung, heimische Fremde. Dorthin kehrt er zurück. Seine Heimat ist das nicht, denn Heimat, so scheint es, ist immer woanders. Und das Ich ist immer ein anderer. Deswegen kann die Reise nicht aufhören.

»Strobe lights and blown speakers
fireworks and hurricanes...«

Die Wohnungstüre öffnete sich und vor ihm stand sein Leben. Futura schloss ihn in seine Arme und flüsterte etwas in sein Ohr.

»So lange wir uns beide haben, sind alles andere nur Hintergrundgeräusche.«

Arturo lächelte, schob Futura sachte in die Wohnung und schloss die Türe.

»I'm not here
this isn't happening
I'm not here, I'm not here...«

Am Horizont tauchte die Sonne als roter Feuerball aus dem Meer auf. Die Nacht war endgültig vorbei. Erschöpft aber zufrieden liess sich Arturo in den Sand fallen. Er hatte es geschafft. Nun war es vorbei, alles war vorbei und er konnte endlich loslassen. Mit dem Rest des Grases und des Haschischs drehte er einen letzten Joint und beobachtete, wie die Sonne immer höher stieg und langsam ihre Farbe von Rot zu Gelb änderte. Er inhalierte tief und liess den Rauch aus seinen Lungen zum Himmel aufsteigen. Die Stadt erwachte langsam zum Leben, was Arturo in diesem Moment überhaupt nicht berührte. Sein Blick war starr auf das Meer gerichtet und in seinem Kopf drehten sich noch einmal alle Ereignisse und Bilder, die er in dieser Nacht so mühsam rekonstruiert hatte. Plötzlich überkamen ihn seltsame Zweifel.

»All diese Erinnerungen. War das überhaupt ich? Oder sind dies alles Erinnerungen, das Leben eines anderen?«

Ein seltsames Grinsen umspielte seinen Mund und setzte sich dort fest. Ein letztes Mal griff er zu seinem iPhone, setzte die Kopfhörer auf und wählte ein Lied aus.

»Mille anni al mondo, mille ancora
che bell' inganno sei anima mia
e che bello il mio tempo
che bella compagnia...«

Er schnippte den fertiggerauchten Joint in Richtung des Wassers, erhob sich um seine Glieder zu strecken und blickte um sich. Der Strand war noch immer verlassen. Auf der Strasse hinter ihm rollte ein schwarzes Auto vorbei und stoppte. Für einen kurzen Moment verweilte sein Blick auf dem Fahrzeug. Zwei bekannte Gestalten stiegen aus und winkten in seine Richtung. Saïd und Blado. Er winkte zurück und ging die wenigen Schritte bis zur Brandung. Sein Blick erfasste das weisse Segelboot, das in diesem Moment hinter dem Horizont verschwand. Ein Lächeln umspielte seine Lippen. Dann endlich bückte er sich zum Wasser und wusch sich das Blut von den Händen und aus dem Gesicht.

Anmerkung des Autors

Die Floskel und deren Bedeutung sollte jedem Leser bekannt sein, doch schadet es nie (gerade im Nachhall des Gelesenen), daran zu erinnern: die Geschichte, die Handlung und alle darin vorkommenden Personen sind frei erfunden, vom Leser aufgedeckt gemeinte Parallelen zur Wirklichkeit weder beabsichtigt noch real. Nicht einmal der Erzähler existiert. Nur das Leben ist wirklich, mit all seinen Leidenschaften, Freuden, Schmerzen und Enttäuschungen. Diese Geschichte ist seine Geschichte, Widerhall und Erinnerung, Verzerrung und Vergessen.

Musik in chronologischer Reihenfolge

Champion Jack Dupree – Junker Blues
Ringo Deathstarr – Brightest star
Beck – Everybody's got to learn sometime
Pink Floyd – Breathe
Luomo – Market
Luomo – Tessio
José González – Heartbeats
Bob Marley – Three little birds
Nick Cave – People ain't no good
Carlos Gardel – Desilusion
Gianmaria Testa – Il passo e l'incanto
Fabrizio De Andrè – Amico fragile
Willie Wright – Right on for the darkness
Bob Dylan – Like a rolling stone
Tim Buckley – Dolphins
The Cure – Close to me
The Cure – Faith
Gang of Four – Ether
Grauzone – Wütendes Glas
Depeche Mode – Black celebration
The Cure – Killing an arab
Mano Negra – Mala vida
Depeche Mode – I feel you
Ellen Allien – Stadtkind
Manu Chao – Mi vida
Siouxsie & the Banshees – Drifter
Pink Floyd – Set the controls for the heart of the sun
Depeche Mode – In your room
Joy Division – I remember nothing

[Tim Buckley – Dolphins]

Depeche Mode – The bottom line

Cubenx – Grass

Radiohead – Karma police

Kings of Convenience – Renegade

Fritz Kalkbrenner – Facing the sun

Nina Simone – I put a spell on you

Bob Sinclair – Far l'amore

Gianmaria Testa – Nient'altro che fiori

Nu – Who loves the sun

Pan-Pot – Captain my captain

The XX – Tides (Dixon Remix)

Nas – The world is yours

Nas – Life's a bitch

Jay-Z – Renegade

Roni Size – Heroes (Kruder's Long Loose Bossa remixed by Peter Kruder)

Alex Reece – Jazz master (K&D Session)

Rockers Hi-Fi – Going under (K&D Session)

Depeche Mode – Useless (K&D Session)

Lamb – Trans fatty acid (K&D Session)

Mazzy Star – Look on down from the bridge

Mazzy Star – Into dust

Jovanotti – L'ombelico del mondo

[Cubenx – Grass]

Johnny Cash – Hurt

Gianmaria Testa – Come le onde del mare

Nick Drake – Second grace

[Gianmaria Testa – Come le onde del mare]

The Cure – Cold

Pink Floyd – Wish you were here

Tim Buckley – Once I was

Kings of Convenience – Me in you

[Pink Floyd – Wish you were here]

Bruce Springsteen – Mr. State trooper

Pink Floyd – Shine on you crazy diamond

Radiohead – Creep

Pixies – Where is my mind?

[Bob Dylan – Like a rolling stone]

Kings of Convenience – The passenger

Gianmaria Testa – Lasciami andare

Radiohead – How to disappear completely

Fabrizio De Andrè – Anime salve